Místico

The Soul Seekers
Livro Três

Alyson Noël

Místico

The Soul Seekers
Livro Três

Tradução
Marcia Blasques

LeYa

Título original: *Mystic*

Diretor editorial: Pascoal Soto
Editora executiva: Tainã Bispo
Produtoras editoriais: Pamela J. Oliveira, Renata Alves e Maitê Zickuhr
Gerente de produção gráfica: Fábio Menezes

Preparação de texto: Poliana Magalhães de Oliveira
Revisão: Juliana Caldas e Andréa Bruno
Adaptação de capa: Estúdio Asterisco
Diagramação: Lira Editorial

Dados Internacionais de Catalogação na Publicação (CIP)
Angélica Ilacqua CRB-8/7057

Noël, Alyson
Místico/Alyson Noël; tradução de Marcia Blasques. – São Paulo : LeYa, 2014.
272p. – (The Soul Seekers, 3)

ISBN 978-85-8044-984-6

Título original: *Mystic*

1. Literatura fantástica norte-americana 2. Ficção I. Título II. Blasques, Marcia III. Série

14-0052 CDD-813

Índices para catálogo sistemático:
1. Literatura fantástica norte-americana

Texto Editores Ltda.
[Uma editora do grupo LeYa]
Rua Desembargador Paulo Passaláqua, 86
01248-010 – Pacaembu – São Paulo – SP
www.leya.com.br

Em memória de Shaun Daniel Winegar (1966-2012).

Guia dos espíritos animais

onça

A Onça representa o poder, a graça e a discrição. Ela nos ensina sobre os benefícios do silêncio, da concentração e da profunda contemplação. Com habilidades físicas apuradas para sentir e ver a presa, a Onça nos inspira a sermos mais sensíveis às pessoas ao nosso redor. Com seu olhar firme e misterioso, o espírito da Onça nos leva a uma profundeza maior da visão e do conhecimento interior. Capaz de derrubar uma presa do seu próprio tamanho, a Onça reflete o poder para além do indivíduo, um poder ampliado pela conexão íntima com o todo, com o espírito e com o renascimento iminente.

macaco

O Macaco representa a perseverança, a fluidez no movimento e o equilíbrio. Ele nos ensina a ajustar nosso percurso rapidamente, quando confrontados com novas informações. Com uma capacidade brilhante de se metamorfosear, o Macaco nos leva a explorar quem somos e quem escolhemos ser. Inteligente e adaptável, o espírito do Macaco nos instrui a rejeitar o pensamento rígido e a nos abrir a novas perspectivas, abordagens e experiências. Criatura naturalmente curiosa e sociável, o Macaco encoraja o aprendizado, a resolução criativa de problemas e a comunicação de maneira concisa e direta.

Guaxinim

O Guaxinim representa o disfarce, a destreza e a capacidade de adaptação. Ele nos ensina como ser habilidoso ao revelar as muitas facetas de nós mesmos. A máscara que disfarça o espírito do Guaxinim não é a de um ladrão; em vez disso, representa o mistério, uma ferramenta de transformação que nos permite alcançar estados alterados de cura e magia. Com garras ágeis e poderosas, o Guaxinim nos encoraja a sermos criativos com as mãos, e sua capacidade de viver em diversos lugares nos lembra de sermos flexíveis e adaptáveis em qualquer situação na qual nos encontrarmos.

Esquilo

O Esquilo representa a confiança, a parcimônia e a prontidão. Ele nos ensina a reunir recursos e a nos preparar para o futuro sem acumular coisas do passado, como preocupações e temores. Animal muito ativo e enérgico, o Esquilo nos lembra que, na busca para alcançar nossos objetivos, precisamos deixar um tempo para socializar e descansar. Com muito de seu tempo gasto em reunir e estocar comida, o espírito do Esquilo nos mostra a importância do equilíbrio entre dar e receber. Capaz de subir uma árvore correndo para fugir de um predador, o Esquilo nos adverte de que o perigo é mais bem evitado quando seguimos para lugares mais altos.

Raposa-vermelha

A Raposa-vermelha representa a sabedoria, a invisibilidade e a discrição. Ela nos ensina a estar em harmonia com o ambiente que nos cerca, e que, através da quietude e da calma, podemos nos misturar quase a ponto de nos tornarmos invisíveis. Com o sentido do olfato altamente desenvolvido, a Raposa-vermelha nos encoraja a farejar todas as pessoas e situações, evitando aquilo que sentimos ser um problema. Usando sua visão aguçada para caçar sob o manto da escuridão, o espírito da Raposa-vermelha nos encoraja a ver além da situação presente, na direção do reino espiritual. Mentalmente ágil, a Raposa-vermelha nos leva a confiar no poder de nossos instintos e a convocar livremente nossa força criativa.

Só se vê bem com o coração; o essencial é invisível aos olhos.

— Antoine de Saint-Exupéry

casa de luz
e sombra

um

Daire

Desperto em um quarto inesperadamente brilhante, quando Axel me chama de onde está, ao lado da porta.

Ele faz uma pausa. Dá tempo para que eu me recomponha, para que comece o lento rastejar do sono, antes de caminhar até minha cama. A aproximação é anunciada pelo som suave de sua respiração – o silêncio abafado de seus pés sobre o chão liso de calcário.

A voz de Axel é uma melodia.

Seus movimentos, uma coreografia inspirada.

Mesmo assim, quando ele para ao meu lado e coloca a mão hesitante em meu ombro, eu me encolho sob seu toque e aperto os olhos ainda fechados. Tento voltar ao sonho no qual me agarro à lembrança do abraço de Dace. Seus dedos se movendo em minha pele... a pressão dos seus lábios ao encontro dos meus... desesperada para me perder no brilho resplandecente de seus olhos caleidoscópicos, refletindo minha imagem milhares de vezes. Prefiro a fantasia de Dace e eu alegremente reunidos na Fonte Encantada a ter de encarar a verdade que me aguarda.

– Daire, por favor. Sei que está acordada. – Axel mantém o tom de voz suave, como se não estivesse nem um pouco incomodado por aquele jogo. – Será um prazer ficar sentado aqui o dia todo, se for necessário. – Ele reivindica um espaço no meu colchão e espera que eu preste atenção nele.

– Você tem a paciência de um santo – replico, deixando o sonho para lá, relutante, e aceitando-o como o fantasma que é. Meus olhos se arregalam com a visão do ansioso olhar cor de lavanda de Axel. Espanto-me pela maneira como os olhos dele escurecem até um tom ametista tempestuoso profundo, antes de se tornarem tão claros e luminosos quanto no dia em que nos conhecemos.

O dia em que dissemos as primeiras palavras um ao outro, trocamos formalidades.

O dia em que ele me pegou nos braços e disparou comigo para o céu, penetrando pela gloriosa teia sedosa que se abriu para um mundo de resplandecente luz dourada.

Tão diferente das vezes anteriores – uma vez nas profundezas subaquáticas, outra vez em uma praça marroquina assombrada –, quando eu era ingênua o suficiente para achar que esses acontecimentos não passavam de coincidência.

– Estou longe de ser santo. – Os dedos dele correm pelos cabelos loiros que caíam sobre a testa e desciam em cachos soltos até abaixo do queixo. Um gesto que eu tinha observado inúmeras vezes e, mesmo assim, não era menos encantador do que na primeira vez. Os fios platinados são misturados com perfeição a um semblante belo, suave e translúcido, e não consigo deixar de pensar (e não pela primeira vez) que, entre os olhos em tom pastel e a pele de porcelana, ele parece tão bonito, tão incrivelmente angelical, e que as únicas coisas que faltam são a auréola e as asas.

– Se não é um santo, talvez seja um anjo? – A questão paira pesada entre nós, nem de perto a brincadeira que poderia parecer à primeira vista. Aqui no Mundo Superior tudo é possível, e estou ansiosa para descobrir a verdade sobre a estranha situação na qual me encontro. – Ou um guia espiritual, talvez? Quem sabe você não seja o *meu* guia espiritual?

Meu olhar vai ao encontro do dele, enquanto silenciosamente fico pensando nas perguntas não ditas:

Sou uma convalescente ou uma prisioneira?

Ele está me salvando ou me escravizando?

A maneira como ele hesita e o jeito como desvia o olhar me asseguram que ouviu meus pensamentos tão bem quanto as minhas palavras.

– E se eu lhe dissesse que não sou nenhuma dessas coisas?

– Então eu suspeitaria que está mentindo – digo com voz firme e segura. Quero que ele saiba que, ainda que eu possa estar em desvantagem física, dependente da sua disposição para cuidar de mim e curar meus ferimentos, minha vontade ainda é forte. Meus dias como inválida estão prestes a acabar.

Ele abaixa a cabeça, fazendo os cachos loiros caírem sobre sua testa, passando pelo nariz finamente esculpido, antes de pousar nos lábios perfeitamente desenhados.

– Se insiste em um rótulo, e é claro que insiste, então acho que poderia dizer que sou um Místico. – Ele percorre as mãos pela túnica branca e macia que está vestindo.

– Um Místico? – Meu tom de voz é tão rígido quanto meu rosto.

Ele assente com a cabeça, analisando fixamente a pintura de um lago azul vibrante, no estilo de Georgia O'Keeffe, no outro lado da sala, antes de encarar a pequena piscina azulejada onde me banho com frequência em um modesto vestido branco, enquanto Axel enxágua a espuma dos meus ombros e cabelos.

– Defina Místico – digo. Apesar de várias tentativas anteriores, isso é o melhor que posso conseguir dele, e planejo extrair o máximo que puder.

– Alguém que é iniciado nos mistérios esotéricos. – Ele se vira para mim, claramente contente com a explicação, mas eu estou longe de estar satisfeita.

– Você se importaria em ser mais específico, ou está sendo vago de propósito? – Levanto o queixo e ergo uma sobrancelha, admirada em ver meu sarcasmo testado pela surpresa de seu sorriso luminoso. Um sorriso que começa no queixo e segue todo o caminho até a divisão aleatória de seu cabelo. Um sorriso tão aberto e autêntico que preciso de toda a minha força de vontade para conter o impulso de correspondê-lo.

– Estou sendo vago de propósito, não adianta negar. Então, agora, se o interrogatório acabou, talvez possamos conversar sobre você? – Tomando equivocadamente meu silêncio por renúncia, ele se inclina em minha direção. – Como está se sentindo? – pergunta ele, me estudando com o olhar preocupado e uma palma da mão fria que vai da minha sobrancelha à minha bochecha. Busca sinais da febre e dos calafrios que me afligiram desde que cheguei a este lugar.

– O interrogatório *nunca* acaba. Você devia saber disso a essa altura. – Eu me afasto do seu toque, esforçando-me para manter a voz severa e uma expressão adequada. Decidida a conseguir ao menos algumas respostas, insisto: – O que é exatamente um Místico?

Ele fecha os olhos, suspirando quando diz:

– Temo que seja algo muito além da compreensão humana.

– Tente me explicar. – Franzo as sobrancelhas e olho fixamente para ele. Estou disposta a esperar o tempo que for necessário para conseguir uma resposta adequada. Mas tudo o que consigo de volta é a visão do sorriso de Axel. – Vamos lá, Axel – imploro. – Por que não me diz o que significa? Todo mundo no Mundo Superior é Místico? Por que, durante todo esse tempo aqui, não vi ninguém mais além de você?

Ele permanece em silêncio, deixando as perguntas pairarem pesadas entre nós.

– Tudo bem. – Solto um suspiro frustrado. – Mas não pense que isso acabou. Pode escapar de mim agora, mas em algum momento eu vou descobrir. Você não é o único teimoso por aqui.

Faço o melhor que posso para escapar da atração do seu charme, mas não adianta. Mesmo quando ele não está sorrindo, passando a mão de propósito pelos cabelos ou fazendo qualquer outro dos gestos que ele aprendeu tão bem do "Manual dos Movimentos Desarmadores", ele irradia uma abundância de bondade legítima, benevolência e carisma inegável que não demoro a ceder:

– Então, em prol do espírito da cooperação (o que, diga-se de passagem, é algo sobre o que você poderia aprender uma ou duas coisinhas), vou responder à sua pergunta, dizendo que minha febre finalmente cedeu.

Observo enquanto seus dedos se movem do seu colo até meu rosto, e então de volta para o seu colo. Fico fascinada pelo modo como seus movimentos lançam um véu de luz tão magnífico, sem nenhum indício de escuridão ou sombra.

– E minha memória está voltando – acrescento, notando o brilho fugaz de preocupação que perpassa seu rosto, enquanto seu olhar retorna para a pintura.

– E exatamente o que essas memórias revelam? – ele pergunta, a voz baixa e insegura como nunca ouvira antes.

Hesito, precisando de um momento para decidir o que dizer; dividida entre o desejo de fingir saber mais do que sei – não por outro motivo que não fosse aparentar estar no controle – e a vontade de admitir que sei muito pouco, na esperança de que ele finalmente explique como me encontrou morrendo no Mundo Inferior com meu próprio athame usado contra mim. A lâmina de dois gumes dividindo meu coração enquanto Cade Richter se aproximava para reivindicar minha alma.

– Sei que houve uma luta. Sei que perdi. E esperava que você pudesse preencher os espaços em branco. – Encaro o perfil de Axel com força, desejando que ele se volte em minha direção, preste atenção em mim, mas por muito tempo ele prefere a parede. – Tudo bem – digo. – Fique com seus segredos por enquanto. Não é como se eu não fosse descobrir tudo em algum momento. Mas você poderia pelo menos me dizer se Dace está bem, por favor? Fico pensando que, se estou aqui com você no Mundo Superior, todos no Mundo Mediano presumem que estou morta. O que quer dizer que a profecia foi impedida. O que significa também que Dace está vivo... que consegui salvá-lo. *Certo*?

Axel fecha os lábios com tanta firmeza que preciso de toda a minha força de vontade para me impedir de agarrá-lo pelos ombros e sacudi-lo até que ele responda. Ele deixa passar um tempo irritantemente longo antes de dizer:

– Não estou guardando segredos, Daire. Eu só não vejo sentido em reviver o passado quando o presente aguarda.

– Foi o passado que me trouxe aqui! – grito, me arrependendo imediatamente do tom histérico das minhas palavras. Estou ficando alterada. Preciso me controlar. Preciso recompor minhas forças. Essas explosões emocionais nunca resultam em nada bom. – Há quanto tempo estou aqui? – pergunto, abordando a questão de modo casual, como se estivesse apenas um pouco curiosa. Minhas tentativas de contar o tempo tinham me deixado confusa. Passo a maior parte da horas dormindo, e a luz que se infiltra pela janela coberta por cortinas nunca parece mudar muito, tornando impossível contar a sucessão de dias.

– O tempo linear não existe aqui. – Axel dá de ombros. – Mas você já sabia disso. – Ele leva uma mão ao meu peito, pronto para mudar o assunto para preocupações mais urgentes. – Posso? – Sua mão paira, insegura, aguardando permissão para prosseguir, apesar de ele ser o meu único cuidador e de esta dificilmente ser a primeira vez que ele faz isso.

Aconchego minha bochecha na pilha de travesseiros de penas com fronhas sedosas e macias que ele havia colocado sob minha cabeça. Fico embaraçada com o rubor que sobe pelo meu pescoço e invade meu rosto enquanto ele solta o roupão que visto até deixar meu ferimento à mostra.

– Está cicatrizando bem. – Ele passa o dedo pela linha irregular e enrugada de pele vermelha e irritada que costurou com sua agulha prateada e fio de linha dourado. Seu toque reverbera no meu âmago, por todo o caminho das invisíveis redes de cicatrizes escondidas sob a superfície, onde ele fez sua mágica e restabeleceu meu coração.

– Quando vou poder voltar? – pergunto. É a mesma pergunta que sempre faço.

E, como sempre, Axel adia a resposta. Segura um pequeno pote de vidro que estava na mesa de cabeceira e repete seu mantra usual de "Ainda não", enquanto remove a tampa e a coloca na mesinha de vidro ao meu lado.

– Mas em breve... muito em breve...

Ele mergulha o dedo no perfumado unguento azul, pronto para aplicá-lo no ferimento, quando o seguro pelo pulso e afasto sua mão.

– Não quero que desapareça – digo, quase sem fôlego por causa do esforço necessário para resistir a ele. Respondendo ao seu olhar cético, acrescento: – Agora que me lembro, não posso me dar ao luxo de esquecer o que me trouxe aqui.

Ele murmura, bem baixinho, em alguma língua arcaica com vogais arrastadas e consoantes fortes que não entendo. Então, deixa o pote de lado, fecha meu roupão e, com um suspiro de resignação, diz:

– Se está alimentando pensamentos de vingança, eu lhe aconselho a parar. Só vai se rebaixar ao nível de Cade, esmagar seu potencial e se igualar a ele. É isso o que quer?

– Não é a vingança que me motiva. – Fecho as mãos em punho, minhas ações traindo minhas palavras. – É amor. Dace é minha única preocupação.

À menção do nome dele, meu coração fica apertado de tanta dor. Imagino o pesar que ele deve estar sentindo, sem saber toda a verdade do que realmente aconteceu naquela noite.

E, mesmo que os acontecimentos exatos ainda escapem de mim também, uma coisa é certa: eu o salvei.

Morri, então Dace pode viver.

Só que não morri de verdade.

Ele só pensa que estou morta.

– Melhor não pensar nisso também. – Axel me dá as costas em despedida. – Você precisa melhorar. É por isso que está aqui. – Ele passa a mão com insegurança pelo cabelo.

– É a *única* razão por que estou aqui? – Apoio o corpo nos travesseiros e encaro suas costas com determinação. É um assunto desconfortável, mas preciso saber de uma vez por todas.

Por que ele me salvou?

E o que espera em troca?

– O que está realmente me perguntando, Daire? – Ele me encara de modo tão aberto e direto, que silencio no mesmo instante. Não sei mais como expressar o que mais quero dizer.

Ele é um perseguidor louco que se aproveitou de um momento de fraqueza para me sequestrar?

Ou é realmente um bom samaritano, um Místico, como afirma, com apenas as melhores intenções no coração?

Embora sempre tenha me tratado com gentileza e respeito, não posso deixar de suspeitar que seus motivos não sejam inteiramente altruístas.

Caímos em um silêncio apático e desconfortável. Aquele que costumava me levar a fazer algo estúpido, como contar uma piada idiota, mas não mais. Não sou mais aquela garota. A nova Daire é paciente.

Ela está disposta a esperar.

Não tem outra escolha.

Mas, quando Axel vai para a porta, imediatamente lamento ter forçado demais a barra. Ele não pode ir embora. Ainda não. Ele não é o único com propósitos aqui.

Eu me levanto até ficar quase completamente de pé, em uma atuação exagerada de respirar pesado e ranger os dentes. E, assim como eu esperava, um segundo depois ele está de volta ao meu lado.

Paciência. Você consegue fazer isso. É como Paloma ensinou: pense a partir do fim.

– Não force, Daire. – Os dedos de Axel seguram meus ombros, enquanto faz com que eu me recoste novamente nos travesseiros. – Só porque a febre cedeu, não quer dizer que esteja curada.

Concordo com a cabeça, como se nem sonhasse em questionar sua sabedoria, a verdade irrefutável de suas palavras.

– Acho que estou me sentindo um pouco inquieta – digo, fingindo pesar e esperando não estar exagerando. – Não estou acostumada a ficar de cama e fraca, e isso me deixa um pouco impaciente. – Faço cara de culpada. – A questão é que, se tenho alguma esperança de deixar este lugar, preciso me exercitar para recuperar as forças. Quanto mais eu ficar deitada aqui, mais meus músculos vão definhar. Então, talvez eu pudesse tentar caminhar um pouco. O que você acha?

Seguro a respiração e lhe lanço meu olhar mais esperançoso, tentando convencê-lo sem que pareça ensaiado.

Quando ele não responde rápido o bastante para o meu gosto, luto para me sentar novamente. Fazendo caretas e rangendo os dentes até ficar suficientemente corada e sem ar contra a cabeceira da cama, imploro:

– Por favor. Preciso me levantar e dar uma volta. Fazer uma caminhada breve. Mas preciso da sua ajuda. Não posso fazer isso sozinha. – Eu me obrigo a engolir a mentira, mas o amargor fica preso na minha língua. – Vamos, Axel, você não prometeu me curar, me reabilitar? Não foi isso o que disse?

A testa dele se enruga, os lábios franzem, e sei que venci. O que ele vê é o que quero que veja – eu, mórbida, sem fôlego e pálida, fazendo exigências que traem minhas habilidades.

Inspiro uma lufada de ar, agarro a lateral do colchão com os dedos e tento balançar as pernas sobre as bordas. A visão daquilo o faz dizer:

– É claro que nada do que eu disse vai fazê-la mudar de ideia.

– É claro que não – sussurro, me permitindo um pequeno sorriso secreto quando ele passa um braço em volta da minha cintura e me ajuda a levantar, até que meu corpo fica firmemente apoiado no dele.

Seu toque me proporciona uma força reconfortante que me deixa agitada, me faz lembrar do momento em que ele me salvou. O modo como seus lábios pressionaram os meus, com força, enquanto ele me arrancava das garras da morte – restaurando minha vida com um beijo.

A questão é: por quê?

Por que eu?

E, mais importante: agora que ele me salvou, por que está me escondendo?

O tempo todo em que estou aqui, não apareceu uma só pessoa. E, com frequência, quando finjo que estou dormindo, eu o observo através das pálpebras semicerradas enquanto ele espia pelas cortinas, os dedos se retorcendo nervosamente com a ideia de sermos vistos.

Ainda que não seja possível negar todo o cuidado e devoção que ele dedicou a mim, sua relutância em responder às minhas perguntas me leva a acreditar que seus motivos não são nem de perto tão puros quanto parecem. Que têm muito menos a ver com sua bússola moral interna e mais com o simples fato de que, por qualquer que seja o motivo, ele não pode suportar me perder.

Como se tivesse um interesse pessoal por mim.

Como se eu significasse para ele muito mais do que deveria.

Uma suspeita que me deixa desconfortável.

Meu coração pertence a Dace. E se o que suspeito de Axel é verdade, então ele transformou minha vida em uma dívida que jamais poderei pagar.

– Você acha que poderia fazer aparecer uma bengala? – pergunto e, apesar de tê-lo visto fazer sua mágica várias vezes, ainda olho com admiração descarada quando uma bela bengala esculpida em marfim aparece em minha mão. – Espero que nenhum elefante tenha sido ferido para fazer isso. – Seguro o punho com firmeza, testando sua força ao apoiar todo o meu peso sobre ela.

– Ela veio do éter, e para o éter voltará assim que você não precisar mais dela. – Ele solta minha cintura e me concede um pouco de espaço, enquanto fica por perto, pronto para me segurar ao primeiro sinal de problema. – Então, agora que está em pé, aonde quer ir? – Seus olhos brilham de um jeito que não consigo decifrar.

É diversão? Orgulho? É possível que ele tenha me descoberto? Visto através da minha farsa?

– Você tem que ter um objetivo, Daire. Não pode alcançar um alvo que não pode ver.

– A porta. – Aponto com a cabeça na direção das largas portas de madeira com entalhes elaborados, como se tivesse acabado de pensar nisso. Como se não tivesse passado cada momento acordada imaginando as palmas das minhas mãos empurrando-as com força, abrindo-as para a liberdade.

Deslizo um pé lentamente diante de mim, com cuidado para manter meu peso distribuído de maneira uniforme. Não adianta me machucar ainda mais só para provar minha opinião. Estou ciente de que Axel está me seguindo, seus movimentos espelhando perfeitamente os meus. Até o próximo passo, quando meu andar vacila, minhas pernas tremem em protesto, e ele desliza um braço firme ao redor de mim e me apoia com firmeza contra seu peito.

– Você vai chegar lá, Daire. Não se preocupe – ele diz, enquanto suspiro, derrotada, permitindo que meu corpo ceda, em sinal de rendição, e ele me leve de volta para o meu leito de enferma e encha de cobertores ao meu redor. – Só vai levar um pouco mais de tempo do que você gostaria, é só isso.

Concordo com a cabeça, obediente, e fecho os olhos. Como se eu estivesse sendo embalada de volta ao sono pela sua promessa sussurrada de *em breve, muito em breve...*

Até que a porta se fecha atrás dele e salto para fora da cama.

DOIS

Dace

Escuro.

A palavra soa na minha mente. Retumba em meus ouvidos. Me sacode do doce vazio anestesiado, de volta ao brilho ofuscante do acordar.

Como uma torneira pingando, ela para, ganha corpo e então cai de novo.

Escuro.

É a primeira palavra que ouço há... quantos dias? Impossível dizer. Sem vestígio algum do sol ou da lua, apenas com o dossel sombrio de lodo cinza grudento pendendo sobre a minha cabeça, o tempo não é marcado aqui do jeito ao qual estou acostumado.

Mesmo assim, estou feliz pela companhia. Feliz em não ter mais que me defender sozinho nesta terra estranha, estrangeira.

Tento abrir um olho. Ver quem se junta a mim. Mas uma grossa camada de remela colou meus olhos, e preciso cutucar um pouco com os dedos manchados de sangue para arrancar aquilo.

– Quem está aí? – pergunto, a voz grossa e estranha. Resultado de uma ferida purulenta na garganta. – Mostre-se! – Eu me viro para a esquerda e olho ao redor, só para descobrir que ninguém está ali. Então viro o corpo para a direita e confirmo a mesma coisa.

Sou só eu.

Só eu.

Com nada além desta paisagem desolada e estéril como companhia.

Escuro.

Solto um suspiro profundo e caio pesadamente de costas. Fico tentado a rir da minha tolice, mas o bom humor não vem. Ele morreu com todas as outras virtudes que antigamente eu tinha em alta consideração.

Coisas como fé, esperança, caridade e amor não têm lugar aqui.

Embora o amor tenha sido surpreendentemente teimoso. Ele lutou bem.

Muito depois que os outros estavam perdidos, o amor permanecia.

Determinado a se manter bem além do ponto em que meu coração se tornou uma pedra amarga e fria.

Muito além do ponto das lembranças de Daire investindo contra mim, tornando-se uma inimiga que existe apenas para escarnecer de mim. Uma adversária astuta, esperta, com excesso de paciência, disposta a esperar pelo momento certo – quando a exaustão se torna desespero – para atacar com dureza e rapidez. Capaz de me devastar com algumas poucas imagens felizes que são bem-vindas no início – tomadas rápidas de Daire gargalhando, Daire amando, antes de avançar direto para o momento em que os olhos dela brilharam de medo quando viram como eu estava mudado. Adivinhando com exatidão a verdade embaraçosa da escolha imprudente que fiz. Como sacrifiquei minha alma na tentativa de salvá-la, tornando-me parecido com Cade.

Mesmo assim, foi ao rosto dela que me segurei quando a morte veio me reivindicar.

E foi o rosto dela que amorteceu a queda.

Mas agora que não estou mais em casa, com os vivos – agora que não tenho lugar entre os mortos –, é o rosto dela que me assombra.

Daire se foi.

Morreu e se foi.

Em minha tentativa de salvá-la, a decepcionei. E, agora, no lugar em que certa vez minha alma floresceu, vive apenas o lamento.

Escuro.

Mordo a língua com força. Cubro as orelhas com mãos cheias de sangue seco. Mesmo assim, a palavra soa novamente.

E é quando eu entendo.

É quando percebo que não soa fora de mim – é uma palavra concebida na minha cabeça.

O som se repete. Torna-se cada vez mais insistente, conforme a enormidade da minha situação fica mais clara.

A escuridão fala vibrando dentro de mim.

Meus dedos deslizam pelo meu torso, buscando o corte com crosta de sangue onde enfiei o athame de Daire bem em minhas entranhas, disposto a sacrificar minha própria vida a fim de acabar com a do meu irmão. Um ato de martírio que, no fim das contas, me foi negado, quando, no último segundo, o Coiote entrou em cena. Pegando em seu focinho a alma de Cade, que estava partindo, e obrigando-a a voltar para ele, enquanto permitia que a minha flutuasse livre...

Mesmo assim, estamos conectados de maneiras milagrosas, e uma coisa é certa: se Cade vive, eu vivo.

Ou pelo menos algo parecido comigo.

Escuro.

Não adianta fingir. Ninguém vai me encontrar. Vou apodrecer neste lugar e não mereço nada mais além disso.

Fecho os olhos, cruzo as mãos sobre o peito e espero pela onda entorpecente da inconsciência novamente.

Três

Daire

Mal me levanto da cama e minha cabeça fica tonta e minha visão rodopia com estrelas tão intensamente, que sou obrigada a segurar a mesinha de cabeceira e esperar que passe. Fico consternada ao descobrir que estou quase tão impotente agora quanto estava com Axel. Acho que não era apenas atuação.

Mesmo assim, não posso deixar que isso me detenha. Não posso me dar ao luxo de ser influenciada pela dor. Guiada pela necessidade de sair daqui e garantir que Cade permaneça sob controle, sigo em frente até que fico a uma distância segura da cama.

Quem quer que tenha dito que a dor é uma grande professora, acertou na mosca. Cresci mais no tempo em que estou aqui do que nos últimos dezesseis anos.

Vou até o armário no outro extremo do quarto, esperando que minhas roupas ainda estejam lá. Mas, sem contar um vestido transparente, branco e refinado, com tiras finas, decote quadrado e bordados em espiral de miçangas brilhantes descendo na parte da frente, o guarda-roupa está vazio.

Tiro o vestido do cabide e torço o nariz. O modelo é tão distante do meu *look* normal de jeans apertado, botas de cano enrugado, uma regata justa surrada e, por cima, minha jaqueta favorita verde-militar, que fico relutante em experimentá-lo. É o tipo de vestido reservado normalmente para bailes de debutante ou casamentos e que não ajuda em nada para diminuir meus temores sobre as intenções de Axel.

É claro que ele fez isso aparecer para mim. Sou a única ali.

A questão é: por quê?

Ele realmente planeja que eu fique noiva dele?

Sem outra escolha, solto o roupão e enfio o vestido pela cabeça até que o tecido sedoso branco roça nos meus quadris e flui até abaixo dos joelhos, antes de pousar com um babado em meus tornozelos. Então inspiro profundamente e dou uma espiada no espelho, surpresa em ver a estranha imagem me encarando de volta. Axel vem tomando muito cuidado em me afastar de todas as superfícies refletoras até agora, e eu não tinha interesse em olhar. Mas agora que comecei, não posso parar. E me pergunto se minha família e amigos notarão o quanto mudei.

Meu cabelo está mais escuro. A cor dos meus lábios, mais profunda. O que faz minha pele parecer ainda mais clara. E, embora minhas bochechas estejam mais nítidas, mais definidas e mais encovadas do que eram, são os olhos que chamam mais minha atenção. As íris se aprofundaram em um esmeralda-escuro febril que arde com desejo de vingança.

Apesar de dizer a Axel que é o amor que me guia, minha necessidade de vingança corre uma disputa acirrada.

Continuo o inventário. Noto um corpo que está mais magro, mais fraco, embora nem de perto tão maltratado como quando cheguei. Além da vívida cicatriz vermelha espreitando pelo decote profundo do vestido, não há sinal da violência de Cade. O tipo de ato hediondo que ele nunca mais terá chance de repetir. Aprenderei com meus erros e usarei essas mesmas lições para alcançar o sucesso. E nem que seja a última coisa que eu faça, *vou* retaliar. Verei Cade pagar.

Meu devaneio é interrompido pelo som de passos abafados vindos do outro lado da porta, e fico paralisada onde estou. Temo pelo que Axel possa fazer se me descobrir desse jeito.

Se ele realmente tem as melhores intenções no coração, imagino que ficará muito magoado em saber que o enganei.

E, se não...

No momento seguinte, o som desaparece e corro para procurar meus pertences. Fico aliviada em encontrar a algibeira de camurça que Paloma me deu e a chave no longo cordão negro que simboliza Dace e meu amor.

Embora, infelizmente, a jaqueta negra de Django, uma das poucas peças de lembrança que tenho de meu pai, continue desaparecida. Ou ficou para trás, no Mundo Inferior, ou foi tão danificada na minha batalha com Cade que Axel jogou-a fora com o resto das minhas coisas.

Passo os talismãs pela cabeça e olho dentro da algibeira. Eu me asseguro de que a pedra do Corvo, a pena do Corvo, o Urso de Django, a pequena água-marinha que peguei na cachoeira e o coração de turquesa que Dace me deu como presente de amigo-secreto estão todos ali, embora duvide de que sua mágica permaneça.

Paloma insistiu que a algibeira fosse mantida cuidadosamente guardada, bem longe do alcance de outros. Ela tinha afirmado que nenhuma pessoa devia olhar dentro dela, ou seu poder estaria perdido.

Não só a algibeira havia ficado longe dos meus olhos desde a noite de chegada ali, mas estou disposta a apostar que Axel espiou lá dentro na primeira oportunidade que teve.

Mesmo assim, enfio a algibeira dentro do vestido e depois aninho a pequena chave dourada por baixo. Saboreio o frio cortante do metal na carne. O jeito que ela pende, gelada e estranha, contra a cicatriz que corta meu peito.

Outra recordação de tudo o que perdi.

Vestida e pronta como jamais estive, corro até a janela e espio através das cortinas. Eu me certifico de que esteja vazio, antes de ir até as portas e empurrar a palma das mãos contra a madeira, exatamente como vislumbrei incontáveis vezes.

Só que, dessa vez, quando dou um empurrão, as portas permanecem teimosamente imóveis.

Empurro de novo.

E de novo.

Empurro meu corpo freneticamente contra a porta de madeira esculpida, só para descobrir que estão trancadas por fora.

Corro até a janela, em busca de uma trava, mas não encontro nenhuma.

Pego o jarro de cerâmica que Axel usa para água e o espatifo contra a janela, só para descobrir que o vidro é inquebrável.

Corro pelos quatro cantos do quarto, procurando desesperadamente um jeito de sair, mas não há como escapar.

Estou presa.

Aprisionada.

Meus piores medos confirmados.

Axel está tanto me salvando quanto me escravizando.

Ele foi meu único jeito de entrar – e agora é meu único jeito de sair.

Caio no chão, derrotada. Sem nenhuma outra opção além de vestir outra vez o meu roupão, retornar para a cama e continuar a farsa até ter um plano muito melhor. Um plano que pode levar dias, talvez semanas para desenvolver. Mesmo assim, sem outra escolha, eu me levanto, agarro o vestido pela bainha e começo a deslizá-lo pela cabeça. Levo a algibeira de camurça com ele, até que percebo o traço de calor que a pequena bolsa deixa em seu rastro.

É um sinal. Não tenho dúvidas. Não era a primeira vez que o amuleto solicitava minha atenção.

Coloco o vestido de volta no lugar e dobro os dedos com força ao redor da algibeira. Ciente do meu coração machucado batendo com força contra meu peito enquanto chamo pelos espíritos de muitas gerações de ancestrais Santos, convoco a sabedoria coletiva de Valentina, Esperanto, Piann, Mayra, Maria, Diego, Gabriela, Alejandro e Django, antes de ficar em silêncio, parada, esperando um sinal da presença deles.

A mensagem chega no mesmo instante em palavras freneticamente sussurradas que ecoam em minha cabeça.

O que está fora de você não é páreo para o que está dentro. Você deve estar disposta a fazer o que acredita não ser capaz de fazer.

Embora o significado seja claro, o problema é que não sei mais se sou capaz de fazer isso.

Achei que podia reverter a profecia, e talvez o tenha feito. Mas a recusa de Axel em discutir isso me deixa inquieta.

Também achei que seria capaz de matar Cade – pronta, disposta e perfeitamente capaz. E, embora a lembrança ainda seja nebulosa, é impossível negar como hesitei no momento em que pressionei a faca em seu pescoço. Observá-lo sangrar em minhas mãos não foi o que eu esperava. Era menos como matar um animal, e mais como assassinar um humano.

Um erro que não cometerei novamente.

Embora uma coisa esteja clara: se quero voltar para Encantamento, tenho que agir rápido. E, embora seja tentador forjar um caminho menos resistente, tentando convencer Axel a me soltar, não posso correr o risco de não dar certo.

Preciso de um plano que seja sólido e seguro.

Preciso de um plano que não se baseie no consentimento de Axel.

Você deve estar disposta a fazer o que acredita não ser capaz de fazer.

Estendo a mão para a cadeira pesada de madeira diante da escrivaninha e a arrasto até o outro lado da porta, onde me sento com as costas inteiramente contra a parede e espero.

Prevendo o cenário do começo até o fim.

Vendo a mim mesma agir sem hesitação.

Sem um pingo de arrependimento.

Decidida a fazer o que for necessário para sair deste lugar.

quatro

Dace

Quando a névoa dá lugar à escuridão, não posso deixar de abrir totalmente os braços e abraçá-la como a salvadora que é.

Desejo me fundir a ela.

Desaparecer nela.

É difícil ser capaz de acreditar que, depois de todo esse tempo, depois de toda a angústia das lembranças, a libertação chegou.

Minha respiração se acalma. Meu pulso enfraquece. Como minha alma já foi embora, não vai demorar muito até que meu corpo e minha mente sejam reivindicados também.

Mas, quando a escuridão sobre mim se estreita e muda de lugar, percebo o engano. O que confundi como salvação é apenas uma sombra.

Engraçado como só quando desisti de ser descoberto é que alguém me encontrou.

– Bem, deixe-me ver. Se não é Dace Penabranca! É você, não é? – A voz é familiar; o rosto, desconhecido. – Então foi aqui que esteve o tempo todo! Eu devia saber que não estava morto.

Passo a mão pela testa, me viro até ficar sentado e faço um inventário completo. Verifico um terno negro barato, uma camisa branca engomada muito desgastada no colarinho e nos punhos, e uma gravata preta ridiculamente fina.

– Eu devia saber que ela estava mentindo.

Ele estala a língua contra o céu da boca, enquanto meu olhar vai até seus pés. Noto os sapatos usados que, apesar de recentemente engraxados, estão manchados com múltiplas marcas de desgaste.

– Isso supostamente devia ter sido resolvido há semanas. Agora a coisa toda está atrasada. Ela vai pagar por isso. Não se engane. Ela não vai escapar dessa. Há um lugar ardente no inferno com o nome dela.

A última parte faz com que uma cortina se erga no teatro da minha mente, como uma apresentação de *slides* há muito tempo guardada. O rosto em minha memória não é mais exatamente como aquele que paira diante de mim, mas é igualmente reconhecível pelo jeito que o longo nariz torto pende como um gancho na direção de lábios descorados mesquinhos, que ficaram mais cruéis com o tempo. Mas os olhos são a verdadeira atração, exatamente como eram no passado. Ainda selvagens. Ainda loucos. Ainda insinuando um fanatismo descontrolado escondido dentro deles.

Suriel Sanguejovem. O apocalíptico pai de Phyre.

– Nunca mande uma mulher fazer o trabalho de um homem. – Ele balança a cabeça e passa a mão pelo cabelo cuidadosamente penteado e besuntado, antes de deixar escorregar uma grande bolsa de tecido negro dos ombros e deixá-la cair no chão, onde se ajoelha com um coro de juntas rangendo. Ele pega uma Bíblia nova com uma capa de couro branca em uma mão e, na outra, uma estaca de ferro juntamente ao que só poderia ser descrito como um imenso martelo.

Permaneço enraizado no lugar em que estou. Observo apenas com leve curiosidade, enquanto ele se aproxima de mim com sua coleção de ferramentas inacreditáveis. De repente fico ciente do quão anormal me tornei.

Uma pessoa normal não ficaria deitada, esperando.

Uma pessoa normal daria uma olhada nesse louco e escolheria entre lutar ou fugir.

Mas não sou mais normal.

Não sou mais humano.

Estou vazio.

Sem alma.

E, se ele está aqui para me libertar, não tenho planos de detê-lo.

– Estive aqui embaixo caçando demônios o dia todo – Suriel diz, como se eu merecesse uma explicação por ele invadir minha festa. – Em geral não há falta deles. Esta parte do Mundo Mediano raramente desaponta. Quanto mais profunda a dimensão, mais sombria a paisagem e melhor a recompensa. Entro e saio daqui há anos. Estes são alguns dos melhores campos de escravos que encontrei, embora hoje esteja tranquilo. Devo ter andado quilômetros antes de tropeçar em você. – Ele balança a cabeça, contrai os lábios e cospe um monte de saliva que cai entre nós. – No segundo em que o vi, soube exatamente por que fui chamado aqui. Ele trabalha de modos misteriosos. Realmente. Só Ele para apresentar um achado tão monumental de modo tão simplista.

Ainda que eu não tenha ideia do que ele está falando, não me incomodo em pedir explicação. Só fico deitado e observo enquanto ele se inclina ao meu lado. Com o rosto contorcido com uma convicção louca e ansiosa, ele pressiona a Bíblia com força em meu peito e a segura no lugar com a ponta afiada da estaca. Uma estaca imunda, bastante usada. Tem uma crosta do que só pode ser restos de mortes anteriores.

– Você acha que eu sou um vampiro? – Espio pelas pálpebras semicerradas, me divertindo com essa ideia. Sempre soube que ele era alucinado, mas acho que nunca percebi o quão profundamente perturbado ele realmente é.

Tomando muito cuidado para centralizar a cabeça achatada do martelo contra a estaca, ele joga a cabeça para trás e começa um sermão alto e estrondoso que ruge pela terra. O mesmo tipo de conversa apocalíptica zelosa que ele costumava pregar nas esquinas quando eu era criança. Quando todo mundo revirava os olhos e gargalhava ou preferia passar por ele apressado.

Acho que nunca prestei atenção o bastante para perceber que, durante todo esse tempo, os sermões eram dirigidos a mim.

Convencido de que minha entrada no mundo marcava o início do Fim dos Tempos, ele pregou sobre isso a maior parte de sua vida e passou os últimos dezesseis anos planejando minha morte.

– Vampiro, demônio, feiticeiro, *skinwalker*... qual a diferença? – Seus olhos se reviraram em direção ao céu, como se estivessem se dirigindo a um amigo invisível. – Satã, Lúcifer, o diabo, o enganador, o caído, Belzebu, Mefistófeles... são apenas títulos, nomes. O mal é o que o mal faz. Não adianta fazer distinções. Tudo de que precisa saber é que os Últimos Dias estão sobre nós. Os sinais estão por toda parte! Por duas vezes, um bando de corvos caiu do céu. E foi só há dois dias que o céu se abriu e se purificou com uma torrente de fogo.

Fecho os olhos e solto um gemido. Desejo que ele simplesmente cale a maldita boca e faça o que tem de fazer. Mas, quando ele continua a falar sem parar, colérico, sobre gatos de seis dedos e toda uma série de bobagens supersticiosas, não posso deixar de dizer:

– Odeio interromper você, Suriel, mas nem uma única coisa que você mencionou é um sinal de qualquer outra coisa além de o meu irmão mostrando seu suprimento impressionante de truques mágicos.

Se ele me ouviu, escolheu me ignorar. Sua voz ficou mais e mais alta, até que encobriu a minha.

– Os Dias Brilhantes de Glória estão entre nós! Pecadores queimarão... os justos ascenderão! Mas, para que esses dias gloriosos tenham início, o mal deve ser morto, e seu filho, o que significa você...

Ele reposiciona a estaca de modo que a ponta mortal descanse sobre meu peito. A ponta entra em um livro sagrado que ele interpreta grosseiramente mal. E quando levanta o martelo e o bate com força, observo, fascinado, como se estivesse acontecendo com outra pessoa, não comigo.

A estaca entra no livro, resultando em um gemido abafado enquanto a ponta faz um buraco na capa de couro branco. Abrindo caminho pelas letras douradas reluzentes até que irrompe e começa a furar as páginas de dentro.

Espero pela ferroada da ponta afiada entrando na minha pele, mas ainda há mais de dois centímetros de papel amontoado entre mim e a libertação. O progresso é muito mais lento do que eu tinha previsto.

Ele se afasta, centraliza a mão novamente, e fecho os olhos com força, ansioso para a libertação que logo vem. Não tenho ideia de onde acabarei. Que tipo de lugar admitiria alguém tão sombrio e sem alma quanto eu? Mesmo assim, me prendo ao sonho de redenção – de chegar ao lugar em que Daire repousa.

Ele empurra o joelho com força contra as minhas costelas, prendendo-me como se eu pudesse tentar fugir. Então volta à tarefa sombria de matar. Bate na estaca uma e outra vez, o esforço fazendo gotas gordas de suor brotarem de sua testa, enquanto seu braço fica trêmulo, sua mira, ruim.

– Você consegue – sussurro, imaginando que ele precise de encorajamento. – Entendo completamente e não vou tentar lutar contra você.

Ele acerta a estaca cada vez com mais força, até que minhas narinas capturam o fedor do metal queimando o papel. A voz de Suriel se ergue, os olhos reviram em sua cabeça enquanto ele grita:

– O bem deve superar o mal! Levarei a Palavra direto para a sua alma. Mas não se engane, é tarde demais para salvá-la. Não há Graça para um blasfemador como você!

Sim, que seja. Só faça isso logo. Daire está em algum lugar lá fora, e realmente preciso encontrá-la...

Levanto o peito, esperando acelerar as coisas. Reprimo o sorriso ao primeiro sinal de contato, o momento em que a ponta de metal afiado alcança minha pele.

Não vai demorar muito...

A estaca entra com mais profundidade e ímpeto, diminuindo a velocidade só de leve quando bate em um osso.

Aperto os dentes com força, comprometido com a dor, preparado para o fim. Mais um golpe, e isso deve acabar.

O hálito azedo dele explode com impulso contra o meu rosto quando ele agarra um punhado do meu cabelo e aproxima meu rosto do dele.

– Olhe para mim, pecador! – ele grita, gotas de saliva molhando minha bochecha. – Quero olhar o rosto do mal. Quero ver a força de vida se apagar de seus olhos de demônio!

Faço o que ele me pede, esperando que isso acelere as coisas. Meu olhar desesperado encontra o olhar enlouquecido dele, só para observá-lo gritar:

– Para onde ela foi afinal? – Ele levanta ainda mais minha cabeça, arrancando uma mecha de cabelo do meu couro cabeludo. – Que raios aconteceu com ela? O que você fez com ela? – Ele encosta o nariz no meu.

– Não sei do que está falando. – Solto um gemido, frustrado, sem ar, ciente da corrente quente de sangue que desce pela lateral do meu corpo. Ergo o dorso, mantendo-o esticado, enquanto empurro a estaca mais para dentro.

Se ele não vai acabar com isso, eu vou.

– Sua alma! – ele grita, sacudindo o martelo de modo descuidado sobre mim. – O que você fez com sua alma?

Ah. Isso.

Fecho meus olhos, derrotado. Afundo mais na terra.

– Ela se foi. Se perdeu. Dei um último suspiro e ela se foi. Então dei outro suspiro e... – Não adianta explicar. Não preciso contar para ele sobre minha conexão com Cade. E como o simples ato de o Coiote salvar a alma dele me manteve vivo sem a minha. Pressiono o rosto no chão, dizendo: – Não tenho ideia para onde ela foi.

Suriel grunhe. Tira o peso de cima de mim e fica em pé. Murmura uma longa ladainha de xingamentos enquanto enfia as ferramentas de volta na bolsa e se prepara para ir embora.

– Espere! Volte! – grito, olhando angustiado para a sua silhueta se retirando. – Termine o que começou! Você não pode parar agora... não depois de ter feito todo esse caminho!

– É da *alma* que preciso. Você não serve para mim agora. – Ele me olha com desdém. – Os Últimos Dias estão sobre nós... não serei derrotado! Se não posso encontrar sua alma, pegarei a de Cade. Vocês dois foram conjurados pelo mal... até onde sei, vocês são um e o mesmo.

Ele me deixa com sangue escorrendo do peito – espero que escorrendo do meu coração. Meu sonho de me juntar a Daire se foi, simplesmente *assim*.

Suriel pode ser louco, mas é mais esperto do que as pessoas pensam. É capaz de ver o que a maioria dos demais tenta negar: a conexão mística entre mim e Cade.

Viro de lado, aperto a palma das mãos com força contra o ferimento em meu peito.

Eu estava tão perto. Tão perto.

Embora não tenha acabado da maneira que eu queria, há conforto em saber que é apenas questão de tempo até que aconteça.

Quando Cade se for, eu vou.

Talvez então eu encontre paz.

Talvez então eu encontre Daire.

cinco

xotichl

– Não parece certo.

– O quê? – Auden coloca a mão em meu ombro e dá um apertão. Abandona temporariamente a busca pela vaga de estacionamento perfeita para me confortar.

– Isso. – Aceno com a mão na direção do para-brisa. – Vir à Toca do Coelho. Depois de tudo o que aconteceu, parece errado passar o tempo aqui.

– Podemos ir embora, se você quiser. – O toque de Auden é gentil, embora o tom de sua voz traia sua preocupação. – Mas achei que tinha dito que queria vir para que pudéssemos ficar de olho nas coisas.

– Eu disse. – Dou um suspiro profundo. – E, embora ainda ache importante manter uma presença, sem Daire e Dace não é a mesma coisa – minha voz falha. Minha garganta se fecha com um soluço. Isso vem acontecendo muito ultimamente. Toda vez que penso em meus amigos perdidos há tanto tempo. O que é praticamente a cada segundo de cada dia.

Perdidos.

É a única palavra que posso usar.

Perdido é ruim, não há como fugir disso, mas morto é muito pior. Na noite em que Daire fez nevar, na véspera de Natal, eu tinha certeza de que ela tinha ido embora para sempre. A neve era tão vibrante, caindo em um arco-íris de cores, que presumi ser o adeus final e confundi com seu lamento.

Mas agora não tenho mais tanta certeza. Sou guiada por algo que é mais do que um sentimento, mais forte do que um palpite – um tipo de conhecimento interior de que Daire e Dace ainda estão lá fora. Em algum lugar. É o tipo de instinto que aprendi a aprimorar e no qual aprendi a confiar. Embora, sem uma prova física, eu fique relutante em expressar isso em voz alta. As poucas vezes que tentei resultaram em tapinhas desajeitados no braço, seguidos por palavras vazias de encorajamento. Todos rápidos em tranquilizar a pobre garotinha cega que não consegue ver o que para todo mundo é tão claro.

Eles presumem que vivo em um mundo solitário de escuridão, mas não podem estar mais errados. Ainda que eu não veja as coisas da mesma maneira que aqueles com visão, sou capaz de compreender o tipo de coisa que fica oculto para a maioria. O mundo é muito mais rico e muito mais vibrante do que as pessoas percebem – uma esfera vibrante de fluxos exuberantes de cor e redemoinhos pulsantes de energia.

Pensamentos, sentimentos, músicas, pessoas, animais, natureza, objetos inanimados – é tudo feito de energia. A física moderna tem provado o que os antigos místicos conheciam desde sempre. E, graças às minhas sessões regulares com Paloma, venho testemunhando isso em primeira mão.

Foi ideia da minha mãe buscar ajuda com a *abuela* de Daire. Impressionada com a reputação dela como curandeira, ela imaginou que valia a pena tentar ver se Paloma podia reverter a cegueira que me assolou quando eu era criança. Mas, embora Paloma tenha sido incapaz de restaurar minha visão, ela me ensinou a ter acesso à minha visão interior, também conhecida como sexto sentido. Depois de meses trabalhando juntas, com apenas sinais minúsculos de progresso, tudo veio à tona no dia em que ela pediu para Auden se juntar a nós.

Nunca me esquecerei do jeito como colocou a palma da minha mão contra a caixa de som conectada à guitarra de Auden. Como, depois que ele dedilhou alguns acordes, a explosão mais gloriosa de cores brilhou no espaço bem diante de mim.

Auden sempre brinca dizendo como me amou primeiro. Que se apaixonou por mim no instante em que entrou pela porta e me viu esperando por ele no escritório de Paloma. Naquele mesmo momento ele soube que tinha de fazer algo grande para me impressionar, então flertou comigo através da música. Despejou todas as emoções nas cordas da guitarra, esperando que eu fosse capaz de perceber como ele se sentia.

Tudo que sei é que funcionou. Estamos juntos desde esse momento.

É engraçado como as pessoas sempre fazem questão de me assegurar que ele é muito, muito bonito. Como se eu não pudesse ver por conta própria.

Como se eu não tivesse ideia de que o amor dele por mim brilha no tom mais sincero de violeta.

Que suas palavras são ditas em um laranja profundo e verdadeiro.

Que, quando ele me beija, o ar se enche de bolhas cintilantes rosadas, prateadas e vermelhas que rodopiam sobre nossas cabeças.

Não foi muito depois disso que comecei a ver outras coisas também. E, embora tenha sido confuso no início, não demorei para determinar que mentiras são sempre ditas em um tom amarelo-escuro e gorduroso que se agarra ao lábio da pessoa até muito tempo depois que ela silenciou. Já o elogio, quando sincero, brilha em um tom reluzente prateado que banha tanto aquele que elogiou quanto o elogiado. E, nos últimos dias, tenho observado com preocupação que a tristeza de Paloma com a ausência de Daire e Dace tem transformado sua habitual energia azul-cintilante benevolente em um cinza-escuro, lamacento.

– Temo que nunca mais será igual, flor. – Auden manobra em uma vaga, desliga o motor e me puxa até ele com tanta força que a trama canelada do seu pesado suéter de lã fica marcada em minha bochecha. A voz dele se reduz a um sussurro, seus lábios fazem cócegas no lóbulo da minha orelha, e ele diz: – Mas temos que seguir em frente. Gostando ou não, temos que nos ajustar. – Ele beija minha têmpora, minha bochecha, meus lábios.

– E quanto a Cade? – As palavras são abafadas contra o seu corpo, mas sei que ele ouviu. – E se ele aparecer? E aí? – Enrolo os dedos na bainha de seu suéter e encosto a palma da minha mão na sua pele quente.

– Eu não me preocuparia com isso. – Auden se inclina na minha direção, os lábios provocando os meus. – Ninguém o viu desde aquela noite. Mas, se ele aparecer, estaremos prontos para ele, certo?

Eu me afasto um pouco e levanto a cabeça na direção de Auden, aliviada em ver um tom laranja fluir de sua boca. Ele acredita no que diz. Não está tentando me animar.

– Só porque *nós* não o vimos, não quer dizer que ninguém o viu. – A certeza soa na minha voz, apesar de não ter nenhuma evidência tangível que comprove aquilo. – No mínimo, aposto que aquele Coiote assustador o viu. E já que seu pai, Leandro, não parece nem um pouco preocupado, só posso presumir que ele o viu também. Além disso, não vamos nos esquecer de que Cade não é apenas um psicopata demoníaco, mas também um completo e total egocêntrico, que nunca se negaria uma oportunidade de se gabar. É um dos maiores prazeres dele. Ele praticamente vive para isso.

Auden começa a falar, mas é interrompido por uma batida na janela do lado do motorista, acompanhada por uma voz feminina chamando:

– Ei! Tem espaço para mais uma? – No instante seguinte, a porta se abre e a energia de Lita enche o banco de trás do carro. – Nossa, está totalmente congelante lá fora. – Ela bate as mãos enluvadas, numa tentativa de se aquecer. – Eu me pergunto se essa neve algum dia vai parar.

Suspiro. Auden murmura concordando. E todos ficamos em silêncio novamente.

Está nevando desde a véspera de Natal, e, mesmo que gostemos de reclamar disso e de todos os inconvenientes que vieram junto, no fundo tememos o dia em que a neve parar. Enquanto os flocos continuam a cair, temos uma conexão com Daire. Mas, se ela não voltar quando a terra esquentar, a neve derreter e a primavera brotar, bem, como vai ser?

– Então, alguma notícia? Alguma notícia sobre, você sabe, qualquer coisa? – Lita pergunta, relutante em expressar realmente o que todos pensávamos: *O que aconteceu? Onde eles estão? Nós os veremos novamente?*

Passamos horas incontáveis debruçados sobre os detalhes mais minuciosos daquela noite. Tentando juntar as peças e descobrir alguma pista oculta que tivéssemos perdido ao primeiro olhar. Mas o fato é que todos nós vimos a mesma coisa: Daire correndo no clube, avisando todos nós para fugirmos, para irmos o mais longe possível da Toca do Coelho. O céu estava sangrando fogo, ela disse. A profecia havia começado. Suas últimas palavras para mim foram: "*Vou deter isso. Dar um jeito nisso. Nem que seja a última coisa que eu faça*". Então se livrou da minha mão que a segurava, correu até o vórtice e ninguém a viu novamente.

Balanço a cabeça, deixando a lembrança de lado enquanto me viro na direção de Lita e digo:

– Nenhuma notícia nas duas horas que se passaram desde que nos falamos. – Faço o melhor possível para terminar com um sorriso, embora este não saia com tanta facilidade quanto deveria.

Ela solta um suspiro profundo e imediatamente me lembro do quanto e do quão rápido ela mudou. Não faz muito tempo que ela era, indiscutivelmente, a rainha do Colégio Milagro. A garota megapopular e arrogante que todos admiravam e temiam abertamente. O tipo de garota que jamais consideraria falar com alguém como eu. Mas então Daire chegou e uniu todas nós. A chegada dela a Encantamento pode ter incitado as ações de Cade, mas também mudou nossas vidas de uma maneira realmente positiva.

– Então, o que faremos? Como vamos lidar com isso? – Lita indaga. A pergunta foi seguida pelo clique do pó compacto se abrindo e pelo sibilar pegajoso do aplicador do gloss se movendo sobre seus lábios.

– Você é a realeza de Milagro, o que sugere? – Auden entrelaça os dedos nos meus.

– Ex-realeza. Desisti da coroa, lembra? – Lita fecha o pó compacto e o joga junto ao gloss no abismo de sua bolsa.

– E olhe quem está usando a coroa agora – Auden diz, e sei pelo seu tom de voz e pela mudança no ar que Phyre está por perto.

Lita funga, pega suas coisas e abre a porta.

– Bom – diz –, que fique com a coroa. – Ela desce do carro. – Se Phyre quer que todo mundo repare nela, serei a primeira da fila. Não confio naquela garota nem por um segundo e planejo observar cada movimento que faça a partir de agora. E, só para lembrar, Daire também não confiava nela nem um pouquinho. O que significa que farei o que for preciso para descobrir o que ela está tramando... por que voltou para Encantamento. Nem que seja só para honrar a memória de Daire.

– Não faça nada imprudente – Auden adverte.

– Quem? Eu? Imprudente? – Lita dá uma gargalhada. Dá a volta até minha porta e diz: – Você vem, flor? Temos reconhecimento a fazer.

– Ei, eu sou o único que pode chamar minha flor de flor! – Auden me puxa para perto dele e dá um beijo de leve no alto da minha cabeça.

– Provavelmente é melhor assim – Lita comenta. – Parece meio estranho. De qualquer modo, é melhor irmos. Não podemos perder o espetáculo agora que o ato principal está aqui.

– Estamos bem atrás de você – digo, enquanto Auden e eu descemos do carro. Seguimos Lita para dentro do redemoinho surreal de energia da Toca do Coelho.

seis

Daire

Odeio admitir, mas esperar não é uma das minhas habilidades naturais.

Embora comece bem, não demora muito até que eu fique cada vez mais impaciente. E, uma vez que meu corpo comece a se agitar, não demorará muito até que minha mente se agite também. Minha cabeça dá lugar a um desfile interminável de pensamentos autodestrutivos. Duvida das minhas habilidades. Questiona minha estratégia. Preocupa-se que eu tenha julgado Axel com muita dureza. Que esteja sendo paranoica. Que tenha entendido tudo errado.

No final das contas, ele me salvou.

Ele impediu que Cade roubasse minha alma.

Sem mencionar o jeito que cuidou de mim, me curou, sem pedir nada em troca nem uma única vez.

E, mesmo assim, toda vez que me vejo soterrada pela longa lista de possíveis más interpretações, tudo o que tenho a fazer é dar uma olhada para esse vestido de noiva assustador que estou usando, e isso *basta* para que eu resolva seguir adiante com meu plano.

Lembro-me de algo que Paloma disse certa vez, que a paciência é companheira da sabedoria, e me restabeleço para esperar novamente. Uso o tempo para examinar cada último detalhe, ciente de que terei apenas uma chance de fazer dar certo. Se eu hesitar, se vacilar mesmo que de leve, estará tudo perdido.

Axel é maior. Mais forte. Com habilidades mágicas que superam as minhas.

Não há espaço para falhas.

O cascalho é pisoteado e remexido do lado de fora da porta.

O ferrolho da porta range e recua.

Eu me aperto contra a parede, seguro a cadeira com força e observo a porta se abrir e Axel atravessar o chão de pedra calcária até minha cama.

Ele chama meu nome. Cutuca gentilmente a roupa de cama amontoada que acha que sou eu. Não tem ideia de que eu coloquei meu roupão ali, recheado com as toalhas limpas que ele deixou para a hora do meu banho, para imitar uma versão minha dormindo, até que a farsa desmorona com o seu toque.

Ele se vira, o olho cor de lavanda arregalado por estar confuso, quando me encontra espreitando atrás dele, com a cadeira erguida bem alto.

– *Daire*?

É a última coisa que ele diz antes que eu acerte a cadeira com força em sua cabeça. Já estou correndo em direção à liberdade quando ele despenca inconsciente aos meus pés, e eu dou uma última olhada para o seu corpo imóvel, a boca fazendo um pedido de desculpas silencioso, e tranco a porta com firmeza atrás de mim.

sete

xotichl

Depois de incontáveis voltas pelo clube, Lita volta para a nossa mesa, larga a bolsa em um banco vazio, senta-se diante de Auden e de mim e diz:

– Nem sinal de Cade. E, acredite em mim, olhei em todos os lugares que pude. Inclusive o escritório de Leandro, o que é no mínimo estranho, principalmente porque ele estava lá. Conferi até no banheiro. Não me surpreenderia se Cade espiasse por baixo das cabines. Mas, ninguém, nada, *niente*.

– E Phyre? – Eu me inclino na direção dela, me esforçando para ouvir além da música.

– Phyre é apenas... Phyre. Quero dizer, sei que é bonita e tudo o mais, mas é também completamente estranha e totalmente falsa. E é por isso que não entendo por que todo mundo está tão encantado com ela.

– Não tenho certeza se todo mundo a vê como estranha e falsa – digo, enquanto Auden bate seu polegar de maneira nervosa contra o meu. Um sinal indiscutível de que ele está mais ansioso pela reunião com o executivo da gravadora do que deixa transparecer. – Acho que somos apenas nós.

– Bem, não faz muito tempo que Daire era nova e ninguém gostava dela – Lita comenta. E antes que eu possa argumentar, ela acrescenta: – É claro que, naquela época, grande parte da culpa era minha, já que eu praticamente virei todo mundo contra ela. De qualquer modo, seria bom se tivéssemos alguns garotos *novos* na cidade. Vocês dois devem estar cansados de eu segurar vela o tempo todo.

Auden e eu começamos a contestar, mas Lita é rápida em nos calar.

– Ah, por favor. Nem tentem negar. Acreditem em mim, sinto a mesma coisa. E estaria mais do que disposta a mudar isso, mas infelizmente estamos em Encantamento. O que quer dizer que não há um único garoto namorável nesta cidade. – Ela solta um suspiro melancólico. – Sabem o que é isso? – Faz uma pausa, mas não para tentarmos adivinhar: é apenas um efeito dramático. – É meu carma. – E dá um tapa na mesa, para enfatizar.

– Seu carma pelo quê? – Eu me aproximo de Auden e repouso a cabeça em seu ombro. Tento contrabalancear seu nervosismo com uma bela onda de calma.

– Por eu ter sido uma bela de uma sacana. Por criticar todas as pessoas que eu não aprovava como se fossem chatas e fracassadas.

– Você achava que eu era chato? – Auden finge consternação com as palavras dela.

– Bem, sendo o vocalista da única banda decente da cidade, eu lhe dava um certo desconto... mas, de qualquer forma, vamos encarar a verdade: eu era uma bruxa.

– De fato você era – concordo, sem ver motivo em negar o que já sabíamos.

– E tenho certeza de que estou pagando por toda essa maldade agora.

– Está falando sério? – Dou uma gargalhada. Não consigo evitar. Ainda que eu definitivamente acredite em carma, esse não é o melhor exemplo.

– O que é tão engraçado? – A energia de Lita explode, seu tom de voz é mais do que um pouco defensivo. – É verdade. O que vai, volta.

– Então, o que está dizendo é que não há garotos novos em Encantamento porque você costumava ser muito malvada com todos que considerava indignos de você? Não tem nada a ver com o fato de Encantamento ser um local totalmente indesejável para se viver, com o preço dos imóveis em queda, sem boas oportunidades de emprego e com uma família maligna de Coiotes no comando de tudo.

Lita solta um gemido.

– Bem, quando você coloca dessa maneira, parece muito menos carma e muito mais narcisismo. Como se eu pensasse que o mundo gira ao meu redor.

– Não o mundo – Auden diz. – Só Encantamento.

– Bem, Encantamento costumava girar ao meu redor, ou pelo menos era o que eu pensava. Não faz muito tempo que eu achava Dace um completo idiota, que odiava Daire, e que Cade Richter abalava meu mundo. E agora que eu acordei para a vida, não posso deixar de sentir que perdi todos esses anos sem dar uma chance para pessoas como vocês, Auden e Dace. Eu estava tão focada na minha imagem, em ser popular, e tudo isso... – A voz de Lita desaparece enquanto ela se remexe no assento. – E, sim, por mais que odeie admitir, eu estava total e completamente fixada em manter meu relacionamento com Cade e não conseguia pensar em mais nada. Era como se eu estivesse possuída. E é estranho como em um minuto eu estava totalmente obcecada, e então, no momento seguinte, simplesmente *assim*, eu tinha superado isso completamente.

Fico pensando nas palavras dela, me perguntando como responder. Dou uma chance para a verdade quando digo:

– Na verdade, não é tão estranho quanto você pensa... – Auden se enrijece ao meu lado, me pedindo para proceder com cautela quando pressiona o polegar com força contra o meu. Daire estava sempre tentando proteger Lita da verdade e queria que eu a protegesse também. Mas Daire não está mais aqui e, sem ela, estamos abandonados a nós mesmos. O que significa que, quanto mais pessoas souberem a verdade sobre essa cidade e sobre os Richter que a governam, melhor.

Lita desliza os cotovelos na minha direção. Posso dizer pelo modo como sua energia se move, pelo rangido em seu assento.

– Bem, não pare agora – ela diz. – Tem toda a minha atenção.

– Ok. Mas, escute... Em vez de pedir outro refrigerante, o que acha de sairmos daqui?

– Como sabe que eu ia pedir outro refrigerante?

– Ouvi você pegar algumas notas da carteira.

– Sério?

Dou de ombros. Eu me divirto com o fato de ser tão fácil para uma pessoa cega impressionar alguém que enxerga.

– Uau. Essa coisa de sexto sentido é realmente incrível, não é? De qualquer modo, por mim, tudo bem. Este lugar me dá arrepios. Está cheio de lembranças antigas, e a maioria delas não é boa. Então, aonde vão me levar, já que não temos muitas opções?

– Tem certeza disso? – Auden pergunta, as palavras ditas em uma sombra conflituosa vermelho-acastanhado que se dissipa com um aceno rápido da minha cabeça. – Bem, eu iria com vocês, mas tenho um compromisso. Então, Lita, estou confiando que você vai cuidar bem da minha flor e deixá-la em casa com segurança. – Ele dá um beijo suave, doce e leve nos meus lábios, enquanto Lita procura suas chaves, aborrecida. As únicas demonstrações públicas de afeto que ela tolera são as dela.

– Então, como vai ser? – ela questiona, me levando para longe de Auden. – Aonde vamos? Vai ser tipo a noite das garotas?

– Algo assim. – Saio do clube andando ao lado dela. – Imaginei que, já que ainda é meio cedo, podíamos ir para a casa de Paloma. Se alguém vai saber a verdade sobre esta cidade, deve ouvir da pessoa que pode explicar tudo isso da melhor maneira possível.

oito

Daire

No momento em que as portas batem entre mim e Axel, eu corro.

O problema é que não tenho uma direção real em mente.

Embora o plano tenha sido executado com perfeição, sem nenhum problema, nunca cheguei a planejar o momento em que estivesse do lado de fora.

Além de irromper pelo véu de luz e acordar em meu leito de doente, não tenho lembranças de nada além do quarto em que Axel me manteve. Nenhuma lembrança de como cheguei aqui, muito menos de como poderei ir embora.

Um leito de pedras violeta, como fragmentos caídos de ametistas, rola e se desloca sob meus pés enquanto corro na direção de uma ponte vermelha brilhante que conduz a um bosque de jacarandás com flores exageradamente grandes. Eu me apoio em um dos troncos e paro alguns instantes para descansar. Recordo a mim mesma que, embora não haja dúvidas de que preciso dar uma boa distância entre Axel e mim, também preciso manter minhas forças. Correr por aí como uma doida só vai servir para esgotar minhas energias.

Luto para controlar a respiração enquanto olho ao redor. Estou impressionada em ver como a paisagem do Mundo Superior é exatamente como Paloma a descreveu: um mundo encantado, de tirar o fôlego, banhado com uma luz dourada suave e magnífica.

Como o Mundo Inferior com esteroides.

Paloma também me disse que é muito mais difícil acessar o Mundo Superior do que o Mundo Inferior, mesmo para os Buscadores mais dotados.

Bem, graças a Axel, a parte de acessar foi fácil. A questão que permanece é: como sair daqui?

Fecho os olhos, fico em silêncio e parada, buscando a resposta dentro de mim. Se o Mundo Superior é realmente um lugar de amor, luz, benevolência e magia, como Paloma afirmou, então com certeza alguns dos meus poderes devem estar funcionando.

Quando a parte de trás do meu vestido começa a se agitar, me cutucando suavemente para seguir adiante, tomo isso como um sinal de que o Vento está comigo agora. Mesmo assim, dou uma olhadinha por cima do ombro para ter certeza de que é meu elemento-guia, e não a força de Axel correndo na minha direção.

Se ele é realmente um ser místico, não vai ficar caído durante muito tempo. O que é bom por um lado, porque significa que não o matei – mas é ruim por outro, porque, no instante em que se recuperar, certamente virá atrás de mim.

Com o vestido rodopiando com insistência em volta dos meus joelhos, espio na direção do lugar de onde vim, para descobrir uma bela campina com a ponte vermelha brilhante, o caminho de ametista... e nada além.

Nenhum sinal do pequeno chalé com portas largas e trancadas e janelas inquebráveis.

Nenhum sinal do lugar em que fui mantida prisioneira por dias a fio.

O lugar que certa vez me pareceu tão formidável desapareceu como se nunca tivesse existido.

Será que Axel fez algum encanto ou disfarçou o lugar para que só ele pudesse encontrá-lo?

O pensamento em si foi o suficiente para me empurrar para longe das árvores, na direção de outra bonita ponte, pintada em um tom intenso e vibrante de cobalto, onde encontrei as primeiras pessoas que vi desde que fugi.

Penso em pedir ajuda, mas descarto a ideia com a mesma rapidez. Embora o Mundo Superior seja supostamente amigável, o fato é que sou uma estranha em uma terra desconhecida. Não conheço as regras. Não posso me arriscar. Então, enfio o queixo no peito e tento passar rapidamente por eles. Só para ter que ouvir de um deles:

– Devagar, novata... não há razão para pressa! – Enquanto o outro dá uma gargalhada.

Novata?

Deixo o pensamento para lá. Não posso me dar ao luxo de me envolver.

Meu coração ainda está machucado, minha resistência vem decaindo. Preciso usar toda a energia que me resta para tentar sair daqui antes que Axel acorde.

Remexo nas minhas lembranças. Tento desenterrar algo que possa ter esquecido sobre como cheguei aqui. Recordo a sensação dos braços de Axel ao meu redor... disparando bem alto no céu, até que atravessamos uma teia sedosa e magnífica, irrompendo em um mundo de luz dourada resplandecente...

E então...

E então?

Há uma grande lacuna entre o primeiro vislumbre de luz e o momento em que despertei na cama. Ainda que a lembrança possa ser irrecuperável, uma coisa é certa: se voei até chegar aqui em cima, terei de ir para baixo para voltar.

Mudo minha busca para algo que desça – qualquer coisa –, uma escada, uma rampa, uma árvore grande com raízes compridas. E só se passa um segundo até que o Vento se agita, me empurrando na direção de um brilho quente e incandescente que irradia à minha direita e que se parece muito com a teia dourada através da qual cheguei até aqui.

Corro naquela direção sem questionar, convencida de que é minha saída. Então, hipnotizada pela maneira convidativa com que ela pulsa diante de mim, quase não vejo o grupo de garotas que atravessa meu caminho.

– Devagar! – uma delas fala, mas mantenho o queixo abaixado e sigo adiante.

Já estou a muitos passos de distância, quando ela diz:

– Daire?

Aperto o passo, fazendo meu coração estremecer em protesto.

Só mais dois passos e estou lá...

– Daire Lyons-Santos?

Finjo não escutar. Se ela sabe meu nome, não pode ser uma coisa boa. Pode significar que esteja ligada a Axel.

Ela corre atrás de mim. Seus movimentos são mais rápidos, mais leves, mais fluidos que os meus, e ela me segura pelo ombro com facilidade e me vira até que dou de cara com um par de olhos profundamente avaliadores que me lembram a cor do mar ao amanhecer. Seu olhar prateado com nuances rosadas é tão surpreendente que levo um momento para perceber a suave pele marrom, os longos cachos escuros e o corpo alto e flexível com um vestido que é muito parecido com o meu. Só que em vez de branco puro, o dela é da mesma cor dos seus olhos.

– É você, não é? – ela diz, a surpresa por me encontrar visivelmente marcada em seu rosto. Embora esteja claro que ela me conheça, não tenho a menor ideia de quem seja. – O que está fazendo aqui? Por onde andou? Estive procurando você por toda parte... perdi seu rastro com todo aquele caos. – Ela puxa a alça fina do meu vestido. – E por que está usando isso? Quem deu isso para você?

Eu me solto de sua mão e dou um passo para trás. Ainda que não tenha ideia do que está acontecendo, ou por que meu vestido seria da conta dela, sei muito bem que é melhor não responder.

Arrisco um rápido olhar por cima do ombro, precisando alcançar aquele véu brilhante mais do que nunca. Lamento o ato no momento em que ela me pega olhando.

– Ah, não – ela diz, diminuindo o espaço entre nós com um passo fluido. – Não sei como chegou aqui, Daire. Ou como isso aconteceu, mas você não pode voltar lá. Não agora. Nunca mais. – Os amigos dela a chamam, perguntando se devem esperar, mas ela acena despedindo-se deles e volta a atenção para mim. – Venha, Daire. Venha comigo. – Seus dedos contornam meu pulso. Seu olhar se prende ao meu. – Estou aqui para ajudar você. Não há o que temer. Não vai demorar até que tudo se resolva.

Aceno com a cabeça como se tivesse entendido. Vou mais longe, devolvendo seu sorriso em uma tentativa de ganhar sua confiança. Embora eu tenha certeza de que ela tem boas intenções, ela não tem ideia do que realmente está acontecendo. Não tem ideia do que está em jogo aqui.

Não tem ideia do que Axel fez.

E não estou a fim de esclarecê-la.

Ela dá meia-volta e me puxa pelo braço, e finjo deixar a resistência de lado a fim de segui-la. Minha disposição em obedecer faz com que ela afrouxe a mão que me segura o suficiente para que eu me liberte e gire na direção do véu, usando cada gota de força que tenho.

Estou ciente da voz dela me chamando – estridente e frenética, me pedindo para parar.

Mas é tarde demais.

Já estou voando, mergulhando, atravessando a teia.

Já estou nas garras da gravidade, despencando em direção à terra.

oferendas queimadas

nove

xotichl

Depois de bater várias vezes na porta da casa de Paloma, sem resposta, Lita e eu damos a volta até a parte de trás, onde a encontramos cuidando de um canteiro de estranhas plantas híbridas que continuam viçosas, não importa a estação.

Levanto o queixo e inspiro profundamente. Encho os pulmões com o exuberante aroma perfumado antes de dizer:

– Estou um dia adiantada e trouxe companhia. – Aceno com a cabeça na direção de Lita. – Espero que não haja problema. – Minha colocação é feita mais por educação do que por uma preocupação real de que Paloma nos mande embora. Ela gosta de nos ter por perto. Nos vê como um elo com Daire, do mesmo modo que a vemos.

Ela pega a cesta de flores noturnas medicinais e se levanta com dificuldade. A cena se desdobra diante de mim em um fluxo de energia sombrio e lamacento, com um brilho luminoso na ponta dos seus dedos.

– Aqui, deixe que eu carrego. – Lita corre para o lado dela em um raio laranja vibrante na direção do cinza apático de Paloma. O contraste é um lembrete amargo do quão frágil Paloma se tornou nesses poucos dias.

Ainda que ela nunca tenha se recuperado totalmente depois que sua alma voltou, e ainda que não haja dúvida de que o desaparecimento de

Daire cobrou um preço de cada um de nós, claramente Paloma é a mais afetada de todos.

Apesar de ter o conhecimento em primeira mão dos perigos de ser um Buscador, ela se considera responsável pela perda da neta. E não importa quantas vezes eu a lembre de que a profecia estava em movimento, que não podia ser detida, isso não adianta muito para aliviar sua culpa.

Lita pega a cesta e ajuda Paloma a ir até a porta dos fundos, enquanto eu as sigo para dentro da casa. Passamos pela cozinha, que tem o cheiro de algo saudável e delicioso esquentando no forno em razão do crepitar contínuo e o estouro da madeira que queima na lareira, e pela rampa que leva ao escritório dela, onde Paloma nos acomoda na antiga mesa de madeira, antes de voltar até a cozinha para pegar um lanche.

– Eu podia me acostumar fácil a isso – Lita diz, quando Paloma coloca uma xícara de chá de gengibre fumegante e um bolo vegano de cardamomo diante de nós. – O que me diz amanhã, mesmo horário, mesmo lugar, mesmo cardápio?

Todas rimos um pouco mais do que a piada realmente merece. Famintas por uma desculpa para aliviar nossa carga emocional.

– Você não vai comer? – Lita pergunta quando Paloma se junta a nós na mesa.

– Estou de jejum até que ela volte – Paloma responde. – Este é o favorito de Daire. Faço uma fornada nova todo dia, para ter bolo fresco quando ela voltar.

Lita fica em silêncio, ocupando-se com o bolo e o chá, enquanto me inclino na direção de Paloma e digo:

– Trouxe Lita porque acho que é hora de ela saber a verdade sobre esta cidade, e imaginei que você fosse a melhor pessoa para explicar a ela.

O som abafado do dedo de Paloma fazendo círculos ao redor da borda da caneca me diz que preciso de algo melhor para convencê-la.

– Com Daire desaparecida... – Faço uma pausa, precisando de um momento para me recompor antes de prosseguir. Não importa quantas vezes eu diga isso, não fica nem um pouco mais fácil. – Não há outro Buscador para substituí-la. O que quer dizer que todos teremos de nos levantar e fazer a nossa parte. Mas não podemos proteger uns aos outros se alguns de nós nem mesmo sabem do que precisam ser protegidos.

Paloma fica em silêncio por tanto tempo que estou prestes a implorar, quando ela diz:

– Suponho que esteja certa. – Sua voz, assim como sua energia, é cansada mas resignada. – Então, por onde sugere que eu comece?

– Que tal pelo começo? – Lita diz. – Tenho a sensação de que a história desta cidade não tinha nada a ver com o que nos ensinam na escola.

Paloma assente e se ajeita na cadeira, contando uma história tão estranha que fico atenta na energia de Lita para ver como ela está lidando com isso. E, para minha surpresa, ela não fica nem de perto tão chocada quanto eu supunha que ficaria.

– Eu sabia! – Lita grita, no segundo em que a história de Paloma acaba. Golpeia a mesa para ser enfática, o que, do meu ponto de vista, parece uma faixa afiada de laranja se mesclando em um fluxo estagnado de marrom. – *Eu sabia o tempo todo* – ela destaca cada palavra. – Quero dizer, talvez não soubesse isso tudo sobre os Richter, também conhecidos como El Coyote, que são muito mais malignos na essência. E talvez não soubesse que Cade pode se transformar em um demônio de verdade porque ele é basicamente a cria de um demônio, concebido por magia negra. E talvez não soubesse que esta cidade está cheia de portais secretos, ou vórtices, ou como quer que vocês chamem...

– Então exatamente o que você sabia? – pergunto, incapaz de esconder o sorriso.

– Eu sabia que Cade era do mal. Eu sabia que havia algo muito sombrio nele. E eu me sentia enjoada cada vez que pensava em todas as coisas que eu... que nós... – Ela controla a respiração, esfrega a palma das mãos contra a mesa e recomeça. – Seja como for... E quanto àquele coiote assustador, eu já o vi. Mais do que uma vez. E na primeira vez em que vi seus olhos vermelhos brilhantes, gritei como louca e saí correndo. Mas então Cade me contou uma história inventada sobre como o havia encontrado abandonado, ainda filhote, e decidido resgatá-lo, treiná-lo e mantê-lo como animal de estimação, e... argh. Não consigo nem dizer o quanto estou desapontada comigo mesma por ter ficado tão encantada com tudo aquilo. Não posso crer que realmente acreditei nele!

– Não seja tão dura com você mesma. – Paloma se afasta da mesa, as pernas das cadeiras arrastando com força contra o chão de ladrilhos. – Os Richter sabem como alterar a percepção dos outros. Eles alteraram a sua, assim como da maior parte das pessoas desta cidade.

– Todo mundo, exceto Xotichl – Lita se vira na minha direção. – Como você nunca caiu na farsa dele?

– Cade não pode chegar até mim. – Inclino a cabeça, tomo um gole de chá. – Nenhum dos Richter pode. É o lado bom de ser cega.

– Está dizendo que ele me *encantou*? – A voz de Lita fica tão aguda que ela praticamente grita. – Que ele olhou nos meus olhos e me hipnotizou como os vampiros da TV? – Ela está dividida entre o fascínio e a indignação, como demonstrado pelo modo como sua energia faísca e explode.

– Não exatamente – Paloma diz. – Eles precisam do benefício da visão para alterar o jeito como você percebe as coisas. É uma prática esotérica que poucos conseguem dominar. Como conta a história, antes que se deparassem com os segredos dessa habilidade em particular, eram cidadãos medianos, senão honrados. Ou pelo menos até serem corrompidos pelo poder. Ficaram cada vez mais gananciosos, ávidos, bêbados com a própria autoridade. Não importa o dano que causem, as pessoas continuam a percebê-los como uma família digna de admiração e respeito. Todos muito felizes em trabalhar em benefício dos vários interesses dos Richter, enquanto gastam tudo o que têm comendo e bebendo no bar e nos outros estabelecimentos deles. É um ciclo terrível que garante que permaneçam para sempre em dívida. Conhece o ditado: *Poder total corrompe totalmente*? Os Richter são o exemplo perfeito disso.

– E Cade é o pior de todos eles, depois de passar o último ano roubando fragmentos da alma das pessoas, com os quais alimentava seus ancestrais mortos a fim de ressuscitá-los para cumprir suas ordens – digo, querendo que Lita saiba que, embora se apaixonar por Cade não tenha sido exatamente culpa dela, a verdade é muito pior do que ela pensa.

– Está me dizendo de verdade que ele usou minha alma para alimentar algum zumbi Richter esquecido por Deus?

Se eu achei que ela tinha berrado antes, não era nada comparado a como aquilo soou.

– Não ela toda. Só uma parte – digo, lamentando de imediato ter sido tão brusca. É muita coisa para engolir de uma só vez. Preciso ir devagar com ela.

– Ela voltou para você no Dia dos Mortos, quando Daire convenceu a Guardiã de Ossos a libertá-la – Paloma explicou. – Você provavelmente notou algumas mudanças desde esse dia.

– O mesmo dia em que terminei com Cade! – Lita engasga e, então, como se tivesse acabado de perceber, diz: – Espere... você disse *Guardiã de Ossos*? – O grito atinge notas ainda mais altas. – Agora está me dizendo que existe essa coisa de Guardiã de Ossos também?

– Ela tem um rosto de caveira, se alimenta de estrelas e usa espartilho de couro negro, botas de salto agulha e uma saia de serpentes – digo para ela. – Bem, de qualquer modo, é o que diz a lenda. Apesar de Daire ter confirmado.

– Então... ela é gótica?

– Provavelmente é a gótica original – brinco. – Ah, e a saia de serpentes é feita de serpentes de verdade que se arrastam ao redor de sua cintura e pernas. E essas mesmas serpentes fizeram o resgate das almas, ao escorregar pelas gargantas dos Richter e... – Faço uma pausa, observando a energia de Lita se desvanecer em algo horrível e desolador. É demais para minha tentativa de controlar a situação.

– Ok. Então, em resumo, os Richter são maus, Dace e Daire são bons, espíritos animais não são superstição, são de verdade, e há três mundos, o Mundo Inferior, o Mundo Superior, e este mundo, o Mundo Mediano, e... – Lita faz uma pausa, hesitante em continuar. – E uma parte da minha alma foi roubada por meu ex-namorado, que a usou para reanimar um ancestral morto, até que ela foi resgatada por uma serpente e encontrou seu caminho até mim outra vez?

– Em resumo – concordo, com a voz baixa e arrependida.

– Nossa. E pensar que vivi a vida toda aqui e, durante todo esse tempo, não tinha a mínima ideia do que estava realmente acontecendo.

– A maior parte das pessoas só vê o que quer ver – Paloma diz. – É só quando não pode mais se dar a esse luxo que vê o que precisa ver.

– Mais alguma coisa de que eu precise saber? – Lita pergunta. – E quanto a vampiros e lobisomens? Ah, e fadas? Onde eles entram na história? São de verdade também?

– Embora eu não possa falar por eles, posso dizer que foi Daire quem fez nevar. – Sorrio com a lembrança, imaginando o triunfo que ela deve ter sentido quando os flocos começaram a cair depois de tantas tentativas fracassadas.

– E Cade é responsável por fazer o céu sangrar fogo – Paloma acrescenta.

As palavras são tão inesperadas que me inclino na direção dela, enquanto Lita resmunga:

– Faz sentido.

– Como assim? – pergunto, ouvindo intensamente enquanto Paloma se levanta da mesa, vai até o velho armário fechado, pega um livro pesado e o coloca no centro da mesa.

– O Códice – sussurro, a voz cheia de admiração, enquanto as cores vívidas da energia do livro florescem no espaço diante de mim.

– Códice? O que é um Códice? – Lita alterna seu foco entre mim e Paloma.

– Um Códice é um texto antigo. Este Códice em particular foi criado por Valentina...

– Uma das primeiras Buscadoras da família Santos – Paloma explica. – Ela sofreu muitas provações para acumular o conhecimento contido neste livro, de modo que todos os Buscadores futuros pudessem se beneficiar de algum jeito.

– E você já viu isso antes? – Lita dirige a pergunta para mim. Embora seja rápida em se corrigir, quando acrescenta: – O que quero dizer é... você está *familiarizada* com isso?

– Estou *familiarizada* com isso *e* já vi isso. – Sorrio. – Embora eu não seja capaz de ver as páginas reais, *posso* ler a energia.

– E o que essa energia está dizendo para você agora? – Paloma empurra o antigo livro com capa de couro pela mesa até que ele para diante de mim.

Ergo as palmas das mãos de modo que elas pairem alguns centímetros acima do volume.

Minha atenção é instantaneamente atraída por uma impressão muito forte que reluto em compartilhar.

Não pode ser.

É impossível.

E se eu ousar dizer isso em voz alta e estiver errada?

– O que você vê? – Paloma insiste, seu tom de voz não deixa dúvidas de que ela está comigo, que sabe que não estou sendo inteiramente colaborativa.

– Sim, nos diga o que vê – Lita diz. – Não se contenha por minha causa.

Respiro profundamente, limpo a garganta e digo:

– A profecia mudou.

– Como? – Paloma aproxima sua cadeira da minha.

– Você estava certa sobre Cade. Foi ele quem encheu o céu de fogo. Fez isso para forçar a profecia. Estava impaciente. Convencido de que, se conseguisse iniciá-la, então poderia apressar o dia em que se ergueria e governaria. Mas algumas coisas não podem ser forçadas, e agora a profecia está... dormente... por falta de palavra melhor.

A energia de Paloma desinfla quando ela afunda ainda mais em seu assento.

– Temo que esteja certa – diz. – Na noite em que Daire desapareceu, Chay estava parado bem aqui ao meu lado enquanto víamos as palavras se erguerem da página. Não mencionei até agora porque não sabia o que fazer com isso. Mas tenho certeza de que suas impressões estão corretas. Cade é imaturo, impaciente, então forçou os sinais antes do tempo. E ainda que eu tenha conferido o livro diariamente, o espaço em que a profecia estava permanece insistentemente em branco.

– Você conferiu hoje? – Eu me arrisco, incerta se devo expressar essa sensação incrível que tenho.

– Conferi esta manhã. É a primeira coisa que faço.

– Confira novamente – digo. – Sabe, só por garantia. – Eu me esforço para manter a voz leve, como se estivesse apenas tentando ser bem-humorada. Tenho medo de deixar transparecer demais, de plantar uma semente de esperança, quando há uma chance de que eu esteja totalmente errada.

Seguro a respiração enquanto empurro o livro para ela. Minhas bochechas borbulham com ar enquanto a capa faz um ruído surdo contra o tampo da mesa, e as páginas de pergaminho desgastadas são viradas uma a uma. A mesma rajada de ar sibila por meus lábios quando ela e Lita engasgam, o som só confirmando a mesma coisa que senti. Essas páginas antigas e amareladas agora brilham com a promessa de um novo texto, onde apenas há poucos instantes estava um espaço em branco.

– O que diz? – Lita pergunta.

– Não sei. – A voz de Paloma é incerta, mas mais entusiasmada do que tenho ouvido há dias. – Os símbolos estão nebulosos, fora de foco...

Estou prestes a me inclinar na direção do livro, querendo ver se talvez eu possa intuir alguma coisa, quando sinto uma mudança sutil no vento. A mais leve alteração na atmosfera que passaria completamente despercebida, se não fossem o clarão brilhante de cor, a onda de calor e o coro celestial que a acompanha.

É um coro que já ouvi uma vez.

O ritmo cadenciado vai aumentando, até chegar a um crescendo tão glorioso que não consigo mais me conter. Levanto de um salto da cadeira e exclamo:

– Alguém precisa abrir o portão. – Eu me certifico de ter a atenção total delas antes de acrescentar: – Alguém precisa abrir o portão e deixar Daire entrar... ela está em casa!

Dez

Daire

Paro diante da porta de entrada com os olhos fechados. Saboreando os aromas dos troncos de algaroba queimando na lareira e do chá de gengibre que se infiltram no ar, junto ao cheiro doce de bolo de cardamomo, óleo de lavanda, perfume de baunilha e sabão de menta – o cheiro de casa, família e amigos.

– *Nieta!* – Paloma me esmaga de encontro ao peito com tanta força que posso sentir seus ossos se sobressaindo dos ombros de um jeito que eu não me lembrava. – *Nieta*, o que aconteceu? Onde esteve? – Ela se afasta, passa as costas da mão pela minha testa e pressiona as palmas nas minhas bochechas. Me encara com olhos arregalados, sem piscar, como se não pudesse ousar me perder de vista por mais um segundo.

– É uma longa história – respondo, ansiosa por deixar isso de lado, a fim de chegar a assuntos mais urgentes, como Dace. Estou prestes a perguntar onde ele está, quando sou distraída pelas profundas linhas de preocupação agora permanentemente entalhadas ao redor dos grandes olhos castanhos dela e pelas faixas prateadas nítidas em sua longa trança escura que não existiam antes. Seu rosto está deformado. Seu corpo, frágil. Claramente meu desaparecimento cobrou um preço alto.

Viro meu foco para minhas amigas, notando o jeito como pairam à margem, tímidas demais para se aproximar. Xotichl com o cabelo castanho-claro, suaves olhos cinzentos e bonito rosto em formato de coração – e Lita, com seus belos olhos escuros e longos cabelos escuros com pontas recém-tingidas para parecer que foram mergulhadas em tinta vermelha. Para alguém que não está acostumada a ter amigos, fico surpresa em ver como senti falta delas. Mesmo assim, voltei por um motivo e preciso confirmar que Dace está bem.

– Onde está Dace? – Olho para as três. – Eu realmente preciso vê-lo... para que ele saiba que estou bem – digo, só para que a voz de Xotichl encubra a minha, quando ela levanta a mão na direção da cicatriz que marca meu peito.

– Você está ferida! – ela exclama, o rosto contorcido de preocupação. – Posso sentir daqui.

– Ah, meu Deus! – Lita coloca a mão na boca. – Quem fez isso com você?

– Cade. – Dou de ombros, permitindo que Paloma me guie até o sofá, onde me acomoda com um cobertor sobre os ombros, abaixa as finas alças do meu vestido e examina o ferimento. – Ele me matou – digo, surpresa em ver o quão facilmente as palavras saem da minha boca. – E então Axel me salvou.

Axel.

Fecho os olhos com a lembrança, mas sou rápida em abri-los novamente. Não tenho tempo para culpa. Não há espaço para remorso. Fiz o que tinha de fazer. Ele me deixou sem escolha.

– Axel? Ninguém mencionou um Axel. – Lita olha entre Xotichl e Paloma. Ela odeia ficar de fora da conversa.

– Axel é... – Balanço a cabeça, sem ter ideia de como explicá-lo.

Axel é meu salvador.

Axel é meu sequestrador.

Da última vez que o vi, Axel estava largado, inconsciente, no chão.

– Axel vive no Mundo Superior – digo, imaginando que seja melhor me ater aos fatos que sei. – Foi ele quem costurou meu ferimento. Foi ele quem impediu Cade de roubar minha alma.

– Como ele é? É bonito?

Lita se inclina para a frente, com os olhos arregalados, enquanto Xotichl balança a cabeça e diz:

– Lita... honestamente! Tem horas que não acredito nas coisas que você fala – murmura algo ininteligível baixinho e prende uma mecha de cabelo castanho-claro atrás da orelha.

– Bem, ele é? – Lita insiste, ignorando Xotichl enquanto volta sua atenção para mim. – Quero dizer, já que não há garotos bonitos aqui, fiquei pensando que, talvez...

– Estava pensando o quê? Que vai se mudar para o Mundo Superior para que possa dar uma averiguada nos gostosões? – Xotichl solta um gemido, fingindo uma completa exasperação que não consegue manter por muito tempo antes que se transforme em um sorriso.

– Bem, quando você coloca desse jeito... – Lita cruza os braços sobre o peito e franze as sobrancelhas, enquanto as duas se comportam como se fossem um antigo casal. A intimidade de uma com a outra faz com que me pergunte quanto tempo estive fora e o quanto perdi.

– Para responder à sua pergunta, ele tem cabelo prateado, uma pele linda e olhos cor de lavanda.

– Sério? – Lita aperta os olhos, enquanto torce os lábios de lado, presumivelmente tentando reunir as peças em sua mente.

– Você encontrou seu guia espiritual? – As dobras ao redor dos olhos de Paloma se aprofundam.

– Não tenho certeza. Ele nunca me disse. Ele se referia a si mesmo como Místico. Foi o máximo que consegui dele. Embora não tenha conseguido explicar o que é isso.

Paloma adquire uma expressão pensativa.

– O Mundo Superior é povoado por Místicos – ela diz. – Guias espirituais e Místicos... e algumas vezes eles são a mesma coisa. Embora Místicos costumem ser ainda mais poderosos do que os guias. Os relatos sobre as mágicas deles são lendários. – Ela estende a mão até a algibeira de camurça e a chave em meu peito, determinada a retirá-las a fim de me examinar melhor, mas fecho minha mão sobre a dela antes que ela possa ir longe demais.

– Por favor, deixe-os – digo. – Fiquei tempo demais sem eles.

Ela inclina a cabeça em concordância e arruma os cordões de modo que os talismãs fiquem pendurados nas minhas costas. – O ferimento é sério – ela murmura, com mais algumas palavras em espanhol que não consigo entender.

– Devia ver o que ele fez por dentro – ironizo. – Cortou meu coração quase em dois. Eu realmente estive à beira da morte, quando Axel trouxe de volta minha respiração, me levou para o Mundo Superior e usou um pouco dessa mágica lendária para me costurar. – Olho para minhas amigas, notando o jeito como Xotichl se inclina na minha direção, enquanto Lita me olha com um fascínio horrorizado. É incapaz de decidir o que é mais perturbador: minha cicatriz desfigurante ou a maneira imparcial com a qual relato os acontecimentos.

– Farei um cataplasma – Paloma diz. – Algo para ajudar o ferimento a desaparecer.

Ela se levanta com dificuldade e está prestes a ir para o seu escritório, quando digo:

– Não precisa, de verdade. Prefiro manter a cicatriz.

Ela olha para mim. Todas olham para mim. Três pares de olhos com o mesmo tom de preocupação.

– Confie em mim, você com certeza quer que isso suma – Lita diz. – Quem está dizendo é alguém que tem a lembrança de Cade marcada no cérebro. Se eu pudesse apagar, apagaria.

– Prefiro me lembrar – digo. – Por nenhum outro motivo, senão para me lembrar de nunca ficar vulnerável perto de um Richter novamente.

– Você realmente acha que precisa se lembrar disso? Depois de tudo pelo que passou? – Xotichl inclina o queixo na minha direção.

– Ok, então vou usar para me lembrar do meu sucesso – digo, convencida de que não há como argumentar contra isso. – Vai me lembrar que, apesar do que Cade fez, consegui reverter a profecia e salvar a vida de Dace.

No segundo em que as palavras deixam meus lábios, elas ficam em silêncio. Cada uma delas cuidadosamente tentando olhar para qualquer outro lugar que não para mim. Lita examina as mãos, Xotichl enfia o queixo no peito e brinca com a bainha do suéter. Já Paloma, depois de alguns momentos de silêncio, me encara com olhos de profundo lamento.

– O que é? – digo, minha voz se levantando com a suspeita. – O que está acontecendo? Alguém me diga o que aconteceu... onde está Dace?

– *Nieta...* – Paloma começa.

Mas Xotichl a interrompe, dizendo:

– Daire, aquela não era a profecia.

– É claro que era! – Olho para elas como se tivessem enlouquecido. – Sei exatamente como era a profecia. Decorei palavra por palavra! *O outro lado da meia-noite faz um arauto tocar três vezes / Vidente, Sombra, Sol – juntos eles vêm / Dezesseis invernos portanto – a luz deve ser eclipsada / Deixando a escuridão ascender sob um céu que sangra fogo!* – Recito a previsão tão rapidamente que as palavras se misturam. – Se não era a profecia, não sei o que era! Eu, Dace e Cade, todos nascemos no mesmo dia, logo depois da meia-noite, há dezesseis anos. Vidente, Sombra e Sol: é o código para nós três. O céu sangrou fogo durante nosso décimo sexto inverno, na véspera de Natal. E, no fim, Cade me matou. Só que não matou. Ele só acha que sim.

Faço uma pausa, precisando de um momento para recuperar o fôlego antes de prosseguir:

– O céu estava sangrando fogo! Sei que todas vocês viram! Não dava para não notar!

– Nós realmente vimos – Xotichl diz. – A questão é que... não foi um evento natural.

Meu olhar dispara entre elas, sem ter ideia do que aquilo quer dizer.

– O momento estava certo – Paloma diz em uma voz fria, calma e autoritária. – Mas Cade estava tão impaciente para permitir que a profecia se desdobrasse por conta própria, que forçou o começo. Ele fez o céu queimar.

– Eu... eu não entendo – minha voz está distante, como se pertencesse a outra pessoa. – Não entendo – repito, embora na verdade esteja começando a compreender.

Um espaço esquecido em minha memória acaba de se clarear, revelando algo que Cade disse logo depois de me confrontar no Mundo Inferior. Bem depois que zombei dele por ter sido estúpido o bastante por praticamente ter incendiado sua própria cidade.

– É a profecia, Daire... Só precisava de um empurrãozinho para começar.

– Cade forçou a profecia para que pudesse colocar seu plano em ação. – Paloma luta para manter a expressão firme, mas a tristeza em seus olhos trai seus piores medos.

– Talvez seja – digo, desesperada em me agarrar ao que certa vez pensei ser verdade. – Mas eu estava lá, e estou dizendo para vocês que aconteceu exatamente como lemos.

– *Nieta*, na noite em que você desapareceu, na noite em que a neve começou a cair, a profecia desapareceu do Códice. Chay e eu vimos as palavras se erguerem da página.

– E, agora que você voltou, elas retornaram! – Lita aponta o polegar na direção do escritório onde Paloma guarda o antigo volume, com o ar empolgado e informado de alguém recém-admitido em um clube clandestino negado a ela por muito tempo. Claramente Paloma e Xotichl a encheram com alguns dos segredos mais místicos de Encantamento.

– E o que diz? – pergunto, a voz cansada, a cabeça girando, tentando encontrar sentido em tudo que acabo de saber.

– Está... – Lita faz uma pausa, morde o lábio inferior, olha para Paloma e Xotichl para que digam o que não está disposta a falar.

– Está em transição – Xotichl explica. – Embaçada e obscura. O que me faz pensar que é maleável... possivelmente cabe a você decidir.

Encaro-as sem palavras. Estou bem ciente de que, se o que dizem é verdade, se aquela realmente não era a profecia, então é bem possível que minha pretensa morte na verdade não tenha servido para reverter nada.

O que quer dizer...

– Onde está Dace? – Meu olhar se move entre elas. De repente me dou conta de que, até agora, evitaram minha principal pergunta com sucesso. – *Onde está Dace?* – Dou um pulo do sofá, sem achar conforto naqueles três rostos marcados pelo lamento que encontram o meu. Com a voz trêmula, digo: – É bom alguém me responder, porque estou presumindo o pior. – Olho freneticamente para elas. E só se passa um segundo para que Paloma já esteja ao meu lado, me fazendo sentar novamente no sofá, e, para minha surpresa, eu consinto.

– Ninguém o viu, *nieta*. – Paloma segura minhas duas mãos entre as dela.

– Ninguém? E quanto a Chepi, Pé Esquerdo, Chay? – pergunto, sabendo o quão estúpido aquilo soa. Tenho certeza de que os anciãos estão em contato diariamente.

– Ninguém o viu desde a noite em que você desapareceu – a voz de Paloma é tão gentil quanto seu toque.

– E quanto tempo faz isso? Quanto tempo estive fora?

– Alguns dias. Você desapareceu na véspera de Natal – Xotichl diz.

Alguns dias. Não tanto quanto eu temia, mas mesmo assim mais do que eu esperava.

– E Cade? – Meu coração para, recusando-se a bater até que alguém me responda. – Por favor, me digam que alguém o viu! Os gêmeos são conectados, se Cade morre, Dace morre. Mas só se Cade estiver na forma humana. Se estiver na forma de demônio, então Dace pode morrer sem ele... – As palavras soam confusas, fazendo sentido apenas para mim.

– Na verdade... alguém o viu. – Lita diz, fazendo com que Xotichl e Paloma se voltem para ela, surpresas. – E, se é verdade, então aparentemente ele está espalhando o boato de que Dace está morto.

– Dace *não* está morto! – replico. – Ele *não* pode estar morto! – Mas só depois que as palavras saem, percebo que meus instintos são a única prova real que tenho do que acabo de dizer. Rezo para que não falhem comigo.

Xotichl se vira para Lita, com a expressão mais furiosa possível:

– E você só está nos falando isso agora porque...

Lita levanta os ombros, sopra a comprida franja para longe dos olhos.

– Não é como se eu o tivesse visto. Mas ouvi Phyre falar sobre isso na Toca do Coelho. Não mencionei porque presumi que ela estava só se fazendo de importante, e não vi razão em aborrecer você e Auden com o que eu tinha certeza de que era apenas um boato. De qualquer modo, pelo que pude ouvir, ela afirma que encontrou Cade há alguns dias e que foi o que ele lhe contou. Ela disse que essa é a razão pela qual ele não tem aparecido. Apesar do fato de ele e Dace nunca terem sido próximos, ele está surpreso em ver como está arrasado com a perda do irmão. Diz que deve ter algo a ver com a estranha conexão que os gêmeos compartilham... blá, blá, blá. Ah, e o tempo todo em que contava a história, ela realmente interpretou bem. Fez o melhor possível para parecer desolada, mas estou dizendo agora que era uma farsa total. – Ela balança a cabeça e faz cara feia. Então, vendo o jeito como Paloma e Xotichl reagem às suas palavras, diz: – O que foi? Não vejo motivo para meias palavras. Daire é a Buscadora... uma Buscadora meio abatida, mas ainda é nossa melhor esperança. Mentir para ela não vai beneficiar ninguém. E a coisa é: com Cade e Phyre afirmando que Dace está morto, isso não faz vocês se perguntarem se não podem estar trabalhando juntos?

– Não creio que Dace esteja morto – Xotichl diz. – Não me importa o que digam... Acho que eu teria sentido.

– Sei que *eu* teria sentido – digo, lutando para me levantar de novo.

– *Nieta*, por favor. – Paloma tenta me forçar a voltar para o sofá enquanto Lita lança um olhar dúbio para o meu vestido.

Ah, certo. O vestido.

Com uma mão firme mas amorosa, colocada em cada um dos meus ombros, Paloma olha para mim e diz:

– *Nieta*, escute: entendo que esteja aborrecida, e você tem todos os motivos para se sentir assim. Mas o problema é que está agindo puramente pela emoção e pelo medo, e isso nunca leva a algo bom. Se quer encontrar Dace, se quer *ajudar* Dace, vai precisar deixar as emoções de lado o tempo que for necessário para tomar as medidas adequadas para chegar a um plano.

– E que medidas adequadas seriam essas? – pergunto, surpresa pelo efeito calmante de seu toque, de sua voz, da sabedoria inegável do que diz.

– Primeiro, você vai usar o tempo do qual eu preciso para preparar um cataplasma adequado e uma refeição leve para descansar seu corpo exausto e sua mente frenética. Então, depois que você comer e que eu cuidar do seu ferimento, prepararei algumas coisas para sua viagem.

– Minha viagem? – Olho para ela, sem ter ideia do que está falando.

– Se quer encontrar Dace, terá que voltar para o último lugar em que o viu. E estou certa em presumir que seja no Mundo Inferior? – Ao mais leve sinal da minha cabeça, ela continua: – Levarei você até o vórtice. Mas, primeiro, o que é mais importante.

Paloma dá meia-volta, vai para o seu escritório, enquanto Xotichl diz:

– Vou com você.

– Eu também! – Lita ecoa. – Vou começar a desenterrar o jipe da neve. – Antes que alguém possa detê-la, ela corre para a porta. Lança para mim um olhar sobre os ombros e acrescenta: – E, falando nisso, quando tiver uma chance, pode, por favor, fazer parar de nevar? Agora que você está de volta, isso parece um pouco redundante.

onze

Daire

O velho jipe branco de Paloma dá saltos e mais saltos pelas estradas mal iluminadas e esburacadas, enquanto ela atravessa a reserva e se dirige até o bosque de juníperos retorcidos que sinaliza o vórtice.

– Não é tarde demais para desistir. – Viro para trás, na direção das minhas amigas amontoadas no pequeno espaço do banco traseiro do carro, decidida a dar a elas uma última chance de sair dessa. – E confiem em mim: se são espertas, farão isso.

– Não sou esperta. – Xotichl se vira para Lita.

– É, nem eu – Lita responde, ocupada em inspecionar as pontas de seus cabelos. – Sou burra como uma porta, na verdade.

Olho para Paloma e, ao vê-la assentir em aprovação, digo:

– Ok, mas, só para deixar claro, a viagem é extremamente desagradável. E, Xotichl, você terá que deixar sua bengala, já que teremos de descer através de um túnel por profundas camadas de terra. E, embora não dure tanto tempo, a primeira vez parece uma eternidade. Não dá para respirar, não dá para ver... ah, e eu mencionei os vermes?

Xotichl dá de ombros, joga a ponta do rabo de cavalo para trás e diz:

– Vamos lá.

Já Lita mantém meu olhar no seu e responde:

– Não sou exatamente a princesa que você presume. Não me importo em ficar um pouco suja de vez em quando.

Paloma para bem ao lado das árvores, vira-se para mim e diz:

– Vou esperar aqui até que retornem.

Tento protestar, dizendo a ela que não tenho ideia de quanto tempo vamos demorar e demonstrando como estou preocupada com sua aparência enfraquecida, mas ela é irredutível.

– Não se preocupe comigo, *nieta*. Mantenha seu foco na tarefa que tem em mãos. O Mundo Inferior não está como você o deixou. Assim como Xotichl, você não precisa confiar em sua visão para ver. – Ela me abraça com força de encontro ao peito e, apesar de seu estado frágil, seu toque me enche com energia suficiente para levar minhas amigas até as árvores com mais confiança do que sinto.

– Me sigam e façam o que eu fizer – digo para elas. – E, não importa o quão tentadas fiquem, não tentem impedir a queda ou, pior, segurar as paredes do túnel. Nunca funciona e só faz a viagem ficar muito mais longa. Deixem que a queda aconteça naturalmente, sem resistência. E, no instante em que sentirem o primeiro sinal de luz no fim do túnel, tentem enrolar o corpo o mais que puderem. Isso ajuda a amortecer a aterrissagem, que costuma ser um pouco bruta.

Olho para trás e, vendo que elas não parecem nem um pouco intimidadas pelos meus avisos, eu me lanço adiante. Sinto que elas estão caindo atrás de mim, uma a uma, enquanto somos engolidas pelas profundezas da terra, antes de pousar em um monte duro de neve com Lita batendo ao meu lado em um emaranhado louco de braços e pernas, e Xotichl saindo por último, rolando até parar, exatamente como eu ensinei.

– Você não estava brincando sobre a terra – Lita esfrega as mãos nos joelhos e começa a tirar do cabelo pedregulhos, galhos e os mais variados resíduos.

– Nem sobre os vermes. – Xotichl endireita o casaco enquanto eu a ajudo a ficar em pé. – Senti um deles roçar minha bochecha. Felizmente sumiu antes que eu tivesse a chance de ter um ataque de histeria.

Aperto os olhos contra a luminosidade e dou uma boa olhada ao redor, incapaz de determinar onde aterrissamos, já que toda a paisagem habitual está coberta com uma camada grossa de neve, com mais se acumulando a cada minuto. Paloma estava certa sobre não se parecer nem um pouco com o que deixei. Espero que o ritual que fiz antes de sair de casa para a neve parar não demore a funcionar.

– Então, este é o Mundo Inferior. – Olho para minhas amigas. – O que acham?

Lita coloca as mãos no quadril e dá uma boa olhada ao redor.

– Bem, tenho certeza de que é realmente bonito. Mas, neste momento, há neve demais, parece muito com Encantamento.

– Acredite, por baixo da neve é muito mais bonito do que Encantamento. – Enfio as mãos sob as axilas, em uma tentativa de aquecê-las, e continuo a supervisionar a área. Fico consternada ao descobrir a ausência dos espíritos animais, incluindo o Corvo, que, em geral, está esperando para saudar minha chegada.

Será que os animais foram obrigados a hibernar por causa da neve?

– É sempre assim? – Xotichl pergunta.

– Não. – Franzo as sobrancelhas, sem gostar do que vejo. – Embora eu nunca tenha vindo aqui no auge do inverno, tenho certeza de que este lugar não alterna as estações. Antes de Cade corrompê-lo, era como se estivesse em eterna primavera. As plantas estavam sempre floridas, a relva era viçosa e verde. Como grama de campo de golfe, só que melhor. – Suspiro com a lembrança. – Mas, depois que Cade transformou isto em um terreno estéril, a última coisa que vi, antes de partir, era que estava definitivamente retornando ao estado primaveril mais uma vez.

– Já que este é o lugar em que nossos espíritos animais vivem, acha que podemos encontrá-los? – O rosto de Xotichl se ilumina com a possibilidade de encontrar Morcego, que tem sido seu guia desde o dia em que nasceu, e odeio desapontá-la.

– Eu esperava que estivessem esperando por nós. Normalmente estão – digo para ela. – Mas com todo esse frio e neve, só posso presumir que estejam hibernando.

E como não podem nos guiar, já que estão dormindo, isso provavelmente não é uma coisa boa.

Mas tenho o cuidado de manter minhas preocupações comigo. Não adianta preocupar minhas amigas quando estou apenas especulando, sem prova alguma.

– Então, normalmente eu veria o Gambá aqui embaixo? – Lita enrola uma mecha comprida de cabelo em um dedo enluvado.

Assinto, mas a verdade é que estou tão distraída tentando determinar para que lado vamos, que mal registro a pergunta.

– Então, se o Gambá estivesse aqui, eu podia realmente encontrá-lo e ele não tentaria me morder? – ela pergunta, como se mal pudesse imaginar uma coisa dessas.

– Sim, Lita. Você e seu Gambá de olhos vermelhos poderiam se divertir na floresta, assim como fazem nos filmes da Disney. – Xotichl dá uma gargalhada.

– Isso não é nada encantador. – Lita franze as sobrancelhas. – Quero dizer, por que não posso ter um espírito animal mais bonitinho? Algo adorável e fofinho como um coelho? Ou mesmo algo legal, como uma raposa? – Então, percebendo o que acaba de dizer, ela olha ao redor e, erguendo a voz, diz: – Brincadeirinha! Sem ofensa! Amo você, Gambá!

Eu me afasto um pouco das minhas amigas. Espero esconder minha confusão sobre qual direção tomar quando nada parece estar como deixei. Cubro os olhos com a mão, para protegê-los da claridade, e observo ao redor, enquanto Xotichl e Lita tagarelam atrás de mim de um jeito tão disperso que estou prestes a dizer algo do qual, sem dúvida, vou me arrepender – quando me obrigo a engolir as palavras e ver a situação do ponto de vista delas.

Todo mundo tem seu jeito de lidar com o estresse. Alguns ficam introvertidos, como eu. Outros ficam extrovertidos, como elas. E, apesar das terríveis circunstâncias que encaramos, elas devem estar bem animadas em transcender o mundo conhecido até um do qual a maioria das pessoas sequer sabe que existe. É a monstruosidade da tarefa que está me deixando mal-humorada, não elas. Sem mencionar como a abundância de neve e frio está começando a me irritar.

Eu realmente causei tudo isso? Meu último desejo foi cumprido em grau tão ridículo?

– Ainda que essa nevasca ininterrupta seja meio irritante, ela tem um tipo de beleza tranquila, resoluta, não tem? – A voz de Xotichl vem até mim, e é o bastante para me arrancar dos meus pensamentos.

Lita e eu viramos na direção dela, nossas vozes se sobrepõem enquanto exclamamos:

– Xotichl... você está *vendo* isso?

Seu belo rosto em formato de coração se ilumina com um sorriso.

– De verdade? – Lita fica parada diante dela, com os olhos arregalados.

– Não fique tão empolgada. – Xotichl ri, empurrando Lita de leve no braço, até que ela se mexe de novo. – Não posso ver do mesmo jeito que vocês. Mas posso distinguir todas as linhas, curvas, formas e sombras de um jeito que nunca fui capaz antes. Em geral, tudo o que consigo ver são os padrões de energia coloridos que as pessoas e objetos emitem. Mas isso... bem, isso é algo totalmente diferente.

– Bom saber que este lugar ainda consegue fazer sua mágica – digo, trocando um olhar de espanto com Lita, enquanto dou alguns passos adiante, e Lita começa a atormentar Xotichl. Insiste que ela descreva tudo o que vê nos mínimos detalhes.

Quando paro para me orientar, Lita aparece ao meu lado e diz:

– Espero que não esteja chateada porque estamos tagarelando enquanto deveríamos estar procurando Dace. – Seus grandes olhos castanhos pendem para os lados. – É só que... é tão empolgante, com Xotichl sendo capaz de ver, e tudo o mais...

Balanço a cabeça e olho ao redor.

– Então, o que é isso? – ela pergunta. – Onde estamos?

Aperto os lábios e engulo um suspiro. Não quero que minhas amigas saibam o quão perdidas nós realmente estamos.

– Pelo menos sabemos *onde* estamos? – Ela me dá um olhar esperançoso.

– Vamos para o último lugar em que eu o vi... a Fonte Encantada.

– E o que faremos quando chegarmos lá? – Xotichl pergunta.

Tentando demonstrar mais confiança do que sinto, eu me volto para elas e digo:

– Espero que uma de nós seja capaz de intuir alguma coisa da energia deixada pelo acontecimento.

– Não tenho certeza se entendi. – Lita lança um olhar cético.

– Tudo é energia – Xotichl diz. – Paloma me ensinou isso, mas você também aprende na aula de ciências. E a energia é eterna. Não pode ser destruída.

– Mas pode ser transformada. – Olho para elas. – Foi como fiz nevar. Alquimia simples... transferência de energia. – Começo a andar novamente, virando levemente para a esquerda e esperando que funcione.

– Simples, hein? – Lita caminha penosamente atrás de mim. – Talvez para vocês, mas não para alguém como eu.

– Não tenha tanta certeza – Xotichl comenta. – Não é tão difícil quanto parece, você só tem que captar o conceito. De qualquer modo, já que a energia nunca morre, teoricamente falando, o mesmo é verdade para a energia dos acontecimentos.

– E Paloma ensinou isso para você?

– Ela me ensinou todo tipo de coisa. Mas o mais importante foi ela ter me ensinado como ler as vibrações energéticas tanto de objetos inanimados quanto de coisas vivas.

– Então, por todo esse tempo, você podia ler minha energia? – Lita pergunta, e é claro pelo seu tom de voz que ela não tem certeza sobre como se sente em relação a isso.

– Sim. E, caso esteja se perguntando, é uma visão inesquecível. – Xotichl dá uma gargalhada.

– Seja como for – digo, ansiosa para voltar ao caminho. – A ideia é que cada ato deixa uma marca permanente no espaço em que ocorreu. Embora atos que foram cometidos com muitas emoções (cheios de raiva, medo, tristeza ou mesmo amor) deixem as impressões mais fortes para trás. Então, certamente um ato como Cade me matar, e o que quer que tenha acontecido depois disso, deve ter deixado uma marca forte também.

– Mas como exatamente vamos ver isso? – Lita pergunta, correndo ao meu lado. – Vamos ver diante de nós como um holograma gigante ou algo assim?

– Talvez. – Dou de ombros. – Não posso dizer com certeza, já que nunca fiz isso antes. Tudo o que sei é que, se os antigos Místicos e os cientistas modernos estão certos, o acontecimento ainda está aqui, se repetindo.

– Pessoas diferentes *veem* de modos diferentes – Xotichl diz. – E algumas nunca verão nada.

– Mas o que são exatamente formas diferentes de ver? – Lita pergunta.

– Pode aparecer como uma imagem real ou como cores representando essas imagens. – Xotichl dá de ombros. – Podem ser vozes e sons. O importante é deixar de lado ideias preconcebidas e inseguranças e simplesmente deixar acontecer.

– Mas, mesmo que você veja alguma coisa, como pode dizer se é real? Quero dizer, como determinar se o que está vendo é um evento real se reencenando e não uma alucinação maluca, miragem ou ilusão? Não seria possível ficar tão preso na lembrança do que passou, que você começa a ver coisas que não estão lá de verdade?

– É uma boa pergunta – Xotichl começa.

– Mas você tem uma resposta para isso também? – Lita ri.

– De fato eu tenho. – Xotichl sorri. – Uma miragem é resultado de luz refratada, ou a curvatura da luz. Uma alucinação é quando você vê coisas que, na verdade, não estão lá. Já uma ilusão é como um truque de mágica, uma aparência enganadora.

– Mas, segundo essa definição, nenhuma dessas coisas está realmente lá.

– A maior parte das pessoas nunca vê o que realmente existe. Elas veem apenas o óbvio; nunca olham atrás do véu. – Xotichl dá de ombros.

– Se você não olha, não pode ver – digo, dando meu pitaco.

– Vocês estão tentando me confundir de propósito?

Xotichl dá uma gargalhada.

– De qualquer modo, se isso não funcionar, Paloma esteve trabalhando psicometria comigo, então posso tentar isso também.

– E o que é isso?

– A habilidade de ler a marca de energia deixada nos objetos. Pode ser muito intenso. Então, não sei, talvez eu possa tocar uma pedra, ou algo assim, e ver o que consigo.

Lita balança a cabeça. Olha para mim quando pergunta:

– Você consegue fazer isso também?

Paro diante de um bosque de árvores com troncos grossos e galhos nus; a formação é a única coisa que me é familiar.

– A coisa mais importante que Paloma já me ensinou é que uma Buscadora deve aprender a ver no escuro, acreditando no que sabe em seu coração.

Lita aperta os olhos e coloca as mãos no quadril.

– Então, basicamente, o que está dizendo é que, embora tenha um arsenal pesado de habilidades mágicas malucas, no fim, você usa seus instintos?

– Nunca falharam comigo. – Levanto os ombros e me ergo na ponta dos pés em um esforço para ver o que está além.

– Se está dizendo isso para fazer com que eu me sinta melhor, deu certo. Vocês duas podem ser um pouco intimidantes com todos esses superdons místicos.

– Todo mundo tem dons místicos – Xotichl diz. – Você só tem que acreditar neles, confiar neles e aprimorá-los.

Lita começa a responder, mas eu a interrompo quando digo:

– Acho que é aqui.

Corro na frente delas. O solado da minha bota deixa rastros profundos na neve enquanto avanço pelas árvores até a clareira, com minhas amigas bem atrás de mim. Xotichl vai direto ao trabalho. Esfrega uma mão na outra e se inclina no chão em busca de pedregulhos, rochas, algo do qual tirar alguma leitura, enquanto Lita fica parada, tremendo, ao meu lado.

– Onde aconteceu exatamente? – Xotichl coloca uma rocha no meio da palma da mão e a rola de um lado para o outro antes de descartá-la por outra.

Vou até o lugar onde Cade enfiou o athame no meu coração e abro os braços.

– Algum lugar por aqui. – Fecho os olhos em uma tentativa de conseguir uma sensação melhor do espaço. E é quando percebo pela primeira vez, desde que cheguei, que não é só o Corvo que está ausente. O ar está tão parado que parece que meu elemento, o Vento, também me abandonou.

Mesmo assim, a Fonte Encantada ainda está aqui. As águas estão geladas pela neve, mas espero que a magia ainda se mantenha. Eu me ajoelho diante da fonte e submerjo ambas as mãos, enchendo as palmas de água, que uso para limpar a ferida em meu peito. As vozes murmurantes das minhas amigas desaparecem ao fundo, enquanto confirmo minhas intenções em silêncio. Lembro-me do que Paloma disse sobre as intenções serem o ingrediente mais importante da mágica.

Pretendo me curar e me fortalecer.

Pretendo descobrir a verdade do que aconteceu aqui depois que parti.

Pretendo que essa verdade me leve a Dace.

E, assim que Dace estiver a salvo, pretendo confrontar Cade – e, dessa vez, pretendo matá-lo.

Meu devaneio é interrompido por Xotichl me chamando:

– Daire... acho melhor você ver isso.

doze

daire

Xotichl está parada diante de mim, segurando com as duas mãos o cabo de uma faca ensanguentada.

Meu sangue.

Minha faca.

Aquela que Cade usou contra mim.

As mãos dela começam a tremer e, logo depois, o resto do seu corpo também. A visão de sua cabeça pendendo de um lado para o outro faz Lita gritar:

– Ela está bem? Devemos fazer algo para ajudá-la? – Seus olhos buscam os meus, desesperada por orientação.

– Não toque nela – aviso, me aproximando lentamente de Xotichl enquanto Lita sai do caminho. – Ela vai ficar bem. Está só *vendo*, é isso. – Aperto os lábios e espero que seja verdade.

A respiração de Xotichl fica cada vez mais agitada. Seu corpo estremece violentamente. E estou prestes a intervir quando a faca escorrega de seus dedos e cai com um baque aos nossos pés.

Lita grita.

Xotichl levanta o rosto para mim e, com voz firme, diz:

– Está tudo ali. Posso contar se quiser, mas acho que deve ver por você mesma.

Mantenho a palma aberta sobre o athame e me concentro no cabo, mas a faca permanece teimosamente no lugar. Acho que os dias que passei de cama deixaram minha telecinesia meio enferrujada. Sem outra opção, pego a faca do jeito antigo, me ajoelhando e fechando os dedos ao redor dela. O contato da minha pele na madeira é o bastante para disparar instantaneamente uma provisão de imagens armazenadas que invadem minha cabeça.

Minha batalha com Cade desaparecendo no momento em que Dace apareceu. Só que ele não era o mesmo. Seus olhos já não brilhavam, já não refletiam, pareciam exatamente com os de Cade – um abismo opaco e insondável, absorvendo a luz em vez de refletir.

É temporário, Dace havia afirmado. *Não se preocupe.*

Ele fez isso por nós – fez isso para me salvar.

Para *me* salvar.

Quando todo esse tempo era eu quem devia *salvá-lo*.

Como a maior parte das almas, a minha é composta tanto de luz quanto de escuridão, enquanto a de Dace é extraordinariamente pura.

Era a luz dele que estava destinada a morrer.

Esfrego os lábios, seguro com mais força e me preparo para o que vem a seguir. O momento em que tudo desmorona. Com Cade na forma de demônio e o Coiote com o dobro do tamanho, Dace e eu estávamos em desvantagem.

Só que, dessa vez, quando Axel me leva para o céu, sou capaz de ver o que não pude ver antes.

O Corvo voando atrás de nós, nos seguindo por uma longa distância, até que chega a algum tipo de barreira e é obrigado a voltar.

Dace acertando o athame em si mesmo, sem hesitação. Disposto a pagar o preço final, a fim de evitar que seu irmão gêmeo destrua o mundo.

Só percebo que gritei quando a mão de Lita segura a minha com firmeza e Xotichl exclama:

– Não a deixe soltar! Ainda há mais para ver!

E, agora, com Lita e eu segurando a faca, ela é capaz de ver o que vejo.

Dace e Cade sucumbindo um sobre o outro, suas almas recém-libertadas.

Só para que o Coiote pegue a alma de Cade no focinho e a obrigue a voltar para dentro dele, enquanto permite que a de Dace vague livremente.

Cade desperta com um balbucio e imediatamente se volta para seu irmão.

– Tire-o daqui – ordena ao Coiote. – Leve-o até o recanto mais sombrio do Mundo Inferior, onde ninguém poderá encontrá-lo. Ele não serve para mim agora.

Lita xinga baixinho à medida que observamos Coiote agarrar Dace pelo colarinho e arrastá-lo, enquanto Cade, ainda gravemente ferido, mas respirando, move o corpo devagar até a Fonte Encantada, entra na água e emerge renovado.

Lita abaixa as mãos, deixando que eu segure a faca por conta própria. Sua voz é baixa, oprimida, quando diz:

– E agora? Para onde vamos?

Abro os olhos e abaixo o athame.

– Primeiro vamos encontrar Dace. Depois restaurar a alma dele. E, assim que estiver terminado, vou achar um jeito de lidar com Cade de uma vez por todas.

Treze

Daire

Em nosso retorno a Encantamento, fico surpresa ao descobrir que o sol já está alto e que Paloma ainda está ali. Só que, dessa vez, tem companhia. Todos os anciãos – Chay, Chepi, Pé Esquerdo e Cree, aprendiz de Pé Esquerdo – estão esperando por nós. Suas caminhonetes variadas, jipes e cavalos circundam o local, enquanto eles permanecem juntos, por causa do frio, e mantêm uma vigília constante.

Paloma me chama no segundo em que me vê emergir das árvores, mas é a mãe de Dace, Chepi, quem me alcança primeiro. Com os olhos marcados de vermelho, o rosto pálido e deformado, ela parece ter envelhecido vinte anos no curto período em que estive fora.

– Você o encontrou! Por favor, me diga que o encontrou! – Ela agarra meus ombros com força, recusando-se a soltar até que Pé Esquerdo coloca sua mão sobre a dela e gentilmente a afasta.

– Dê um minuto para a garota. – Ele passa um braço consolador ao redor dela. Tenta confortá-la e mantê-la sob controle.

– Está tudo bem – digo para ele. Viro minha atenção para Chepi e digo: – Sinto muito, mas não conseguimos encontrá-lo. De qualquer modo, ainda não. – Eu me obrigo a manter o olhar nela, apesar da acusação que leio em seu rosto.

Ela me acha responsável. Ou, pelo menos, parcialmente. Está tudo bem ali, no brilho endurecido do seu olhar. Sua crença de que seu filho nunca esteve em perigo, até que cheguei a esta cidade e toda a confusão começou. E, embora seja verdade que minha chegada fez a bola começar a rolar, também é verdade que, com a conexão com Cade, Dace esteve em perigo desde o dia em que nasceu.

Ela se aproxima, deixando apenas um pequeno espaço entre nós.

– O que quer dizer com *ainda não*?

– Sei que ele está no Mundo Inferior. Em uma dimensão diferente. Só não sei onde. Mas está vivo. Tenho certeza de que está vivo.

Seus ombros se abaixam em sinal de alívio, e sei o que ela está pensando: *Onde há vida, há esperança.* É o mesmo pensamento ao qual me agarro.

– Mas você também precisa saber que ele está sem alma. – Esfrego os lábios, odiando ser a pessoa a contar isso, mas ela merece saber a verdade. – Preciso localizá-lo rapidamente. – Volto minha atenção para Pé Esquerdo, Cree, Paloma e Chay, seus rostos mostrando idêntica surpresa pelo que revelei. – E, então, assim que isso acontecer, preciso localizar a alma dele.

– Ele vai morrer se você não chegar logo até ele! – Chepi exclama. – Olhe o que aconteceu com Paloma, quando sua alma foi perdida! Por que está parada aqui? Por que não está lá, procurando por ele?

– Ele não vai morrer – digo, ciente de que essa é uma promessa que nunca deve ser feita para uma mãe aflita. O equilíbrio delicado entre vida e morte é sempre complicado, na melhor das hipóteses. Mesmo assim, é uma promessa que faço para nós duas. – Isso não tem nada a ver com o que aconteceu com Paloma. Pelo que vi, ele está gravemente ferido, o que quer dizer que está fisicamente enfraquecido, com certeza. Mas os gêmeos são conectados e, enquanto Cade viver, Dace vive. Enquanto Cade respirar, Dace respira, não importa o quão difícil isso seja. – Faço uma pausa, permitindo que ela assimile as palavras até que façam sentido. Até que se tornem sólidas o bastante para ela se agarrar a elas. – Mas isso também quer dizer, e todos vocês precisam ouvir isso... – Faço questão de olhar para cada um deles antes de prosseguir. – A determinação para matar Cade Richter está suspensa até segunda ordem. Ninguém faz um movimento contra ele até que eu acerte as coisas. – Meu tom de voz carrega o fardo dessa verdade horrível. – Embora nunca tenha imaginado dizer isto, precisamos fazer o que for preciso para manter Cade vivo. Controlado e contido, mas vivo. Assim que Dace estiver bem, e só então, terei toda a intenção de eliminar Cade, não se preocupem. Mas não antes disso.

Um assobio baixo escapa dos lábios de Chay, enquanto Pé Esquerdo diz:

– Alguma ideia de onde procurar?

– O Coiote o jogou em algum lugar nas profundezas do Mundo Inferior... algum lugar sombrio, escuro e ameaçador, onde não há risco de ninguém encontrá-lo. Ninguém exceto eu, de qualquer modo.

– E eu! – Xotichl diz. E, para não ficar para trás, Lita se oferece também.

Eu me volto para minhas amigas, tentada a dizer *obrigada, mas não*. Lembrá-las de que a batalha a ser vencida não é delas. Mas o fato é que a batalha é de todos. Todo mundo aqui tem algo em jogo. Posso ser a única Buscadora, posso ser a única com as habilidades reais para acertar tudo isso, mas não significa que não possa aceitar uma ajudinha de vez em quando.

– Vocês podem começar indo comigo à Toca do Coelho hoje à noite – digo para elas, esperando aplacar o olhar de desdém de Chepi, quando acrescento: – Há uma entrada que leva a uma dimensão muito mais profunda do Mundo Inferior, e vou precisar de cobertura para chegar até lá. Mas, primeiro, preciso ir para casa, pegar algumas provisões e traçar um plano. Afinal, não dá para acertar um alvo que não se consegue nem ver, certo? – Começo a sorrir, até perceber que acabei de citar Axel, e um arrepio percorre minha espinha.

catorze

xotichl

Apoio o joelho contra a porta do carro de Lita, tentando decidir qual a melhor maneira de colocar o que estou prestes a perguntar. Resolvo ir direto ao ponto e digo:

– Sei que isso pode parecer loucura... – Não vou muito longe antes que Lita me corte.

– Duvido – ela diz. – Depois de tudo o que vi, *loucura* ganhou uma nova definição. Não tinha ideia de que toda essa insanidade acontecia bem debaixo do meu nariz. E pensar em todo o tempo que desperdicei com Cade...

– Lita... – Sou rápida em interrompê-la antes que ela prossiga. – Você tem que deixar isso para lá. É sério. Acabou. FIM. E não é culpa sua. Você estava literalmente enfeitiçada.

– Está me dizendo para seguir em frente? – O tom de voz dela é divertido.

– Não, o fato de você tê-lo deixado significa que já seguiu em frente. Estou dizendo para pegar toda essa energia que está desperdiçando castigando a si mesma e canalizá-la em empreendimentos mais úteis.

– Eu gostaria. – Ela solta um suspiro exagerado. – Mas Daire disse que não podemos matar Cade. Pelo menos, ainda não.

Explodimos em gargalhadas, as duas impulsionadas pela segurança de que o pior já passou. Daire está de volta. Dace está vivo. Seja lá o que vier a seguir é insignificante em comparação a isso.

– Mesmo assim... – arrisco. – Tenho uma ideia...

– Estou ouvindo...

– Ok, essa é a parte louca, mas... conhece aquela igreja, aquela onde o pai de Phyre prega?

– Vou lhe dizer agora que não gosto de imaginar aonde isso vai dar. – Sua energia se altera, ficando cada vez mais agitada, enquanto ela se remexe em seu assento. E, já que a magia do Mundo Inferior ainda está em mim, aquilo aparece como um conjunto frenético de curvas e sombras com a forma de Lita que repetidamente se contrai e se expande. Mas guardo aquilo comigo. Quero ver se dura, antes de partilhar a notícia com meus amigos.

– Apenas me ouça. – Encaro a janela lateral, observando enquanto uma série de formas quadradas iluminadas passa por nós, o que presumo serem as casas em estilo adobe nas quais a maioria de nós mora. – Mesmo sabendo que você não gosta da ideia, acho que deveríamos ir lá.

Ela reduz a velocidade para fazer a curva.

– Está brincando, certo? – Quando não respondo, ela diz: – Você realmente quer ir àquele púlpito de papelão que ele chama de igreja? – Ela balança a cabeça de um jeito que emite um fluxo de energia tão caótico e listrado que tenho que segurar uma gargalhada. – Por que me pede para fazer isso? Que razão poderia ter? Você me odeia em segredo? É sua vingança por todos aqueles anos que agi como uma bela de uma sacana, mesmo que eu tenha descoberto recentemente que não era culpa minha? Porque eu achava que você estava acima desse tipo de coisa, Xotichl. Eu achava de verdade. – Ela faz uma pausa e respira, e estou prestes a falar quando ela recomeça. – Quero dizer, estamos falando de Suriel Sanguejovem... o fanático manipulador de serpentes. O mesmo doido de pedra que prega sobre o Apocalipse, ou o Armagedom, ou os Últimos Dias, ou como é que ele chame isso, desde que éramos crianças. Ele quase me matou de susto no dia em que invadiu o salão de cabeleireiros e começou a gritar sobre a vaidade ser um dos sete pecados capitais e colocou fogo em todas as revistas de moda. O que supostamente era para ser um dia especial entre mãe e filha acabou me dando pesadelos por anos. Mesmo quando a polícia o levou para fora, ele continuou pregando. Isso mostra o lunático que ele é. E, só para deixar claro, tudo isso é uma maneira muito prolixa de dizer “desculpe, mas não”. Sem chance. Nem pensar. Ele é doido e me dá nos nervos.

– Ok. – Suspiro como se já tivesse desistido. – Eu só estava pensando que talvez... mas, não... deixe para lá...

– O quê? Você estava pensando *em quê*?

– Bem, eu estava pensando que tudo isso pode estar conectado. Você sabe, Phyre aparecer do jeito que apareceu. Exatamente dias antes de acontecer aquela coisa toda com Daire, Dace e Cade. E a louca obsessão do pai dela...

Lita vira o volante.

– Você não acha que seja coincidência?

– Eu não acredito em coincidências. Há uma conexão, tenho certeza disso. E, embora não consiga fazer uma leitura dela, o que por si só já é esquisito, estou 101% segura de que há algo de muito estranho naquela garota. E, na noite passada, você ficou falando sobre não confiar nela, como Daire não confiava nela e como você estava disposta a chegar ao fundo disso...

– Falei. E, embora eu tenha desejado dizer cada palavra, não posso nem começar a imaginar como participar de um dos sermões assustadores do pai dela possa ajudar em algo.

– Nem sei se ele está dando um sermão. Eu só pensei que podíamos dar um pulo lá agora e...

– Agora? – Lita engasga. – Isso ainda é pior do que pensei! Estamos imundas. Não dormimos. Qual seria o objetivo disso?

– Eu só pensei que podíamos conseguir uma leitura do lugar. Descobrir exatamente sobre o que ele está pregando.

– Ele está pregando a mesma porcaria sobre a qual sempre pregou. O Apocalipse, o Armagedom, os Últimos Dias, o Fim dos Tempos, eu já disse para você.

– Mas ele *ainda* é obcecado com essas coisas? E, se for, o que isso quer dizer especificamente? Preciso de detalhes: nomes, lugares, datas. Como exatamente ele imagina que o mundo vai acabar?

– Acha que ele está trabalhando com os Richter?

Nego com a cabeça.

– Não. Acho que ele trabalha para si mesmo. É muito vaidoso e egocêntrico. Mas não tenho dúvida de que há algo muito estranho acontecendo com ele e sua filha, e acho que envolve Dace e Cade.

– Ok, então por que eu? Por que eu não deixo você na casa de Auden e vocês dois podem desfrutar de um belo encontro romântico no Hospício de Suriel Sanguejovem?

– Porque você está aqui, e Auden provavelmente está dormindo.

– Então é verdade... sou um prêmio de consolação.

– E também porque todo mundo nesta cidade conhece você. E, se Suriel está pregando, imagino que ficará tão entusiasmado em vê-la nos bancos da igreja que fará o melhor possível para impressioná-la e realmente difundir sua mensagem, talvez até mesmo revelando mais do que pretende.

– Ah, como você me lisonjeia, Xotichl Gorman. – Ela funga baixinho, querendo que eu saiba o quão infeliz está com o rumo dos acontecimentos. – Então, se eu decidir ir adiante com isso... e não estou dizendo que vou... mas se eu decidir, o que ganho com isso?

– Quer dizer, além de ajudar Dace e Daire e possivelmente impedir Cade de destruir Encantamento e, talvez, o mundo?

– Sim, além do óbvio. – Ela torce os dedos no volante. – Ah, esqueça. – E solta um suspiro frustrado. – Sério, esqueça o que acabei de dizer. Eu vou. Farei isso. Mas só quero deixar bem claro que o que você está me pedindo é maior do que imagina. É como pedir para uma pessoa com agorafobia para sair de casa, ou alguém com aracnofobia para ficar tranquila diante de uma aranha. Já disse uma vez e direi de novo: Suriel Sanguejovem me apavora.

– O único meio de superar seus medos é confrontá-los – digo para ela. – E, se sobreviver a isso, talvez eu seja capaz de ajudá-la com um probleminha seu.

– No momento, o único problema no qual posso pensar é em ir até a igreja de Suriel. Você se importa de me esclarecer?

– Sim, mas só se você sobreviver a isso. O que ainda é incerto.

– E pensar que você parece *tão* inocente. Quem imaginaria a mente tortuosa que habita essa cabecinha bonita? – Lita dá uma gargalhada e bate de leve no volante.

– Quase ninguém – ironizo. – Agora, em vez de virar à esquerda, você precisa ir para a direita.

– Como sabia que eu estava indo para a esquerda?

– Pelo jeito que sua mão se moveu quando você ligou o pisca-pisca.

– Sério?

Dou de ombros.

– Nossa. Você é mais observadora que a maioria das pessoas com visão.

O carro dela trepida em protesto, conforme a estrada vai ficando cada vez pior.

– Definitivamente, não é um lado rico da cidade, não é? – Ela solta um gemido. – Não que tenhamos um lado rico na cidade. Além do complexo dos Richter.

– Como é lá? Presumo que já tenha estado lá dentro.

– Mais de uma vez. – Lita solta um pequeno som de desgosto. – É como vislumbrar uma sociedade secreta. Só poucos escolhidos são convidados. Eu me sentia tão bacana e privilegiada naquela época, mas, olhando para trás, era assustador. Deixando de lado toda a opulência e os excessos, é uma mistura estranha de eclético, moderno e tribal, com um estoque considerável de antiguidades de valor inestimável. E, agora que sei o que sei, não posso deixar de me perguntar se todos aqueles artefatos antigos eram usados nos rituais sombrios da família.

– Você os viu fazerem algum ritual sombrio?

– Não que eu saiba. Mas eles são feiticeiros, então estou presumindo que provavelmente tudo o que fazem é um ritual de algum tipo. Tive sorte de não terem me usado como sacrifício.

– Acho que você estava segura. Eles normalmente precisam de virgens para esse tipo de coisa.

– Xotichl! – Lita engasga.

– Falando em...

– Em sacrifício de virgem?

– Em rituais sombrios... se meus sentidos estão corretos, a igreja que procuramos deve estar bem à direita. Estou captando uma energia estranha. – *E também algumas formas sombrias, escuras e densas*, pensamento que guardei para mim.

– Devo ir dirigindo até lá ou devo ser mais discreta?

– É difícil ser discreta no meio do nada. Além disso, é melhor deixarmos claro nosso interesse; se agirmos sorrateiramente, ele vai ficar desconfiado.

Lita freia com força, fazendo o carro balançar para a frente e para trás antes de dar uma série de voltas com o volante, até estacionar o carro do jeito que quer.

– Agora poderemos ter uma fuga rápida. Planejo deixar o motor ligado também. Você vai me agradecer mais tarde – ela diz, enquanto descemos do carro e seguimos até a igreja, que aparece para mim como uma forma pequena, encolhida, encoberta com um manto pesado negro. Mas estou curiosa em saber como o lugar parece para Lita, então peço que me descreva com detalhes.

– Bem, é de adobe. Na verdade, é feita daquele adobe se desfazendo, o que provavelmente é uma surpresa total, considerando que estamos em Encantamento. – A gargalhada que se segue é afiada e sarcástica. – Ok, o que mais... é pequena, mas isso é porque nenhuma pessoa em sã consciência escolheria vir aqui, então não é como se ele precisasse de muito espaço para bancos superlotados. De modo geral, eu diria que está em péssimo estado. Mas, sabe o que dizem: zero paroquianos é igual a zero dízimo. Mesmo assim... – Eu me aproximo dela. Essa é a parte que me interessa. – Por ser tão velha e aos pedaços, é surpreendentemente bem conservada. O que pode parecer completamente contraditório, mas o que quero dizer é que foi caiada recentemente, há um caminho recém-arrumado que leva até a porta, e as plantas estão em bom estado, apesar de toda a neve.

– Oleandro, certo? – Levanto o nariz e inspiro profundamente.

– Hummm, sim. Acho que sim. Estou só me perguntando onde ele guarda todas as serpentes.

– Guardo as serpentes em aquários – uma voz ressoa atrás de nós.

A aparição súbita e inesperada de Suriel faz com que eu dê um pulo, enquanto Lita grita e agarra meu braço com força.

– Eu não sabia que você estava aqui... estávamos só... – Lita treme ao meu lado, enquanto eu solto os dedos dela. Sinto vagamente meu braço formigando do cotovelo até a ponta dos dedos, enquanto percebo a figura sombreada que hospeda uma das piores energias que já vi.

Além dos demônios.

E dos Richter.

Especialmente Cade.

– Se está interessada nas serpentes, veio em um momento oportuno. Estou prestes a alimentar uma delas. – Ele balança algo diante de si; algo que guincha e se debate loucamente para se libertar. – Não é todo dia que se vê uma coisa dessas. Talvez queira entrar e assistir? – A voz dele é jovial o bastante, mas as palavras emitem um profundo amarelo gorduroso que me mantém bem firme no lugar onde estou. Esse homem é uma combinação perigosa de paranoia, mentiras e ilusões de grandeza. Vir aqui provavelmente foi o pior erro que já cometi.

– É um rato! – Lita grita, dando um passo para trás e me puxando com ela.

– É isso o que cascavéis comem – Suriel diz. – Não tem nada o que temer. Quando você está repleta de luz divina, nenhuma criatura pode lhe fazer mal. Mas você não sabe nada sobre isso. Sua alma está cheia de escuridão, que é o motivo pelo qual está mergulhada em pavor.

Falou o homem rodopiando em uma nuvem lamacenta de escuridão e trevas.

– Ah, hummm, talvez – Lita diz, fazendo o melhor possível para entrar no jogo dele enquanto recua lentamente.

– E quem é sua amiga, Lita?

– Você me conhece? – Ela engasga, alcançando as notas mais altas.

– Claro que sim. Você está ligada àquele jovem Richter. Como é o nome dele? Cade? – Ele diz o nome como se estivesse apenas arriscando um palpite, mas a lama gordurenta e amarela pingando de sua língua trai seu fingimento.

– Não – diz Lita, ansiosa em desfazer qualquer ideia que se tenha de sua ligação com os Richter. – Não mais. Não há um tempo. Não tenho nada com ele.

– Mesmo assim, você foi tocada pela escuridão dele. Posso ver isso. Tenho certeza de que sua amiguinha também pode. – Ele se vira de um jeito que imediatamente bloqueia a luz do sol da manhã com as costas, jogando sobre mim sua sombra comprida e sinistra. – Você não é nem de perto tão cega quanto finge ser, não é, pequenina?

Por dentro eu hesito, mas, por fora, fico calma. Um maluco paranoico, delirante, hipócrita, com perspicácia – ele é ainda mais perigoso do que eu imaginava.

O rato, ainda pendurado nos dedos de Suriel, grita alto em protesto. Faz com que Suriel dê uma gargalhada, enquanto diz:

– Hora da comida. – Tenta parecer desenvolto, mas não chega nem perto disso. – Se vocês, garotas, não estão interessadas em assistir, é melhor darem o fora. Essa é uma casa da salvação, não uma atração turística. Embora possam querer memorizar a localização. Não vai demorar muito até implorarem para buscar refúgio aqui. Nunca é tarde para se arrependerem.

– O que isso supostamente quer dizer? – Lita pergunta, depois que ele dá meia-volta.

– Os Últimos Dias estão sobre nós. Os Dias Resplandecentes de Glória se seguirão. Vou trazer o Novo Mundo acabando com este, e nenhum de vocês está pronto. O relógio está andando!

A porta bate com força atrás dele, enquanto Lita agarra minha manga e me puxa de volta para o carro onde pisa com tanta força no acelerador que sou levantada do assento e bato a cabeça no teto.

– Desculpe por aquilo – ela diz, quase cinco minutos mais tarde, depois de cometer algumas infrações graves. – Então, ele é tão assustador quanto eu disse, ou o quê?

– Ainda mais assustador. – Envolvo meu corpo com os braços, apertando com força, esperando poder apagar o que acaba de acontecer.

– Eu me pergunto se aquele rato era realmente para a cobra. Parecia que ele mesmo estava planejando comê-lo.

Irrompemos em risadas, ansiosas em aliviar a tensão.

– Mesmo assim, estou feliz de termos ido – digo, surpresa com minhas palavras.

– Por quê? O que você conseguiu além de saber que ele é um fanático apocalíptico delirante, que acha que esta será nossa última véspera de Ano-Novo?

– Não sei – confesso. – É só bom reunir o máximo de peças possível. Nunca se sabe onde podem ser encaixadas. De qualquer modo, você me deixa na casa de Auden? Mandei uma mensagem para ele, dizendo que estou a caminho.

O resto do percurso transcorreu grande parte em silêncio, até que Lita diz:

– Ok, então qual é o prêmio? Quero dizer, agora que sobrevivi ao encontro assustador com Suriel, é hora de receber. Então me diga, o que ganhei?

Preciso de um momento para entender do que se trata. Acho que estava tão concentrada em tentar encontrar uma conexão entre o Apocalipse de Suriel e a situação entre Daire, Dace e Cade, que quase me esqueci da promessa que havia feito.

– Bom, sabe como está sempre preocupada em segurar vela? Acho que encontrei uma forma de dar um jeito nisso.

– Vai me ajeitar com Auden? – Ela dá uma gargalhada, que me aparece como um rio de bolhas douradas jorrando de seus lábios.

– Nunca! – Faço uma careta. – Mas que tal a segunda melhor coisa?

– Auden tem um clone?

– Auden tem uma banda. Uma banda com músicos que, por acaso, são garotos. Um deles recentemente ficou solteiro e, pelo que ouvi dizer, é muito bonito.

– Então, deixe-me ver se entendi... você me faz visitar o pregador que me dava pesadelos quando eu era criança, e meu prêmio é um dos membros da banda de Auden recentemente solteiro?

– Você realmente sabe ver as coisas pelo lado positivo.

– Sim. Bem, caso não tenha ouvido antes, meus dias de namoro terminaram. Beijei praticamente todos os meninos da nossa escola, incluindo, bem embaraçoso dizer, alguns calouros magrelas e, mais uma vez, para que fique registrado, todos eles foram um fiasco.

– Mesmo assim, você não beijou Greyson. E você não disse recentemente que Encantamento precisa de alguns novos recrutas? Embora Greyson não seja exatamente novo, ou mesmo um morador, ele é novo para você.

Lita suspira.

– Então, só por curiosidade, qual deles é ele?

– O baterista.

Ela se remexe em seu assento.

– Está falando daquele bonitinho que tem uma franja que sempre cai no olho?

– Foi o que me disseram.

– De verdade?

– Se você estiver a fim, tenho certeza de que ele está a fim.

Ela se vira e bate os dedos contra o volante.

– Talvez. Preciso de um tempo para pensar. Mas não prometo nada.

– Ele estará na Toca do Coelho esta noite. Você pode conversar, se divertir e ver o que acha. – Pego minhas coisas e desço do carro bem no momento em que Auden sai para me receber.

– Xotichl... – Lita me chama. Hesita antes de prosseguir: – Sabe quando estávamos no Mundo Inferior e você disse que, tipo, conseguia ver as formas e as sombras das coisas?

Engulo em seco, mas mantenho a aparência tranquila.

– Bem, você ainda consegue ver essas coisas?

Nego com a cabeça, incapaz de dar voz à mentira.

– Que pena. Acho que era só a mágica do lugar.

– Acho que sim. – Reprimo um sorriso e dou meia-volta, caindo direto nos braços da linda sombra de cabelos desgrenhados que corre na minha direção.

quinze

Daire

– Preciso de cigarros, tabaco, o que quer que você tenha! – Tiro o suéter imundo que vesti não muito tempo depois de voltar para casa e o substituo por um limpo. – Tenho certeza de que não faltarão demônios por lá, e esse é o petisco favorito deles. Além disso...

– *Nieta.* – Eu me volto para Paloma. – Não se canse demais. Você acaba de voltar de uma provação horrível. Ainda está se recuperando, ainda está fraca.

– Dormi doze horas... como posso estar fraca? Além disso, pareço fraca? – Levanto os braços para os lados, permitindo que ela dê uma boa olhada em mim, antes de dar meia-volta e vestir uma calça jeans limpa.

– O que aconteceu com sua cicatriz? – Ela encara a gola V do meu suéter, o lugar que ostenta a marca da ira de Cade. – Parece estar encolhendo, sumindo. O unguento que usei nunca funcionou tão rápido.

– Eu a banhei com as águas curativas da Fonte Encantada. Eu podia engarrafar um pouco e trazer para você usar em seus clientes. É incrível... cura tudo. – *Incluindo Cade.* Mas deixo de mencionar essa parte. Não preciso preocupá-la mais do que ela já está.

Um sorriso fugaz percorre seu rosto, desaparecendo quase tão rápido quanto surge.

– Já tentei isso em várias ocasiões, não funciona. Embora os efeitos de sua mágica possam sobreviver ao retorno ao Mundo Mediano, a transformação curativa acontece apenas lá. Assim que a água deixa o Mundo Inferior, vira apenas água. Não há nada de especial nela.

– Bem, está me curando – digo. – Eu me sinto bem. Forte. Pronta para fazer o que preciso fazer.

– Pode ser que sim, *nieta*. Mas não se esqueça de que está mais magra, mais pálida, e não tenho como saber se seu amigo Axel...

– Ele não é meu amigo – replico, mas Paloma continua implacável.

– Não tenho como saber se ele curou seu coração direito. Não tenho ideia de quanto tempo a cura vai durar.

– Muito menos eu. – Faço um esforço concentrado para suavizar meu tom de voz. – Mas não posso deixar isso me deter. Foi um verdadeiro milagre que ele tenha sido capaz de me salvar. Não tenho ideia de quem ele é, como fez isso ou por quê. Tudo o que sei é que está funcionando até agora, e é tudo o que tenho para seguir em frente. Isso e bastante fé de que, com os esforços combinados de Axel, seu e da fonte, a cura continue.

Um olhar para o rosto dela e o modo como se mantém rígida me dizem que permanece insegura.

– Olhe, sei que está preocupada em me perder novamente um dia depois que voltei, mas nós duas sabemos como o jogo funciona. Nós duas sabemos os perigos inerentes a ser uma Buscadora.

– Não era tão perigoso assim na minha época. – Os dedos dela se retorcem nervosamente na fileira de pequenos botões que se alinham na parte da frente do seu cardigã.

– De certo modo, duvido disso. – Vou até o guarda-roupa, procurando minha antiga jaqueta verde-militar, mas não consigo encontrá-la. – Havia Richter naquela época, assim como agora. – Coloco as mãos no quadril e franzo as sobrancelhas.

– Ah, mas Cade é uma nova espécie de Richter – Paloma diz e, por mais que eu queira refutar, ambas sabemos que é verdade. – Além disso, temo que você esteja sob efeito da adrenalina. Embora possa se sentir forte agora, não vai durar. Esse tipo de coisa nunca dura. Você está fadada a desabar em algum momento. E aí, como fica?

– Você está certa. – Deixo cair as mãos, substituindo a busca pela jaqueta pela busca pelos sapatos. – Normalmente você está. Mas a coisa é que adrenalina é tudo o que tenho, então tem que ser o suficiente. Sou mais forte do que imagina, *abuela*. – Eu me apoio na parede e deslizo os pés para dentro de um par de tênis velhos. As botas negras lindas que Jennika comprou para mim no Natal se perderam com o resto das minhas roupas quando morri. – E, apesar da cicatriz no meu peito, não estou nem de perto tão frágil quanto pareço. Além disso, sou a única que pode fazer isso. Nasci para fazer isso.

– Mas seu treinamento...

– Meu treinamento foi acelerado, eu sei. Mas você me ensinou muito e me ensinou bem. Terá que ser o suficiente. Só tem uma coisa... – Estendo a mão para minha bolsa e pego o athame ensanguentado. – Cade usou isto para me matar. E Dace usou isto para matar Cade. Estou me perguntando como tudo isso pode acontecer quando o consagramos com a essência de Valentina. Supostamente não era para me proteger?

– E protegeu. Você ainda está aqui. E Dace também.

– Axel me salvou. E o Coiote salvou Dace por falta de opção.

– Quem sabe que forças atuaram? – ela diz, pegando a faca de mim. Seu olhar é firme quando me diz: – Cuidarei disso se você cuidar de três coisas antes de sair.

Espero, sem ter ideia do que sejam.

– Primeiro, ligue para sua mãe.

Seguro a cabeça entre as mãos, horrorizada por ter de ser lembrada para fazer isso. Jennika devia estar totalmente enlouquecida. Sem mencionar que nunca vai me perdoar por demorar tanto para telefonar para ela.

– E, segundo, se está procurando sua jaqueta, está no meu quarto. Sei que é sua favorita, então tomei a liberdade de remendá-la.

Sorrio em apreço.

– E o terceiro? – Meu olhar encontra o dela.

– Me encontre em meu quarto quando estiver pronta. Há um último ritual que falta ser feito.

Paloma pega duas grandes almofadas decorativas de sua cama e coloca-as a alguns passos de distância do tapete colorido tecido à mão. A borda é cercada por uma fina camada de sal, e velas afiladas brancas são colocadas a alguns centímetros de distância.

– Sua mãe deve estar aliviada – ela diz.

– Aliviada por eu estar viva. Zangada por não ter ligado no segundo em que voltei. Irrompia em lágrimas cada vez que eu falava, dizendo que temia nunca mais ouvir minha voz novamente, e no segundo seguinte insistia que sabia, lá no fundo, que eu estava viva. Sabe como é, a típica Jennika. – Sorrio com a lembrança. Prometo visitá-la em Los Angeles assim que toda essa confusão acabar. – Ah, e só para saber, ela também ameaçou pegar o primeiro avião que estivesse vindo para este lado.

Os olhos de Paloma faíscam em alarme, o que é algo que eu raramente consigo ver. Mas, em geral, a mera lembrança de Jennika causa esse efeito nas pessoas.

– Tentei dissuadi-la. Disse para ela que eu não ia passar muito tempo aqui. Que a partir dessa noite estou indo para outra dimensão e não tenho ideia de quanto tempo ficarei fora. E ela aceitou muito bem. Estranhamente bem. O que significa que é provável que a encontre na sua porta nas próximas quatro ou cinco horas. De qualquer modo, do que se trata isso? – Sigo na direção das almofadas.

– Não temos tempo para uma sauna, e não tenho certeza se eu aguentaria o calor. É o melhor que pude fazer, dadas as circunstâncias. Só espero que funcione. – As palavras são ditas com um ar de urgência que me deixa alerta. Ela faz um sinal para que eu me sente na almofada que está mais perto, enquanto ela se acomoda na outra. Nós duas nos encaramos, pernas cruzadas, mãos apoiadas nos joelhos, e ela diz: – Não tenho certeza se vai funcionar, mas tenho que tentar – ela fala em um tom de voz tão tenso que não tenho certeza de como lidar com isso.

– Paloma, o que está acontecendo aqui? O que é isso? – pergunto.

– Vou tentar uma transmissão de linhagem, na qual passarei para você todos os ensinamentos que foram passados para mim por minha mãe, que era Buscadora antes de mim. Só que, para mim, os ensinamentos foram passados verbalmente. Do mesmo jeito que eu teria ensinado Django, se ele tivesse sobrevivido. Assim como eu esperava ter ensinado você, mas temo que estamos ficando sem tempo.

Eu a observo de perto, desesperada para saber o que está acontecendo. Por que tudo o que ela diz resulta em um calafrio sinistro que percorre minha espinha?

– Paloma, há algo que queira me dizer? Não está se sentindo bem? Você está preocupada por eu estar pálida e magra, mas eu poderia dizer o mesmo sobre você.

– Passei os últimos dias jejuando e rezando pelo seu retorno. É só isso, *nieta*. Vou recuperar minhas forças agora que você voltou, então não desperdice sua energia se preocupando comigo. Só quis dizer que, agora, com tudo acontecendo de maneira tão rápida, não há tempo para instruí-la com os mesmos métodos com os quais eu fui ensinada. É só isso. – Ela faz um sinal firme com a cabeça, como se aquele fosse o fim da história, mas as palavras me deixam inquieta. – Nunca fiz uma transmissão de linhagem desse jeito. Nem participei de nenhuma que fosse feita dessa maneira. Mesmo assim, espero que funcione, e a intenção é o que mais importa.

– Então, qual é a minha parte? – Estou ansiosa em ser uma boa aluna e fazer o que puder para ajudar em tudo isso. – O que quer que eu faça?

– Primeiro, preciso que se sente com os olhos fechados e as mãos nos joelhos com as palmas viradas para cima, como se estivessem encarando o teto. – Assim que me ajeito adequadamente, ela prossegue: – Agora, abra sua mente e esvazie-a o melhor que puder.

– Isso não é nem de perto tão fácil quanto parece. – Abro um olho. – Certa vez, uma figurinista de um dos filmes de Jennika tentou me ensinar a meditar, mas foi um fracasso. Não podia fazer minha mente ficar quieta.

– Não se preocupe. Pensamentos são naturais. Eles aparecem por hábito, senão por nenhum outro motivo. Mas a maior parte dos pensamentos é insignificante, repetitiva e não tem valor real, nem traz benefícios para você. Então, quando um pensamento desses aparecer, tudo o que você precisa fazer é reconhecer a presença dele e deixá-lo rapidamente seguir seu rumo. Se você se recusar a prestar atenção nele, ele desaparece sozinho. Pode começar quando quiser.

– É isso? Só ficar sentada aqui e deixar de lado pensamentos aleatórios?

– Não, *nieta.* – Ela se inclina na minha direção e pressiona a mão fria e seca na minha testa. – Você só fica sentada aqui e recebe. Eu faço o resto.

Ainda que eu não tenha muita certeza do que ela quer dizer com aquilo, não demora muito até que um fluxo de imagens se derrame em minha cabeça. No início, fico um pouco alerta demais. Ansiosa para me destacar como receptora, sou rápida em deixar as imagens de lado. Até que percebo que, na verdade, são as imagens que Paloma está mandando para mim – uma série de antigos ensinamentos dos Buscadores que têm sido passados ao longo dos séculos.

Assisto, fascinada, enquanto histórias incríveis de Buscadores anteriores, incluindo os próprios rituais de treinamento de Paloma, quando ela tinha minha idade, se desdobram em minha mente. E não posso deixar de me assombrar com o quão jovem ela era, quão determinada, forte e ansiosa em aceitar seu destino – bem diferente do modo como eu, no começo, tentei evitar o meu.

Acontece que pensamentos de arrependimento não têm valor real ou benefício. Então, eu rapidamente os reconheço e os mando embora. Preciso abrir o máximo de espaço possível para a bobina infinita de antigos rituais, práticas de cura e artes místicas que passa em minha cabeça. Tenho até mesmo um vislumbre da busca da visão de Paloma. Observo enquanto o Lobo a devora, só para reconstruí-la novamente, algo muito parecido com o que o Corvo fez comigo.

Observo as batalhas dela com Leandro, e, embora não seja nem de perto tão maligno ou ambicioso quanto seu filho favorito, Cade, ele é uma força a ser considerada do mesmo jeito. Mas o que realmente me chama a atenção é a forma como Paloma aceita seu papel sem reclamar. Dedica-se a uma vida de grande sacrifício pessoal a fim de manter os outros em segurança, de manter contidos os danos causados por Leandro. A história de vida dela é um testamento de sua força, segurança e humildade, e sua reverência por seu direito de nascença é algo que imediatamente juro imitar.

A vida de Paloma continua a se desenrolar, incluindo o momento em que ela descobre que seu marido, meu avô, o xamã jaguar brasileiro Alejandro, morreu em um acidente aéreo. Uma tragédia que ela aceita com a mistura usual de dignidade e graça, ciente de que os Richter são os responsáveis. Por fim, eles conseguem tirar seu marido, seu filho e, por um breve momento, eu. O que só fortalece meu juramento de detê-los. De fazer o que for possível para acabar com isso – mesmo que signifique matar até o último deles.

Quando a imagem desaparece, ela tira a mão da minha testa e coloca o athame encrustado de sangue no meu colo.

– Agora que está imbuída com este conhecimento, quero que fique com os olhos fechados enquanto convoca em silêncio os Buscadores que a precederam. Quando sentir a presença deles, e só então, vai abrir os olhos e passar lentamente essa lâmina pela chama mais próxima até que fique limpa do sangue. Depois vai apagar as velas usando apenas sua intenção.

Esfrego os lábios, endireito a coluna e faço o que ela diz. E quando estou completamente imbuída do poder da presença dos meus ancestrais, seguro o cabo do athame com força e passo a lâmina pela chama. Observo o sangue borbulhar e chiar até se reduzir a uma única gota que emite uma espiral de fumaça negra que se ergue diante de mim. Sua forma contorcida e ondulante se expande e se contrai para representar todos os espíritos animais da longa linhagem de Buscadores que me precedeu, enquanto permite um vislumbre de como todos eles foram derrubados pelo Coiote.

Todos eles.

Cada um deles por fim perdeu a batalha.

Apesar dos pequenos momentos de triunfo, no fim, o Coiote sempre venceu.

Quando o Corvo aparece diante de mim, mal consigo segurar o athame, com medo do que possa ver.

– O Corvo está sempre com você – Paloma diz. – Só porque não consegue vê-lo sempre, não quer dizer que ele a abandonou.

Logo depois disso, o Coiote aparece, e observo enquanto os dois se preparam para lutar.

– O mesmo aconteceu com seus ancestrais e, um dia, comigo. – A voz de Paloma é a única fonte de conforto em um aposento reduzido a um ponto sinistro.

O Corvo se move na direção do Coiote, que parece pequeno e indefeso, sem ser páreo para o inimigo.

– Você jamais deve esquecer isso, *nieta*. Um dia você vai precisar convocar todos nós de um jeito que nunca fez antes. Mas vai fazer isso sem medo, certa de que todos estaremos lá.

A batalha começa com o Corvo abrindo as asas e o Coiote se preparando para o bote. Os dois avançam um contra o outro, pegos no meio do caminho, quando a gota se evapora, a espiral de fumaça desaparece e eu derrubo o athame no joelho, sentindo-me trêmula e fraca.

– *Abuela...* – começo, vagamente ciente do calor da lâmina queimando meu jeans.

Mas ela é rápida em me calar.

– Apague as velas, *nieta*. Sei que consegue.

Eu não só apago as velas, mas faço sumir o anel de sal também. Apesar do sucesso, isso está bem longe do tipo de habilidade de que preciso para derrotar o inimigo.

– Embora algumas das imagens a tenham perturbado, elas tinham a intenção de fortalecê-la e lembrá-la da seriedade da tarefa que você agora encara. Ainda que seja fácil odiar o Coiote, o melhor é não se deixar levar pelo ódio. Isso sempre leva à impulsividade e ao arrependimento. Não importa o que aconteça daqui para a frente, você nunca deve ceder aos seus instintos básicos. Deixe o ódio para eles. Se quer derrotar o Coiote, tem que se tornar maior, melhor e mais forte do que eles são capazes de ser.

– Mas como? Você viu a mesma coisa que eu... estou fadada a perder... todos nós estamos!

– Não é isso que vi.

Olho para ela, confusa.

– Sua história é maleável. Cabe a você decidir.

– Mas se todos os meus ancestrais falharam, por que comigo será diferente?

– É tudo questão de perspectiva, *nieta*. Você pode olhar seus predecessores como fracassados, ou pode vê-los como múltiplas gerações de Buscadores que foram capazes de impedir os Richter de causar a destruição completa e total.

Levo um momento para considerar as palavras dela. Fazem sentido, mas não trazem conforto na verdade.

– Mesmo assim, no fim, os Richter sempre conseguem levar a melhor. Por que seria diferente comigo?

– Por que sua luz vai mostrar o caminho.

– E a deles não mostrou?

– Isso é uma coisa com a qual não tem de se preocupar. Além das habilidades que partilhei com você, tudo o que você precisa saber é que a escuridão nunca derrota a escuridão... só a luz consegue isso. Use sua luz, *nieta*. Aprenda a confiar nela. É a ferramenta mais confiável que você tem.

Um sorriso aparece no meu rosto.

– Então, posso deixar o athame de lado? – pergunto, desesperada por um pouco de leveza em um estado de espírito que se tornou sombrio.

– Não, fique com o athame. – Paloma sorri, brincando comigo. – Não faz mal ter uma arma reserva.

Quando olho para a lâmina, várias preocupações ressurgem.

– Tem certeza de que ela está boa? – hesito, me lembrando de como ela falhou comigo da última vez.

– Quando você questiona as habilidades do athame, questiona suas próprias habilidades – Paloma diz, como se lesse meus pensamentos. – Nunca se permita cair nessa armadilha.

Eu me levanto e a abraço apertado. Engulo um soluço quando digo:

– Estou tão orgulhosa de você. Só espero que algum dia eu possa viver seguindo seu exemplo.

– Você já faz isso – ela diz, mas, embora esteja sendo sincera, sei que não é verdade. Ou, pelo menos, ainda não.

– Preciso ir. – Engulo em seco e me afasto. Observo enquanto Paloma se dirige até a cômoda, onde pega minha velha jaqueta verde-militar.

– Temo que meus dedos não sejam mais tão ágeis quanto eram, mas sei que é a sua favorita, então fiz o melhor possível para arrumá-la.

Passo um dedo sobre os pontos novos que remendam os buracos que Cade Richter fez. Muito parecidos com o buraco que Axel remendou em meu coração. Se tudo pudesse ser reparado com tanta facilidade...

Desvio o olhar até que a iminência das lágrimas passe, enquanto Paloma me ajuda a vestir a jaqueta. Seus dedos finos endireitam a gola e ela diz:

– Eu iria com você, mas...

Encontro o olhar dela e sorrio.

– Por que iria querer fazer isso agora? A música é alta demais, as bebidas são supercaras e a comida é sem graça.

A brincadeira dura só um instante, antes que a expressão dela fique séria.

– Tome cuidado, *nieta*.

– Sempre – respondo, dirigindo-me para a porta e esperando que ela acredite.

– Seja esperta também. E nunca se esqueça de que, para se tornar poderosa, é preciso permitir que um grande poder atue através de você. Ninguém caminha sozinho.

Encontro o olhar dela, concordo com a cabeça e faço meu caminho até o carro de Lita, que está me esperando.

Dezesseis

Daire

– Para uma noite em dia de semana, está muito mais lotada do que eu esperava – digo, me aproximando da entrada da Toca do Coelho com minhas amigas. – Mesmo assim, é bom que esteja cheia. Quanto maior a multidão, mais difícil será para Cade me localizar. Se ele estiver aqui, é claro.

Lita arruma a alça de sua bolsa e afofa o cabelo para que ele caia em seus ombros em ondas longas e brilhantes.

– Está lotada assim toda noite.

– O povo nesta cidade tem memória curta. O céu chove fogo, o caos se instala e as pessoas ainda vêm em busca de mais. – Xotichl balança a bengala de um jeito tão descuidado diante de si que não posso deixar de me perguntar se algo da magia do Mundo Inferior permaneceu nela, mas rapidamente deixo a ideia de lado. É claro que ela nos contaria se isso acontecesse.

– Ou isso ou a percepção deles está alterada. – Lita franze as sobrancelhas. – Aceite isso de quem já esteve nesta posição. – Ela para diante do porteiro, recusando-se a cumprir a exigência dele de conferir sua identidade. Coloca as mãos nos dois lados do pódio atrás do qual ele está e se inclina perigosamente perto do seu rosto. – Você me conhece a vida toda – ela diz.

– Isso não é mais do que uma farsa ridícula, sem mencionar uma imensa perda de tempo. E nem pense em me marcar com esse selo estúpido e assustador. A última coisa de que preciso é um coiote de tinta vermelha marcado na minha mão. – Ela se afasta, dando-lhe um olhar desafiador e cruzando os braços sobre o peito.

– Que atitude é essa, Lita? Está com algum problema com o Coiote? – Ele inclina a cabeça de lado e aperta os olhos para examiná-la. Seu tom de voz é propositalmente sinistro, feito para intimidar, e ele faz uma demonstração de seus músculos superdesenvolvidos enquanto diz: – Talvez tenha a ver com suas companhias? – O olhar dele se volta para mim de maneira deliberada. – Talvez devesse voltar à sua antiga turma?

– E talvez você devesse me escutar quando digo que deixei o Coiote para lá. Para sempre. – Ela gira nos calcanhares e entra no clube.

– Famosas últimas palavras. – Ele dá uma gargalhada. – O Coiote é um hábito difícil de se deixar. Pergunte para Marliz. – O olhar dele se volta para mim, para se assegurar de que estou ouvindo. – Ela voltou a servir as mesas. Tenho certeza de que a encontrarão lá dentro.

Mantenho o rosto neutro, recusando-me a dar a ele a satisfação de saber que me surpreendeu. Da última vez que soube, Marliz estava morando em Los Angeles, depois de deixar seu noivo assustador e abusivo, Gabe, primo de Cade. Jennika conseguiu um emprego para ela e a ajudou a encontrar um lugar para viver. Eu me pergunto se Jennika sabe da partida dela.

A gargalhada sinistra do porteiro nos persegue enquanto entramos no clube, onde logo é substituída pela música estridente da banda no palco.

– Bem, isso foi... – Lita aperta os lábios e estreita os olhos, buscando a palavra certa.

– Esquisito. Estranho. Bizarro. Sinistro. Pode escolher – Xotichl suspira.

– Vocês acreditam que Marliz voltou? Acham que eles alteraram a percepção dela lá em Los Angeles?

– Duvido – Xotichl diz. – Não acho que funcione à distância. Além disso – ela se volta para mim –, Paloma e os anciãos andaram trabalhando em algum tipo de novo feitiço de proteção para bloquear isso.

– Bem, odeio decepcioná-la – Lita comenta –, mas não está funcionando. Quero dizer, olhe para este lugar... metade de Encantamento está aqui!

Meu olhar atravessa a multidão, procurando desesperadamente a pessoa que mais me interessa ver.

– A mágica só funciona enquanto a pessoa quer ser protegida – digo. – Quando se vive em uma cidade como esta, é fácil não ver a verdade. – Eu me viro para minhas amigas.

– Bem, isso é deprimente. – Lita franze as sobrancelhas.

– E falando em deprimente... – Xotichl acena com a cabeça na direção do outro lado do salão, onde as antigas melhores amigas de Lita, Crickett e Jacy, estão absorvidas por cada palavra de Phyre.

– Você está vendo aquilo? – Lita faz a pergunta antes de mim.

– Posso *sentir* aquilo – Xotichl diz. Mas seus lábios se repuxam de lado, fazendo-me pensar, mais uma vez, que ela está escondendo alguma coisa de propósito.

– Seja como for. – Lita dá de ombros, desistindo do assunto. – Já era tempo de elas encontrarem alguém novo para imitar. Não tem ideia do alívio que é sair com gente que *não* tenta copiar cada movimento seu. Sem mencionar como estavam sempre roubando meu estilo. Pelo menos vocês duas nunca fazem isso.

– Sim, pelo menos temos isso a nosso favor. – Xotichl dá uma gargalhada.

– Ok, então qual é o plano? – Lita encara minha bolsa estufada. – E quanto tempo planeja ficar fora? Sua bolsa parece que vai explodir.

– O tempo que for necessário – digo, dirigindo-me a Xotichl quando pergunto: – Cade está aqui? Consegue sentir a energia dele?

Ela ergue o queixo, explorando lentamente o salão.

– Posso sentir a presença dele. Ele com certeza está no edifício, embora não neste salão. A energia é fraca.

– Então ele já está curtindo a noite? – Lita faz cara feia. – Imagine. Tanto luto pela perda do irmão gêmeo. – Ela revira os olhos e balança a cabeça com repulsa.

– Escutem... – Mantenho a voz baixa e me inclino para mais perto delas. – Eu tinha planejado ficar um pouco por aqui antes de ir para o vórtice. Mas como tenho quase certeza de que o porteiro já alertou Cade sobre a minha presença, não faz sentido fingir. Vou para lá agora e esperar pelo melhor.

– E quanto a nós? O que devemos fazer? – Lita olha para mim, esperando uma tarefa saborosa.

– Basta usar seu charme habitual. Socialize, escute, observe. E se Cade se aproximar de você, *não* o hostilize. – Lanço um olhar sério para ela. – Cuidaremos dele mais tarde, eu prometo. O mesmo vale para Phyre; se for falar com ela, seja gentil. Depois do que me contaram sobre o pai dela, não posso deixar de pensar que, quanto mais soubermos sobre ela, melhor.

– Manter os amigos por perto e os inimigos mais perto ainda? – Lita arqueia uma sobrancelha meticulosamente bem-feita.

– Algo assim. Mas é sério, fique calma. Não posso me preocupar com você se metendo em encrenca quando preciso me focar em localizar Dace.

– Tudo bem. – Ela franze as sobrancelhas. – Juro solenemente que, pelo menos por enquanto, vou evitar torturar Cade. Mas, só para que você saiba, quando chegar a hora, planejo estar bem ao seu lado, acabando com ele.

Começo a me afastar quando Xotichl me chama.

– Apenas... tome cuidado – ela diz.

Concordo com a cabeça.

– Além disso, se não voltar logo, vamos atrás de você. Então, nada de longas reuniões quando encontrá-lo, ok?

Dou um sorrisinho e me dirijo para o corredor. Não estou disposta a dizer a verdade para elas – que Dace mudou tanto que não posso dizer o que vou encontrar ou se serei capaz de ajudá-lo.

Mas tenho que tentar.

Nem que seja a última coisa que eu faça, pelo menos eu tenho que tentar.

Dezessete

Daire

Embora o plano original fosse ir até o vórtice sem outra pretensão, quando chego perto do banheiro, mudo de ideia. Penso que um pouco de cautela nunca faz mal a ninguém e perco uns instantes para me apoiar na parede e remexer na bolsa sem motivo real, enquanto examino o espaço em busca de um Richter. Qualquer Richter. Todos eles estão trabalhando contra mim.

Assim que tenho certeza de que os arredores estão livres, sigo pelo corredor comprido que leva ao vórtice. Consigo dar apenas alguns passos quando uma voz me chama por trás.

– Daire. Daire Santos.

Respondo abaixando o queixo e apressando o passo.

– Não finja que não me ouviu quando nós duas sabemos que ouviu. Vou atrás de você, se for necessário.

Por um breve instante, considero deixá-la cumprir a promessa. Mas já que não há razão para tornar tudo isso pior do que já é, paro de andar.

– Quando você voltou? – Seus saltos altíssimos se prendem no tapete quando ela se aproxima.

– Quando *você* voltou? – Paro bem a tempo de ver seus olhos cobertos de maquiagem pesada, cheios de suspeita e duramente fixos em mim.

– Você nunca aprende, não é? – Ela prende uma mecha de cabelo loiro descolorido atrás da orelha e com a mão brinca com a grande argola de prata que parece ceder com o peso da pedra imensa que usa. Uma turmalina azul grande, quadrada e brilhante em um anel prateado, cercado por turmalinas azuis um pouco menores que, se eu tivesse de adivinhar, vieram direto das minas de Cade.

– Parece que temos isso em comum. – Faço um gesto na direção do novo anel de noivado dela, quase o triplo do tamanho do que ela usava antes. Meu olhar fixo no jeito como ela levanta a mão e agita os dedos. Seus olhos dilatados de admiração e... algo mais... algo que não consigo determinar.

Com o olhar sonhador, ela diz:

– Só para constar, aprecio tudo o que sua mãe fez por mim. Ela realmente me ajudou. Mais do que devia.

– Jennika é uma boa pessoa. Está sempre disposta a ajudar quem precisa.

Marliz abaixa a mão enquanto sua íris clareia novamente.

– Mesmo assim, não fique com uma ideia errada sobre mim. Não tenho planos de retribuir o favor.

– Jennika sabe se virar. Ela não precisa da sua ajuda – digo. Convencida pelo tom áspero de sua voz, e pelo estranho olhar em seu rosto, esta não é uma conversa aleatória. Marliz tem um objetivo. Todos os Richter (e, no caso dela, uma futura Richter) têm.

– Ela pode não precisar da minha ajuda, mas você sim. – Marliz continua a me examinar. Parece que a visão da minha pessoa lhe causa dor. – Vá para casa, Daire. Volte de onde veio. – Ela olha para os próprios pés, esfregando a ponta da bota no tapete cinzento empoeirado.

– Você me diz isso desde o dia em que nos conhecemos – replico, notando como a voz dela vai de vingativa a melancólica em poucos segundos. Seu humor muda tão rapidamente que é difícil acompanhar.

– Talvez seja hora de você ouvir. É o melhor conselho que posso lhe dar. – Ela centraliza a ponta fina de sua bota em um papel de chiclete amassado e o chuta para longe.

– E por que eu a ouviria, quando nem você consegue ficar longe daqui?

– Tenho minhas razões. – Ela olha para a pedra em seu dedo, os olhos dilatados e luminosos.

– Deixe-me adivinhar... você voltou com Gabe?

Ela continua a encarar o anel, assentindo bem de leve.

– Então, está disposta a trocar sua felicidade por alguns brilhantes?

Seu olhar endurece em algo sombrio, selvagem. Descarta qualquer indício de fingimento que reste.

– Você tem dez segundos para voltar para suas amigas e levar seu grupo para qualquer outro lugar.

Endireito os ombros e seguro a bolsa com mais força, pronta para praticamente qualquer coisa.

– Acho que nós duas sabemos que isso não vai acontecer.

Ela me olha por um longo momento, então enfia os dedos no bolso frontal da minissaia de brim, pega o celular e diz:

– Sinto ouvir isso.

– Não sinta. Pelo que posso ver, você tem bem mais problemas do que eu. – Começo a me virar, abalada pelo encontro, mas não pelos motivos que ela pensa.

– Não estou brincando, Daire! Direi a eles o que está prestes a fazer!

– Você não tem ideia do que estou prestes a fazer – murmuro, ansiosa para me distanciar dela.

– Você me deixa sem escolha! – ela grita.

– Sempre há uma escolha! – Olho por cima dos ombros o bastante para vê-la teclar no celular e levá-lo à orelha, e então começo a correr. Disparo pelo corredor que, ainda que não seja tecnicamente uma armadilha, pode vir a ser.

O escritório de Leandro está bem diante de mim, com a porta entreaberta e o telefone tocando.

Passo correndo pela entrada, mal alcanço o outro lado da porta, e uma voz familiar vocifera:

– O que é? Estou ocupado... O quê? A Buscadora? Tem certeza? Cade jurou que ela estava morta!

A maldição abafada de Leandro é imediatamente seguida por uma mão batendo com força na escrivaninha e o guincho e o protesto de um corpo se erguendo de uma cadeira de couro firme, enquanto disparo pelo corredor a toda a velocidade.

Minhas entranhas ardem com uma dor excruciante. Meus pulmões ameaçam explodir no peito. Mesmo assim, supero a agonia e corro para o vórtice. Ignoro a voz de Leandro me chamando por trás, me mandando parar, deslizo a mão para dentro da bolsa, pego os cigarros que Paloma me deu e mergulho de cabeça.

Atravesso a parede que não é realmente uma parede e irrompo livre do outro lado, para então encontrar uma voz sinistra que diz:

– Olá, Daire. Da última vez que a vi, você estava morta.

Dezoito

Daire

A sola dos meus tênis desliza estridente pelo chão metálico até que paro, corada e sem fôlego, diante de Cade.

Com um longo cachecol negro enrolado no pescoço e um gorro de tricô negro na cabeça, ele parece confortável, relaxado, saudável e em forma. Plantado na entrada do grande tubo de lata que funciona como passagem para a caverna e para o segundo vórtice depois dela, ele descansa em uma cadeira estofada antiga, como um jovem rei mimado em seu trono. Não tem nem um único sinal de ter sangrado por um buraco no estômago poucos dias antes.

Acalmo minha respiração, recupero o equilíbrio e digo:

– E da última vez que eu o vi, você estava morto também. – Vou andando na direção dele, querendo que saiba que, embora tenha conseguido me surpreender, isso não significa que tenha me assustado. – Mas isso foi antes do seu fiel Coiote restaurar você.

Cade inclina a cadeira para trás. Ele me avalia apertando bem os olhos. O canto de sua boca se repuxa em tom de diversão, ele faz um sinal na direção do punhado de cigarros na minha mão e diz:

– Sério, Daire? Três maços? – Dá um estalo desaprovador com a língua. – Devia reconsiderar isso. Fumar é um hábito terrível, desagradável e já foi comprovado que aumenta as chances de mortalidade. E acho que nós dois sabemos que, como uma Buscadora, esse é um risco que você não pode correr. Os da sua espécie tendem a morrer jovens.

Vou até perto da cadeira dele, lançando-lhe um olhar entediado enquanto cantarolo:

– Já passei por isso. – Paro diante dele. – Na verdade, trouxe isso para seus amigos. Das últimas vezes que estive aqui, eles realmente pareceram gostar.

Cade cruza as pernas e colocas as mãos sobre os braços de um jeito que me permite ver o anel de turmalina azul que não lembro de vê-lo usando antes.

– Muita consideração, Buscadora. Mas, como pode ver, meus *amigos*, como você os chama, não estão aqui neste momento. Antecipando sua visita, eu lhes dei a noite de folga. Mandei-os para um lugar bem distante, onde podem ficar de olho no meu irmão.

Seus olhos encontram os meus, como se me desafiassem a reagir, mas além de uma rápida inspiração, mantenho o rosto neutro, me recusando a demonstrar o menor traço de preocupação. Eu me recuso a deixar que o simples pensamento de demônios farejando ao redor de Dace faça meu coração disparar. Lidar com Cade é um jogo de pôquer sem fim. Com apostas tão altas, não posso me dar ao luxo de cometer um erro.

– É uma vergonha todo esse negócio de Eco, não é? – Ele inclina a cabeça de lado e finge uma expressão pensativa. – Acho que é algo que Leandro não previu quando nos conjurou. – Os lábios dele se franzem ao encenar um suspiro. – Leandro certamente tem suas falhas, e algumas vezes não posso deixar de pensar que é um fardo. Embora eu tenha certeza de que você sente o mesmo por Jennika e Paloma. É tão cansativo tentar levar com bom humor as ideias ultrapassadas deles enquanto forjamos destinos muito maiores por conta própria. Mesmo assim, o que vamos fazer? – O olhar de Cade vaga junto com sua voz, meditando sobre o assunto muito mais do que o tema merece, antes de retornar para mim quase como se fosse uma reflexão tardia. – De qualquer modo, você deve realmente se esquecer de Dace. Acredite em mim, é para o seu bem. Da última vez que o vi, ele não parecia tão bem. Não me deixou outra escolha além de escondê-lo em um lugar onde ninguém jamais o encontrará.

– Acho que isso precisa ser revisto – digo, com mais confiança do que sinto. Rejeito o quadro que suas palavras formam em minha mente. Sou incapaz de lidar com a ideia de Dace ferido e sofrendo, deixado para apodrecer em uma terra cheia de demônios.

O rosto de Cade se enrijece em uma série de ângulos e vincos, enquanto descruza as pernas e se inclina para a frente. Tecnicamente, ele pode ser o irmão gêmeo idêntico de Dace, mas Dace é incapaz de um olhar como esse. Ou, pelo menos, costumava ser.

– Odeio interrompê-la, Santos, mas aqui é o mais longe que vai chegar. – Ele segura os braços da cadeira com tanta força que parece estar lutando para se controlar, tentando duramente não se transformar. – Você está invadindo uma propriedade, e não vou permitir isso.

– Não tenho certeza se você tem escolha – defendo minha posição, sentindo um pressentimento incômodo redemoinhando dentro de mim.

– Palavras duras vindas de alguém que, não muito tempo atrás, estava deitada de braços abertos embaixo de mim.

Começo a ir na direção dele, senão por outro motivo, para apagar para sempre o sorriso de seus lábios. Mas então me lembro de todos os motivos pelos quais não posso matá-lo, ou, pelo menos, ainda não. Em vez disso, obrigo-me a parar, encarando-o.

– Pena que Dace nos interrompeu naquele momento. Eu diria que você estava realmente começando a gostar.

Ele está me provocando. Quer que eu reaja, perca a cabeça, mas me recuso a morder a isca.

– E, mesmo assim, agora que está de volta... bem, estou começando a pensar que gostava muito mais de você quando estava morta. Acontece que sua lembrança é muito mais atraente do que você na realidade.

– Desculpe desapontá-lo. – Meus ombros se levantam e abaixam, e encaro o ponto além dos ombros dele, calculando meu próximo passo.

Duas dúzias de passos daqui até a caverna? Duas dúzias e meia?

– Ah, você me desapontou tantas vezes que perdi a conta. – Ele tamborila com os dedos no braço da cadeira, o aro de metal de seu anel tilintando com força contra a madeira escura e ecoando ao meu redor.

Estico meu pescoço de um lado para o outro e dou um suspiro entediado.

– Então me diga – falo –, acabamos por aqui? – Ele levanta o queixo e me encara por cima do nariz. – Acabamos com as brincadeiras? A parte das réplicas da noite acabou? Porque, neste caso, eu gostaria de prosseguir. Tenho lugares para ir.

– Aqui é o mais longe que você vai, Buscadora. – As íris de Cade brilham em um vermelho profundo e ardente, mas só por um instante, antes de se tornarem azuis-gelo e opacas novamente. – Sua pequena aventura acaba aqui. Agora.

– Como se você pudesse me deter. – Dou outro passo adiante, parando quando meu joelho quase encosta no dele.

– O que vai fazer, Buscadora? Me beijar ou me matar? – Ele me olha de soslaio, em tom de diversão.

– Vou matar você – digo, meu tom de voz decidido, apenas colocando os fatos como os conheço. – Mas ainda não. Um dia, todavia, eu prometo que farei isso.

– Parece um encontro. – Ele enruga a testa, passa a língua pela borda da boca.

– O melhor que você terá.

Deslizo ao lado da cadeira dele e saio correndo. Pego o túnel a toda a velocidade, obrigando-me a correr ainda mais, forçando meus passos a serem mais longos, mas o som dos meus tênis batendo com força no chão é logo acompanhado pelo som dos dele.

Se estou agindo por adrenalina, como Paloma afirmou, espero que dure o bastante para eu conseguir escapar dele.

O som da perseguição retumba na minha cabeça. Um som crescente, ensurdecedor e agudo, de corpos batendo na lata que faz meus ouvidos badalarem, meus olhos lacrimejarem, até que meu passo seguinte encontra um chão mais suave – me impulsionando para fora do túnel e para dentro da caverna.

Muito diferente da caverna espartana dos meus ancestrais Santos, a caverna dos Richter tem uma ostentação cuidadosamente selecionada. Luxuosa. Exuberante. Decorada com móveis antigos elegantes e paredes cobertas de obras de arte. Ganhos ilícitos.

Desvio do sofá. Estou quase fora da toca quando Cade dispara atrás de mim, movendo-se com uma velocidade inimaginável.

Ele encosta no meu ombro. Agarra meu cabelo com firmeza. Reduz minha velocidade o bastante para segurar minha bolsa e puxar a alça com força. A inversão súbita me joga para trás, até que bato em seu peito.

Ele recebe o golpe com facilidade, levantando o braço livre e me dando uma chave de pescoço.

– É tarde demais para você, Buscadora – ele sibila, sua respiração surpreendentemente quente em um espaço tão frio. – Nunca devia ter deixado o Mundo Superior. Foi para lá que aquele cara brilhante levou você, não foi? – Ele afrouxa o braço o suficiente para que eu possa confirmar, mas, quando aproveito para puxar um pouco de ar, ele me estrangula novamente. – Essa cidade já lamentou por você. O luto coletivo durou menos de um dia. Parece que você não causou muito impacto em sua breve estada em Encantamento. Até Paloma, ineficiente como é, ostenta um recorde melhor que o seu. Acho que isso a torna a *Buscadora mais lamentável que já existiu.* – Cade dá uma gargalhada cruel enquanto me aperta mais contra ele. Reposiciona o braço para poder estrangular minha laringe. – Isso parece um pouco redundante, não é? Eu me ressinto de ter que matá-la novamente. Tenho coisas melhores para fazer com o meu tempo.

– Mas foi tão divertido da primeira vez – resmungo, as palavras mutiladas, ininteligíveis.

Ele pressiona minha traqueia, cortando severamente meu suprimento de oxigênio. Usa a outra mão para levantar meu suéter e diz:

– Quero ver seu ferimento, Buscadora. Quero ver como aquele homenzinho brilhante curou você. Por que acha que ele fez isso? Hummm... Por que acha que ele saiu das pompas aconchegantes do Mundo Superior para salvar *você*? Tem uma queda por Místicos? Está traindo meu irmão gêmeo?

Ele joga a cabeça para trás e gargalha, e aproveito a distração para apertar meu cotovelo com força contra a lateral do meu corpo em uma tentativa desesperada de me manter protegida e alcançar minha bolsa. Não posso me dar ao luxo de perder as ferramentas que Paloma colocou lá.

Mas minha cabeça está ficando tonta. Minha visão enfraquece. E Cade é tão inacreditavelmente forte que simplesmente arranca a bolsa do meu ombro e a joga longe em um movimento contínuo.

– Ops! – Ele ri de um jeito que reverbera em meu ouvido. – Parece que está sem sorte. Você está completamente desarmada e derrotada, Santos. – Seu hálito é quente, fétido, enquanto sua língua passeia pela minha orelha. – Como vai se defender agora?

É uma boa pergunta. E não tenho certeza de como respondê-la. Mesmo assim, mantenho minha determinação. Digo a mim mesma que posso fazer isso. Não posso deixá-lo vencer.

Mas, com os tecidos do meu pescoço entrando em colapso e o fluxo de oxigênio reduzido ao mínimo, só tenho alguns segundos antes de ficar completamente inconsciente.

Ignoro a dor feroz que se agarra ao meu peito, levanto a perna bem alto, centralizo o pé e acerto o joelho de Cade com brutalidade. E, embora não o atinja do jeito que esperava, é o bastante para fazê-lo soltar a chave de pescoço para que eu possa me libertar.

Cambaleio em direção à minha bolsa, tossindo e respirando ofegante, enquanto engulo grandes punhados de ar. Mal agarro a alça da bolsa quando Cade aparece ao meu lado e segura meu braço com força.

– Você já era, Buscadora. – Ele me vira, até que encaro seus olhos insondáveis.

Como os olhos de Dace da última vez que o vi.

E é por isso que tenho de sobreviver. Tenho de chegar até Dace, trazer sua alma de volta e reverter qualquer que seja a coisa horrível que o fez se parecer com seu irmão.

– Foi o que você disse da última vez e, olhe, ainda estou aqui – resmungo, minha voz rouca, machucada, e consigo me soltar e ficar a alguns passos dele. Mas quando estou em pé, triunfante, diante dele, com as mãos fechadas em punho, percebo que ele me libertou muito facilmente.

Para Cade, isso não é mais do que um jogo.

É assim que ele se diverte. É por isso que ele estava segurando os braços, tentando conter qualquer deleite que esteja planejando em seguida.

Não me libertei.

Estou exatamente onde ele me quer.

Mal percebo a verdade e ele joga o corpo com força contra o meu. O impacto de seu peso me arremessa no chão com tanta brutalidade que fico surpresa por minha cabeça não estourar com o contato. E, antes que eu tenha tempo de reagir, ele está sobre mim.

Ele luta de verdade. Luta sujo. Luta até a morte. Seus punhos me acertam em cheio até que tudo o que consigo fazer é desviar.

– Você não serve para mim agora, Buscadora! – ele grita, os nós de seus dedos acertando repetidamente minha pele. – A profecia começou. Sou a escuridão ascendendo. Qualquer que seja a força que tirei do amor que você partilhou com meu irmão, não preciso mais dela. Já me levantei. Eu me transformei. Me tornei o que fui criado para ser. Você e sua espécie não são páreo para mim.

Ele tagarela sem parar. Delira sobre sua grandeza, seu poder, seu direito de nascença de governar tudo. Com o tempo, seu cansativo ataque verbal se transforma em um dialeto antigo tribal que nunca o ouvi usar antes.

E não é muito depois disso que as mãos dele estão novamente em minha garganta.

Resisto selvagemente embaixo dele. Bato, chuto, mordo, puxo o cabelo, arranho suas mãos, tento me soltar dele, mas não adianta. O que quer que eu faça quase não tem efeito.

É verdade o que ele disse. Ele transcendeu. Ostenta a força na forma humana que antes era reservada à sua forma demoníaca.

E não demora muito para que meus membros se cansem, fiquem inúteis e fracos, enquanto minha visão começa a escurecer das bordas para o centro, estreitando minha visão até um único ponto de luz.

Um ponto de luz que dança, pula, meneia e se retorce.

Um ponto de luz que emana da tocha na parede perto de mim.

Use sua luz, nieta. *Aprenda a confiar nela. É a ferramenta mais confiável que você tem*, Paloma me disse. E, embora não seja tecnicamente *minha* luz que vejo tremeluzir diante de mim, neste momento é tudo o que tenho.

Levo a mão até a algibeira de camurça no meu pescoço e enrolo os dedos nela.

– Está morrendo sem ar e desperdiça energia com isso? – Cade zomba. – Você merece morrer, Buscadora. Não percebeu até agora? Isso é uma bobagem supersticiosa! Se funcionasse, por que sua vida teria se reduzido a isso? Por que seu pai morreu aos dezesseis anos? Por que, com exceção de Paloma, que é tão inútil que não conta, todos da sua família estão mortos? Já parou para pensar *nisso*? Você se apaixonou por um pacote de mentiras, Santos. Quando a verdade é que qualquer mágica que valha a pena não vive onde você a busca. Não está nos elementos. Não está na terra. A magia, a verdadeira magia, só prospera na parte mais sombria dos homens, de alguns poucos dignos dela. O resto é mero pasto, existe para nos sustentar. Fracassados preguiçosos e apáticos, contentes em viver suas vidinhas sem significado, que voluntariamente deixam suas almas em risco para pessoas como eu controlar. Mesmo assim, é bom que você me divirta com suas crenças tolas... como se matar você não fosse prazer suficiente.

Ele joga a cabeça para trás e solta um urro tão alto, tão primitivo, tão parecido com o do Coiote, que as paredes ao redor tremem. E bem quando tenho certeza de que vai se transformar em sua forma demoníaca, ele me surpreende permanecendo como está. Só mais cruel, mais feroz – como se as duas versões dele tivessem se mesclado em uma só.

Seus dedos me apertam com mais força, os polegares pressionando minha traqueia.

– Engraçado... quanto mais eu aperto, maiores seus olhos ficam, e menos você consegue ver. – Ele se aproxima, o rosto pairando diretamente sobre o meu. – Olhe para mim, Santos! – ele grita. – Olhe... para... mim! Quero ser a última coisa que você vai ver antes de morrer. Desta vez, assim como da última vez. Quero que se lembre da minha cara quando matei você pela segunda vez!

Com minha visão reduzida à cabeça de um alfinete, continuo a olhar por cima do ombro dele, focando na pequena luz da chama.

– Olhe para mim! Ordeno que olhe *para mim*! – ele grita. Mas mantenho meu foco, permitindo que a canção do Fogo flua por meu cérebro.

Ao sabor do vento posso arder ou chamuscar
Confortar com a mesma facilidade que machuco
Uma única lambida de minhas chamas gera mudanças irrevogáveis
Seja como eu quando buscar transformação.

– Que saco, Buscadora! Faça o que eu estou mandando! Olhe para mim!

A luz fica mais brilhante. Tão brilhante que não posso mais suportá-la.

Fecho os olhos para não ver a chama.

– Abra os olhos, Buscadora! Não me faça...

A chama tremula e emite labaredas contra minhas pálpebras, mas é tarde demais.

Indignado com minha recusa em obedece, Cade me aperta com tanta força que todo o meu mundo escurece.

Só que, agora, ao contrário da última vez, não há ninguém para me salvar.

Meus membros são os primeiros a ir. Tornam-se pedaços dormentes, amortecidos.

Meu tronco vai em seguida.

E então...

Um grito horrível enche o ar, sou arremessada para o outro lado da sala, giro de lado, engasgada e com a respiração ofegante, enquanto uma versão demoníaca e em fogo de Cade se retorce e dança diante de mim.

Cambaleio para ficar em pé, meus dedos explorando suavemente o dano que ele provocou em minha garganta, enquanto Cade se agita pelo aposento. Ele grita em agonia, procurando algo que possa apagar aquilo.

Teria sido mais eficiente parar, se jogar no chão e rolar, mas não estou em posição de interferir.

Cambaleio em direção ao corredor. Estou ciente de que, embora tenha sobrevivido àquilo, estou tão mal que não tenho ideia de como vou continuar. Uma ida até a Fonte Encantada está fora de questão. Não há tempo a perder. Agora que os Richter estão atrás de mim, preciso ir para as profundezas do Mundo Mediano o mais rápido que puder e encontrar Dace.

Mal cheguei à parede do fundo quando uma súbita onda de calor vem por trás de mim, enquanto o último verso da canção do Fogo se repete em minha cabeça.

Seja como eu quando buscar transformação.

O fogo acena. Curvando-se e retorcendo-se, convidando-me para que eu me junte a ele.

Seja como eu quando buscar transformação.

Olho para trás, onde Cade, ainda dominado pelas chamas, continua sua dança histérica.

Seja como eu quando buscar transformação.

Esse não é um fogo normal. Essa é minha canção do Fogo, minha mágica em ação.

Seja como eu quando buscar transformação.

Sem hesitação, sem medo, sigo na direção do inferno até que sou totalmente engolida pelas chamas. Acredito que vão me restaurar, me transformar, me curar, como a canção prometeu. Seus dedos quentes e amorosos vão me persuadindo, me incentivando a seguir em segurança até o outro lado, onde saio completamente renovada.

Dou uma última olhada em Cade, vendo que já está derrotando a chama. Sem um segundo a perder, mergulho através da parede, chegando à primeira das muitas dimensões do Mundo Mediano.

Dezenove

Dace

Outro visitante.

Desde que Suriel foi embora, vieram muitos – a maior parte deles demônios trabalhando para Cade.

Até mesmo o Coiote parou por tempo suficiente para empurrar o focinho contra minha bochecha, para se assegurar de que eu ainda respirava, antes de ir embora.

Mas não importa quanto eu tenha implorado, nenhum deles estava disposto a acabar com a minha desgraça. Por que dessa vez seria diferente?

Viro de barriga para baixo, enterro o rosto na terra. Murmuro:

– Vá embora! – Mesmo assim, ele se aproxima. – Se não vai ajudar, então sinta-se à vontade para sumir. Curiosos não me servem de nada, então desapareça. Pode dizer a Cade que ainda estou respirando, ainda existo, assim como ele planejou.

– E por que eu faria isso?

Um véu brilhante de luz vem de cima – seus raios quentes permeando minha pele. Descongelando lugares há muito tempo frios.

– Você está horrível – a voz diz. – Mas estou aqui para ajudar. Posso curar você. Apagar seus ferimentos como se nunca tivessem existido.

– Não é exatamente o tipo de ajuda que eu quero, então saia daqui. – Eu me afundo mais na terra. – Não estou buscando luz, mas exatamente o oposto.

– Não entendo. – A voz demonstra gentileza e um pouco de confusão. Provavelmente combinam com a expressão do rosto. Mesmo assim, permaneço como estou e me recuso a vê-lo. Mas isso não o impede de perguntar. – Se não está procurando cura, o que quer?

– Salvação. Expiação. Daire – respondo, meus lábios raspando na terra. – Acha que consegue isso? – Meu tom de voz é propositalmente mal-humorado e sarcástico, e meu pedido é recebido com silêncio, como eu imaginava. – Vá embora. Suma daqui – resmungo, com as palavras roucas, mas um significado claro.

– Dace, eu...

– Vá embora!

É só quando a luz recua que levanto a cabeça e dou uma olhada rápida.

Cabelo platinado. Túnica branca. Pele pálida. E ele brilha.

Vai entender.

São incríveis as coisas que vemos por aqui.

vinte

Daire

O ar é acre e seco. Imediatamente resseca minha garganta, racha meus lábios, mas sigo atravessando a terra sombria e estéril que serve como um portal entre um mundo e o seguinte.

Ao contrário das minhas viagens anteriores, agora, em vez de seguir na direção da imensa duna que me leva ao Mundo Inferior, vou para o lado oposto, em busca da dimensão do Mundo Mediano na qual o Coiote deixou Dace.

Segundo Paloma, cada um dos três mundos contém numerosos reinos. E, pela ordem que Cade deu ao Coiote de "*arrastar Dace até o recanto mais sombrio do Mundo Mediano, onde ninguém o encontrará*", levo sua palavra ao pé da letra e me dirijo para o plano mais profundo, mais lúgubre.

Enquanto o Mundo Superior é povoado por benevolentes guias humanos (*Axel incluído?*), e o Mundo Inferior por benevolentes guias animais, o Mundo Mediano é povoado apenas por humanos e demônios. Embora nem sempre seja fácil distinguir entre os dois. O Coiote usa muitos disfarces.

Infelizmente, tudo aqui parece igual. Quilômetros sem fim de areia amarela monótona, salpicada de neve, sem oferecer marcadores naturais de nenhum tipo – nada de vegetação, nem um único sinal de vida. É uma terra morta, seca. Fica impossível dizer se estou no caminho certo.

Uma terra morta, seca.

Terra.

É isso!

Já faz um tempo desde a última vez que convoquei o elemento Terra, e por isso demoro um pouco para lembrar a melodia. Mas assim que o ritmo estala em minha cabeça, a letra da canção da Terra se segue imediatamente:

Sou constante e forte
Eterna – perpétua
Provedora de abrigo e consolo
Força e perspectiva
Olhe para mim quando estiver perdida – eu lhe darei a direção.

Estou no terceiro verso quando o caminho se abre diante de mim e disparo pela trilha a toda a velocidade. Cortando e dando voltas pelo vale de areia, em direção a um horizonte turvo que logo reconheço como o primeiro de muitos portais para as várias dimensões do Mundo Mediano.

No Mundo Inferior, a transição entre dimensões é feita por descidas. E, pelo que vi, no Mundo Superior é ao contrário. Mas aqui os portais são definidos como peças de dominó. Alguns estão posicionados juntos, outros ficam a quilômetros de distância. Embora não seja necessário muito tempo para detectar uma surpreendente ordem em meio ao caos. Ainda que cada passagem leve a uma paisagem inteiramente diferente – algumas cobertas de areia, outras de terra, outras com rochas pontiagudas –, cada portal sucessivo leva a uma terra que é progressivamente mais sombria do que a anterior.

Mesmo assim, é só depois que passo por várias camadas habitadas por estranhas figuras sombrias que chego a um nível repleto, preponderantemente, de cabanas pequenas e malcuidadas.

Levo a mão ao athame por instinto, enquanto meus olhos continuam a examinar a terra, e meus pés mantêm um ritmo constante em direção ao próximo portal. Meu alívio ao chegar lá incólume termina no segundo em que vejo que a próxima dimensão é significativamente pior.

Significativamente pior e habitada por demônios.

Muitos e muitos demônios.

E, ao contrário dos demônios da dimensão anterior, estes não são tímidos.

Estes são os demônios de Cade.

Apesar da vantagem de tê-los visto antes, é só uma questão de segundos antes que eles me cerquem como um carrossel de corpos imensos, escamosos e desmedidos, com cabeças grandes, olhos cor de fogo, focinhos retorcidos e sem lábios, com buracos no lugar das bocas.

Balanço o athame diante de mim, fazendo círculos lentos enquanto busco o líder, aquele que representa a maior ameaça. Estou determinada a ir atrás dele primeiro, senão por outro motivo, para mandar uma advertência aos demais de que, apesar da minha aparência, não sou alguém com quem se brinca.

O maior deles é o primeiro a avançar. Com um rosnado horrível saído do abismo de sua boca, ele urra com tal força que o chão treme sob mim.

Seu movimento pretende me intimidar, mas não dura muito.

Tudo de que preciso é um golpe determinado do meu athame para cortá-lo na altura dos joelhos. Então, eu me ajoelho ao lado dele e corto sua cabeça, só para me assegurar de que está realmente morto.

É assim com os demônios. Quando chega a hora de lutar, os estúpidos sempre formam a linha de frente, enquanto os mais espertos ficam atrás para avaliar a situação. E, com frequência, o líder não se parece em nada com o que seria de se esperar.

Chuto os tocos das pernas da besta para fora do caminho e avanço para o restante deles. Minha lâmina se crava em dorsos com escamas grossas, arranca olhos, fatia pescoços bem musculosos até que o chão ao meu redor está coberto com cabeças grandes e disformes, e só o menor dos demônios está em pé.

Os olhos do líder encontram os meus, e lhe faço um pequeno aceno com a mão, incentivando-o a se juntar a mim.

Mas este é mais esperto que o restante e, depois de levar um tempo refletindo, dá meia-volta e desaparece. Ele me deixa para que eu siga na direção do próximo portal. Paro do outro lado, baqueada ao ver que o caminho terminou e Dace não está à vista.

Será que a energia ficou tão sombria e estagnada que a Terra já não pode me guiar?

Ou agora é por minha conta reunir o que sei a fim de encontrá-lo?

Fico em silêncio e parada, alerta à menor mudança da atmosfera, qualquer tipo de sinal de que ele esteja aqui.

A poeira se arrasta.

Pode ser um animal estranho, ou mesmo outra tribo de demônios, mas vale a pena checar.

Uma voz suavemente murmurada.

Não consigo identificar as palavras, mas soam familiares.

Sem outra coisa na qual me agarrar, corro na direção daquilo – minha certeza aumentando a cada passo.

Ele está aqui.

Vivo.

Respirando.

O que quer dizer que não é tarde demais para salvá-lo.

Motivada pela promessa de me reencontrar com Dace, disparo em linha reta até dar de cara com uma cena que me faz parar de supetão.

vinte e um

Daire

Sem fôlego e horrorizada, eu o observo parado diante de uma velha árvore morta, de costas para mim. Ele agarra os dois lados do tronco oco com a palma das mãos, que emanam um fluxo de energia tão sombrio que no segundo seguinte a árvore é aniquilada, como se nunca tivesse existido.

Antes que ele possa se virar e usar a mesma magia negra contra mim, eu me esquivo até ficar atrás dele, pressiono o athame em seu pescoço e falo:

– Me diga onde ele está.

Ele mal recua. Mal olha para mim. Não reage de nenhuma maneira notável.

Talvez porque tenha me reconhecido com a mesma facilidade que eu o reconheci.

– Me diga onde ele está, Axel. Me diga o que fez com ele, ou, que Deus me ajude, eu vou... – Deixo a ameaça velada, permitindo que a ponta afiada da minha lâmina pressione seu pescoço para completar a frase enquanto fico de olho nas mãos dele. Mãos mágicas. Mãos letais. E só posso torcer para que não as tenha usado em Dace.

– Abaixe a faca – ele diz, a voz suave e persuasiva, sem demonstrar nenhum sinal de medo. – Não há necessidade de violência. Caso não tenha notado, ameaças físicas podem me retardar, mas nunca me deterão. – Ele abaixa as mãos e encara as palmas com desânimo.

Parece não notar ou se importar que eu continue pressionando a lâmina contra seu pescoço.

– Sei que ele está aqui – digo. – E, se não me levar até ele agora, vou cortar você. – Aperto a ponta da faca contra sua pele, só o bastante para mostrar que falo sério.

– Não tenho dúvidas de que vai cumprir sua palavra. Mesmo assim, já tentou me matar uma vez. O que a faz pensar que vai se sair melhor na segunda tentativa?

– Porque estou mais forte. – Eu o encaro. – E porque isso não se refere mais a mim. Há muito mais em jogo.

Ele solta as mãos ao lado do corpo, como se não tivessem utilidade.

– Se realmente se importa com Dace, se realmente quer ajudá-lo, vai abaixar a faca e ir para casa. Este lugar não é para você. Acredite em mim.

Fico na ponta dos pés, passo o braço ao redor do pescoço dele e pressiono a lâmina com força contra sua garganta. Da última vez que me encontrei numa situação parecida, hesitei e isso acabou me custando muito caro. É um erro que não cometerei novamente.

– Você tem menos de um segundo para me dizer onde ele está – aviso.
Sou pega de surpresa quando, em vez de resistir a mim, em vez de responder, ele joga a cabeça para trás e oferece livremente o pescoço. Seus profundos olhos púrpura se reviram para encontrar os meus, sem nenhum traço do lavanda suave do qual eu me lembrava.

– Faça isso – ele diz. – Se for agradá-la, não farei movimento algum para detê-la.

Com a insistência dele, enfio a faca. Corto uma suave camada de pele macia, marmórea – só para ofegar de descrença quando um fluxo de fluido dourado jorra da ferida.

É por isso que ele brilha. Vem de dentro!

– O que você é? – sussurro, observando enquanto o fluido coagula, se dissipa e o corte se fecha, sem deixar sinal de que tenha existido.

– Eu já lhe disse. – Ele endireita a coluna, estalando o pescoço de um lado e depois do outro, e se vira para me encarar pela primeira vez desde que cheguei.

– Sei o que me disse, mas você é mais do que um Místico. Isso está bem claro. – Eu o examino com o olhar, tentando me orientar, tentando dar sentido à presença dele aqui.

– Sou? – Ele dá de ombros. – Não tenho mais certeza do que sou.

Nossos olhares se encontram e, pela primeira vez desde que cheguei aqui, não tenho mais certeza do que fazer. Ele não está agindo como eu esperava que fizesse.

– Por que está me seguindo? – disparo, em uma necessidade desesperada de obter alguma resposta. – Por que está aqui? Não há como me convencer a voltar, se é o que está pensando! – Balanço o athame diante de mim, embora não sirva de nada no que diz respeito a ele.

– Nem mesmo sei se posso voltar. Nem sonharia em levar você. – Seu olhar sombrio me avalia e, pela primeira vez, ele parece cansado, destruído e tão perdido quanto eu me sinto neste momento. – Além disso, você está completamente curada agora, pelo que posso ver. Exatamente quando começou a se sentir melhor, Daire?

Eu o encaro sem pestanejar.

– Muito antes de você perceber, presumo.

Fico parada em silêncio diante dele, encarando em sua testa o lugar onde a cadeira o acertou. Agora noto que, assim como o pescoço, não há sinal de trauma.

– Não estou interessado em desculpas – ele diz. – Se é o que a preocupa.

– No que está interessado? – Meu estômago se retorce. – Exijo saber a verdade.

– Por que acha que estou aqui?

– Porque está me seguindo... me perseguindo! Acha que, só porque me salvou, pode me ter!

Ele fecha os olhos e murmura algo ininteligível, baixinho.

– Você me manteve em um quarto fechado... trancado pelo lado de fora... sem chance de sair! Me manteve refém contra minha vontade... e tentou me manter fraca, para que eu não conseguisse ir embora!

– É isso o que você pensa? – Seu rosto se nubla de dor.

– É o que sei! Agora, onde diabos está Dace? – Começo a avançar em direção a ele, até que agarra meu braço e me aperta com força de encontro ao seu corpo.

– Não faça isso – ele diz, o olhar fixo no meu. – Confie em mim, você não está pronta para isso. É pior do que imagina. – Tento me libertar, mas preciso de algumas tentativas para conseguir. – Não vai gostar do que vai ver – Axel me adverte, mas eu o ignoro com um aceno de mão.

Sigo os rastros que vão me levar ao meu namorado destruído, ensanguentado, mas que ainda respira.

vinte e dois

Dace

Desperto do sonho com os olhos turvos, o cérebro nebuloso e a memória do doce perfume de Daire presa a mim de uma forma tão insistente, tão real, que instintivamente viro de costas e levanto a mão em uma tentativa tola e desesperada de fazer contato. Tento não me imaginar como realmente sou – uma mente torturada, um corpo miserável, com cinco dedos estúpidos agarrando o ar –, recuso a verdade que meu coração sabe muito bem.

Ela não está aqui.

Nunca estará.

Este é um lugar de melancolia e profunda e fétida escuridão. Lar de demônios, daqueles que os caçam e dos desalmados como eu.

Uma luz resplandecente como a de Daire não tem lugar aqui.

Nem mesmo aquele estranho homem brilhante que passou rapidamente. Foi questão de minutos para ver seu brilho ser permanentemente apagado e diminuído.

Mesmo assim, meu desejo de olhar nos cintilantes olhos esmeralda dela e de provar seus doces lábios ainda persiste. Minha necessidade é ardente demais para ser reduzida com algo tão simples quanto a verdade, e continuo a agarrar, puxar e ansiar, até me desgastar, me enterrar ainda mais fundo na terra e esperar que o sonho venha me reivindicar outra vez.

vinte e três

Daire

Eu me deixo cair ao lado do corpo arrasado, meus dedos cavando freneticamente através de camadas de terra. Limpo os resíduos de suas costas, agarro seu ombro e tento virá-lo de lado, até que ele murmura alguma coisa incoerente e me empurra para longe.

– Dace... por favor, sou *eu*! – grito, tentando fazê-lo me encarar novamente, mas ele é rápido em me recusar.

– Ele está gravemente ferido e severamente traumatizado – a voz de Axel vem de trás. – Ele está aqui embaixo tempo demais para acreditar que é você de verdade. – Seu tom de voz é direto, sem nenhum indício de presunção; mesmo assim, suas palavras não chegam a lugar algum.

Determinada a ignorá-lo, eu me inclino mais perto, pressiono os lábios no ouvido de Dace e o incentivo a abrir os olhos e ver que sou eu. Só para que meu coração mergulhe em desespero quando ele se encolhe sob meu toque e aperta ainda mais os olhos fechados.

– Acabe comigo ou me deixe! – ele resmunga em uma voz tão avariada que mal reconheço como dele.

– *Nunca* vou acabar com você. E não tenho intenção de sair sem você – digo, tentando forçá-lo a ficar de lado até que seu rosto está a centímetros do meu. – Dace, por favor! – imploro, pegando a chave em meu pescoço e segurando-a diante dele. – Você tem que se lembrar disto, tenho certeza de que se lembra. Uso isto como símbolo do nosso amor e lhe dei uma igual. – Deslizo a mão sob seu suéter manchado de sangue, esperando que a chave dele ainda esteja lá, que ele não a tenha perdido na jornada infernal até aquele lugar. Dou um suspiro de alívio quando a envolvo com os meus dedos e a trago para perto de seu rosto. – Diga que se lembra. Diga que não se esqueceu do tempo que passamos juntos. – Pressiono as duas chaves juntas, para que combinem perfeitamente, então abaixo meus lábios até os dele e o beijo até que ele por fim cede e me beija de volta.

Suas pálpebras se abrem. Seus olhos encontram os meus. E quando vejo o vazio dentro deles, meu coração se desmancha dentro do peito.

Sem alma.

É realmente verdade.

Mas, quando ele leva uma mão até o meu rosto e encosta a palma na minha bochecha, sei que algo de Dace ainda persiste.

– Sonhei com você tantas vezes – ele diz. – Como sei que não estou sonhando agora?

– Porque estou aqui. Isso é real. E teria estado aqui antes, mas...

– Então estou morto. – Seu rosto é invadido por um alívio inexplicável. – Eu finalmente consegui, e agora podemos ficar juntos para sempre.

– Não! – Nego com a cabeça, desesperada em refutar aquilo. – Ninguém está morto. Nós dois estamos vivos. E agora vou tirar você daqui.

Mas, antes que eu possa terminar, ele já se virou. Fecha os olhos em recusa e diz:

– Você morreu. Eu vi você morrer. Eu vi tudo o que aconteceu.

– Não *tudo* o que aconteceu! – grito, minha garganta seca e apertada, mas obrigo as palavras a saírem. – Muita coisa aconteceu, mas veremos isso mais tarde. Por enquanto, preciso que confie em mim o suficiente para ajudá-lo a sair daqui. Ok? Dace?

Ele se solta do meu abraço. Sua consciência desaparece, sua voz se arrasta e ele diz:

– Estou sem alma... não sirvo para você agora...

Tento erguê-lo, apoiá-lo em meu ombro. Mas, em seu estado inconsciente, é como levantar um peso morto muito grande.

Olho por cima do meu ombro, encarando Axel enquanto luto para tentar levantar Dace.

– O mínimo que você poderia fazer é ajudar – digo até olhar para ele, incrédula, enquanto ele permanece resoluto no lugar. – Se existe um resquício de decência em você, você deveria...

Antes que eu consiga terminar, ele diz:

– Não é minha função ajudá-lo. – Começo a bufar de indignação e estou prestes a comentar sobre o egoísmo inacreditável de Axel, quando ele prossegue: – Eu nem devia estar aqui. É minha função *guiá-lo*, nada mais do que isso. Mas agora temo que ultrapassei alguns dos meus limites mais sagrados. – Ele me lança um olhar de incerteza e passa a mão pelos cachos platinados; embora eu não tenha ideia do que quer dizer, estou longe de gostar daquilo.

– Ouça, Axel – digo. – O negócio é o seguinte: ou você me ajuda a levantar Dace, ou saia do meu caminho. Não tenho tempo para jogos de palavras, e absolutamente nenhum interesse em seu dilema existencial. Com ou sem você, Dace e eu sairemos daqui.

Puxo a jaqueta de Dace mais uma vez, finalmente conseguindo alguma tração, quando Axel solta um suspiro profundo e dá a volta para ficar do outro lado. Erguendo Dace com facilidade por cima do ombro, ele olha para mim e diz:

– Eu provavelmente deveria dar uma explicação. Sou o guia espiritual de Dace.

vinte e quatro

Daire

– Você? – Eu o encaro. A descrença no meu tom de voz não é nada comparada à descrença em meu rosto. – Você é o guia espiritual de Dace?

Axel assente de modo quase imperceptível. Seus passos são rápidos e intencionais, seu olhar fixo adiante.

– E por que não falou isso antes? Por que me salvou e não a ele? – Olho com rispidez para Axel, mas não importa quanto tempo o encare, não consigo fazer com que ele me olhe de volta. – Você o deixou à mercê da morte. Você o deixou abandonado e sem alma na dimensão mais lúgubre do Mundo Mediano. Não fez nada para protegê-lo. E me acusa de ser desconfiada!

– Meu voto é de guiá-lo, *não* de protegê-lo. Há uma diferença.

Eu o encaro com os olhos arregalados. Cada palavra que ele diz torna tudo pior.

– É isso? – grito, minhas mãos fechadas em punho, o sangue correndo pelo meu rosto, em uma combinação de raiva e frustração. – Essa é a sua defesa? Vamos discutir semântica? É o melhor que consegue fazer?

Ele ignora a minha explosão e segue em frente sem dizer uma palavra sequer. E, quando passamos pelo vórtice, eu me preparo para o ataque de demônios até ver, sem acreditar, quando os poucos remanescentes dão uma olhada em Axel e fogem.

– Se você é o guia espiritual de Dace, como afirma – digo, depois que avançamos bastante –, então por que me escolheu, em vez dele?

Por um longo tempo, ele se recusa a participar da conversa. Permanece teimosamente em silêncio por uma sucessão de portais, até que diz:

– Escolhi você em vez de Dace, como você colocou, porque eu sabia que, no fim, você era a chave para salvá-lo.

Encaro-o por muito tempo, antes de comentar:

– Isso não faz nenhum sentido.

Ele assente, concordando, mas se recusa a me olhar.

– Na superfície, provavelmente não faz – ele diz. – Mas o fato é que Dace ama você e você ama Dace. Vocês são destinados um para o outro.

Continuo a encará-lo. Meu interesse agora foi aguçado.

– Como guia espiritual de Dace, é meu trabalho guiá-lo. Muito parecido com o que o Cavalo faz, só que de maneira distinta.

Desvio meu olhar para o corpo ferido e inconsciente de Dace. Quase não sou capaz de segurar a raiva contida quando digo:

– Bem, você fez um trabalho incrível aqui, não é, Axel? – zombo. – Realmente. Trabalho magnífico. Exemplar.

Ele ignora a minha ironia e prossegue:

– Embora eu sempre esteja em sintonia com ele, e minha influência seja forte, ela só ocorre quando Dace está disposto a permiti-la ou reconhecê-la. Sou a pontada no estômago que ele sente. Sou o empurrão gentil na direção de uma escolha em particular. Sou a intuição que nem sempre ele escolhe seguir. Estou lá apenas para guiar e influenciar. Não é meu papel interferir nas escolhas dele. Há essa coisa de livre-arbítrio, e tenho que dizer que Dace Penabranca nunca deixou de exercer o dele.

Peso suas palavras em minha cabeça, mas ainda não estou convencida.

– Pense na vida como uma sala de aula. Vocês, humanos, chegam aqui a fim de aprender e crescer. E muito desse aprendizado e crescimento vem dos erros que cometem. É só a natureza das coisas. Humanos nunca aprenderiam nada se seus guias interferissem ou tentassem protegê-los o tempo todo.

– Mas você *interferiu*! Acabou de dizer que me salvou para salvar Dace. Eu já estava morta, dei meu último suspiro, quando você me deu o beijo de vida!

Os lábios de Axel se apertam. Seu rosto fica confuso.

E, naquele momento, sei que estou certa. Sua expressão proporciona toda a prova de que preciso para saber que seus sentimentos por mim são muito mais profundos do que ele está disposto a admitir. Muito mais profundos do que deveriam ser.

Ele faz uma pausa longa, pensativa, antes de se virar para mim com um olhar de arrependimento.

– Ao permitir que você vivesse, ao restaurar sua vida, temo ter quebrado meu juramento mais sagrado.

Sua expressão é de desolação. Ele está dizendo a verdade.

Uma verdade que revela o quanto eu o julguei mal.

Axel não estava me escondendo porque secretamente estava apaixonado por mim.

Ele estava me escondendo porque, supostamente, não devia ter me salvado.

– É verdade – ele diz, como se tivesse lido meus pensamentos. O olhar que se segue me assegura que não há necessidade de constrangimento. – Dace devia morrer, não você. Era por isso que eu estava lá... era hora de guiá-lo para casa. Mas, em vez de Dace, acabei levando você.

– Então era realmente a profecia naquela hora? – Meu olhar se perde. A base de tudo o que eu sabia sobre a vida de repente parece algo tênue.

– O fato de Cade tê-la forçado foi um pouco precoce, mas só um pouco. Ia acontecer de qualquer forma. Mas agora, por causa do que ele fez, tudo mudou.

– Por que eu morri em vez dele?

– Em parte.

– E a outra parte?

Axel olha para Dace.

– Então, deixe-me ver se eu entendi. Você estava lá para levar Dace ao Mundo Superior, porque era hora de ele morrer?

Ele assente.

– Mas então tudo ficou confuso e, em vez disso, eu morri?

Ele suspira profundamente, erguendo os ombros e abaixando-os novamente.

– E, então, em algum lugar entre o Mundo Inferior e o Mundo Superior, você decidiu me salvar, mesmo que isso fosse contra seu juramento mais solene. E fez isso, em última instância, para salvar Dace. – Eu o encaro com seriedade, mas ele não responde. – E então você me manteve refém para que ninguém no Mundo Superior descobrisse o que você fez, enquanto todo mundo em Encantamento presumiu que eu estava morta.

Ele se vira.

– Então, todo esse tempo, você estava basicamente se protegendo?

Ele fecha os olhos.

– Que tipo de Místico você é, afinal?

– Segundo você, um não muito bom.

Axel ajeita Dace no ombro e o jeito gentil com que lida com ele me diz, antes de mais nada, que realmente se importa com ele. Mesmo assim, há perguntas demais sem respostas para que eu sequer pense em abaixar minha guarda.

– Por que não pode curá-lo, como fez comigo?

– Não sei bem. Talvez porque a energia aqui seja muito sombria e pesada. Ou... – Ele para por um momento, antes de conseguir prosseguir. – Ou estou aqui há tempo demais e com muita frequência, e agora está me influenciando de maneiras que nunca influenciou antes. Ou fui destituído da minha mágica por causa do que fiz. Tudo isso é novo para mim. Não posso dizer com certeza.

– Vi você aniquilar aquela árvore. Aquilo é basicamente o oposto da energia de cura.

– A energia nunca morre, apenas se transforma. A mágica ainda está em mim, só que é muito mais fácil destruir do que criar.

– Sabe o que aconteceu com a alma de Dace?

– Sei que não está aqui.

– Isso quer dizer que sabe onde está e não vai me contar?

Ele afasta o olhar.

– Daire, por favor.

– Axel, se está escondendo informações importantes de propósito, por algum motivo confuso, está só atrasando o inevitável, pois vou descobrir!

– Não tenho dúvidas de que vai.

– Então, por que não economiza meu tempo e me diz agora?

– Porque não sei onde está. Mas já lhe contei o suficiente, mais do que devia.

Faço cara feia, lanço um olhar raivoso para ele, o amaldiçoo baixinho, mas é como se ele tivesse uma camada antiaderente, nada penetra nele.

Axel simplesmente continua a carregar Dace através dos portais, enquanto corro ao lado dele. Olhando por cima do ombro, ele diz:

– Acho que terá de confiar em mim... como certa vez eu tentei confiar em você.

vinte e cinco

xotichl

– Então, cadê aquele conquistador do Greyson? – Lita tamborila as unhas quadradas com força contra a mesa, resultando em um tilintar incessante que é ampliado por uma pausa na música.

– Não fique nervosa. Ele vai chegar – digo, tentando conter a curiosidade. Nunca vi a Toca do Coelho do jeito que vejo agora. E, embora não possa enxergar com clareza, é ainda mais assustadora do que eu pensava. Mesmo assim, preciso manter o controle, ser mais discreta. Ainda não estou pronta para que todos saibam que eu, tipo, posso ver.

– Nervosa? Por causa de um garoto? – A voz de Lita se levanta de indignação. – Tenha dó – Ela continua com o tamborilar, enquanto me concentro em sua energia faiscando e ardendo; um sinal claro de nervosismo, se é que já vi um. – Ele é quem deveria estar nervoso. É tarefa dele me impressionar, não o contrário. – Ela balança a cabeça, bate as unhas e não demora muito até que suas pernas entrem na dança, indo para a frente e para trás. Sei que preciso mudar de assunto antes que ela saia correndo do banco.

– Então me diga, o que vê? – pergunto, ansiosa em saber se coincide com as visões sombreadas diante de mim.

Ela inclina a cabeça, toma um gole de refrigerante, enquanto observo o farfalhar de sua energia e a inclinação do canudo.

– Ok, bem... a banda fez uma pausa, e espero que seja longa porque eles são terríveis. Quero dizer, onde está o Epitáfio quando se precisa deles? Especialmente o baterista?

– Pela última vez, ele vai chegar – solto um gemido, me perguntando no que eu estava pensando quando concordei em arranjar um encontro para ela. – E, para que conste, já sei sobre a banda. Sou cega, não surda, sabe?

– Ah, certo. Desculpe. Então vejamos... Phyre ainda está sendo bajulada, mas fica olhando para cá. E toda vez que eu a pego olhando, ela finge que não estava realmente olhando para cá, mas para um ponto levemente à direita daqui.

– Da próxima vez que ela olhar, chame-a para vir até aqui.

Lita se inclina e abaixa a voz num sussurro furioso.

– Você deve estar de brincadeira. Daire deu instruções específicas para escutar as conversas. Nunca disse nada sobre ficar de papinho com o inimigo.

– Daire disse para você ser charmosa como sempre... e isso inclui jogar conversa fora.

– Acho que já não me lembro mais como é ser charmosa. Faz muito tempo desde que tentei.

– Não tenho certeza se você já soube fazer isso. – Abro um sorriso para suavizar o golpe. – Em geral as pessoas tinham medo de você. Mas você pode usar isso também. É isso: dê a volta por cima, como costumava fazer.

Lita resmunga uma sequência de palavras, quase todas ininteligíveis, mas não demora muito até que se anima de novo. Escorregando os cotovelos pela mesa, segura meu braço e grita:

– Ah, minha nossa! Cade está aqui! Acabou de ir até Phyre dar-lhe um abraço... hummm, na verdade, é mais como se ela desse um abraço nele. Ela parece um pouco *pegajosa*. Como se não tivesse planos de viver em um mundo no qual não abraçasse Cade. Mas, pelo que parece, ele não está muito na dela. Ele se desenrosca de um jeito mais ou menos elegante, mas não antes que ela percorra um dedo pela bochecha dele e olhe para ele toda fascinada e sonhadora... Argh. Considere-se sortuda por não poder ver isso. Saiu direto do manual de sedução. Tão forçado que é constrangedor de se ver. De qualquer modo, melhor ela do que eu. É o que digo.

Espio do outro lado do salão, vendo mais do que deixo transparecer. Mesmo assim, não é tão claro quanto a versão de Lita, então sou rápida em pressionar um pouco mais:

– O que Cade está fazendo agora? Tem certeza de que ele não está na dela? Quero dizer, ela é bem bonita, não é?

– Se você gosta de garotas altas, magras, com proporções impecáveis, aparência exótica, pele suave, lábios carnudos, nariz perfeito e olhos de gato... então, sim, acho que ela está bem – Lita diz, a voz claramente azeda.

– Não está com ciúmes, está?

– Por favor. – Ela endireita a coluna, afofa o cabelo para que caia suavemente sobre os ombros e puxa o suéter para deixar um pouco mais do colo à vista. – De qualquer modo, Cade sempre foi difícil de se ler, mas uma coisa é certa: ele ama atenção. Ele *vive* por atenção. Mas, se o interesse dele é verdadeiramente recíproco, isso é uma incógnita. E quanto a você? Está conseguindo uma leitura da energia dele?

Nego com a cabeça e continuo a espiar do outro lado do salão.

– Ok, então de volta a Phyre... ela está realmente sedutora. Tipo, seriamente sedutora. Sua linguagem corporal sozinha é como uma dança do acasalamento exagerada, animalesca. Mas, apesar do fato de ela atacar com tudo, eles estão principalmente conversando, e ele parece meio distante e desinteressado... e... ah, bom... ah, droga! Ele acaba de me pegar olhando e sorriu e, agora... ah, droga, droga, três vezes droga... – Lita afunda no assento e se inclina na minha direção. – Finja que não estou aqui.

– Como vou fazer isso se ele já viu você? – pergunto, ciente da energia frenética e sombria de Cade vindo na nossa direção.

– Não sei... eu só... o que eu faço? O que eu digo? – A voz dela está exaltada, sua energia em pânico.

– Fique calma. E, seja lá o que vai fazer, *não* o mate. Daire deu ordens estritas para não fazer isso agora.

Mal pronuncio as palavras quando uma figura sombria preenche o espaço ao lado de Lita e se move para abraçá-la, mas ela é rápida em evitá-lo.

– Vai sonhando, Richter. – Ela empurra a mão com força contra seu peito. – Aquele espetáculo foi cancelado e não há reprises agendadas.

Ele gargalha de um jeito que pretende ser íntimo, mas acaba sendo assustador.

– Não acredito que está dizendo isso quando partilhamos tantos bons momentos juntos. Não me diga que já me esqueceu.

– Acredite em mim, sou uma folha em branco.

– Eu ficaria mais do que feliz em fazê-la se lembrar. – Ele se inclina na direção dela novamente, fazendo-a ir tão para trás que quase cai do banco.

– Para trás, Coiote. – Ela mantém uma distância firme entre eles. – Você cheira a cigarro, maldade e demônio. Deve ser o odor da sua alma.

Cade joga a cabeça para trás, enquanto um rugido alto e estridente preenche o espaço.

– Coiote? – Ele abaixa o queixo e passa a mão pelo cabelo. – De onde tirou isso? – Ele muda o foco para mim. – A garotinha cega anda lhe contando algumas histórias? – Ele mantém o tom de voz leve, mas sua energia o trai. É escura, ameaçadora, feita para intimidar.

Lita avança, erguendo a mão como se estivesse prestes a bater nele.

– Seu pequeno... – ela começa, as palavras repentinamente interrompidas quando ele segura o pulso dela.

– Sempre gostava quando você ficava mal-humorada. – Ele a segura com mais força e a puxa tão perto que não sei se vai beijá-la ou mordê-la. – Se está procurando uma lembrança, querida, posso levá-la a algum lugar muito mais reservado do que este.

Ela puxa o braço, soltando-se de sua mão.

– É hora de você ir embora – ela diz em um tom de voz que não deixa dúvidas de que fala sério cada palavra. – Você excedeu demais sua visita em metade deste salão. Então, por que não vai embora, fingir que está de luto pelo seu irmão?

– Eu estou de luto – ele diz. – É como dizem, a vida é para os vivos, certo? Além disso, não importa o quão indiferente você finja estar, eu a vi me observando, Lita. Vi o jeito que olhava para mim. Imaginei que estivesse pronta para se desculpar.

Eu me concentro na energia dela, tentando subjugá-la com a minha. Paloma acabou de me ensinar esse truque, mas se há um momento para usá-lo, é agora. Cade está jogando um anzol com isca para ela, e Lita não pode se dar ao luxo nem mesmo de prová-lo.

– Eu estava encarando Phyre, não você. – A energia de Lita se acalma, sufocada pela minha.

– Phyre? – Os lábios de Cade se repuxam em tom de diversão. – Qual o problema, Lita? Não consegue me substituir, então pensou em dar uma chance para as garotas? – Ele irrompe em uma gargalhada, agindo como se tivesse dito algo engraçado. – Ou talvez esteja chateada por vê-la reivindicar seu lugar com tanta facilidade?

Lita responde com um suspiro e um gemido.

– Seu orgulho está ferido – ele continua. – É perfeitamente compreensível. Mesmo assim, tenho que admitir, foi o golpe de popularidade mais rápido que já vi. Esse tipo de coisa nunca teria acontecido se você estivesse comigo. E imagino que você estava acostumada a isso, ter as coisas garantidas. Não percebeu como era bom quando você estava protegida por todo o clã Richter. Mas agora, aqui fora, por conta própria, você não tem ideia do quão vulnerável se tornou.

Suas palavras mexem com ela. Bem como ele pretendia. E, pela primeira vez desde que ele veio até nós, a guarda de Lita baixa, e a observo ficar cada vez mais nervosa e inquieta.

Cade percebe também, aproveitando o momento para dizer:

– Ainda que eu esteja disposto a perdoar suas transgressões, não demore muito para se decidir. Se insistir em manter esse tipo de companhia – ele faz um sinal com a sobrancelha na minha direção –, bem, temo que não há muito o que eu possa fazer para proteger você.

– Não preciso da sua proteção! – ela replica, praticamente cuspindo as palavras. Mas está agitada, insegura, e Cade sente isso tão claramente quanto eu.

– O relógio está andando, Lita. Seus dias de graça estão prestes a acabar.

– Nossos dias juntos acabaram de vez. Então, por que não vai lá ficar com Phyre? Tenho certeza de que ela está mais do que disposta a ignorar seu bafo pútrido de Coiote.

Ele sorri e leva a mão à sobrancelha, como se a cumprimentasse.

– Como quiser. Só não fique chateada quando nos ver juntos. Lembre-se: podia ter sido você.

Ele começa a se afastar, como um massa cinzenta caminhando para o outro lado do salão, quando dramaticamente solta um tapa na testa, dá meia-volta e decide vir até nós novamente. Um movimento forçado, se é que já vi um.

– Quase me esqueci, tenho uma coisa para você. – Ele coloca a mão no bolso e oferece para Lita uma coisa pequena, escura e sinistra. – É uma turmalina – ele diz, incentivando-a a aceitá-la.

– E por que eu ia querer uma turmalina vinda de você? – Ela se mexe, desconfortável em seu banco, com a mão no colo, sem querer aceitar o objeto.

– Porque é uma pedra azul rara e é extremamente valiosa. Eu pretendia dá-la para você antes que me largasse. Sim, eu disse isso. Você me largou e me deixou com o coração completamente partido. Vê como cresci? Sou capaz de admitir que foi você quem foi embora e me deixou arrasado com a perda. E, embora eu saiba que não acredite nisso, é importante para mim lembrá-la de que nem todos os momentos comigo foram tão ruins quanto está determinada a acreditar. Espero que esta pedra, dada a você sem segundas intenções, possa ajudá-la a se lembrar disso.

– Sei onde você conseguiu isso – ela diz.

– Duvido que saiba. – Ele se vira para mim, estalando a língua contra o céu da boca. Volta-se para ela, abaixa a voz e diz: – Não seja tola. Não deixe seu orgulho ficar no caminho do bom senso. Além do mais, a pedra é extremamente valiosa. Você pode vendê-la, se quiser. Mas espero que decida ficar com ela. Significaria muito para mim.

– Mais uma razão para me livrar dela – Lita diz, observando enquanto ele coloca o objeto na mesa diante dela.

– Você é quem sabe. – Ele dá de ombros. – Mas espero que reconsidere.

Ele começa a se afastar e Lita levanta o braço, mirando a pedra na nuca dele. Mas eu a detenho antes que ela a jogue e a obrigo a abaixar o braço.

– Você está louca? Não me importa o quanto ele afirme que vale. Acha que realmente quero essa coisa?

– Não. Mas Paloma pode querer. – Mantenho a voz baixa de propósito.

– Por quê? O que você *vê*? – Ela se inclina na minha direção.

– Você primeiro – digo. – Não quero contaminar suas impressões com as minhas. Descreva exatamente o que vê.

Ela coloca a pedra na mesa novamente e a gira de um lado para o outro.

– É surpreendentemente grande. Provavelmente vale uma fortuna, como ele diz. É brilhante e perfeitamente polida e lapidada. Parece não ter defeitos, mas não tenho certeza. Ah, e a cor é realmente um azul profundo. É, tipo, fascinante. Ou pelo menos seria, se eu não soubesse de onde vem.

– Isso é tudo?

– Em resumo, sim. Por quê? O que você vê?

– Para mim parece exatamente o oposto. Como uma massa escura, lúgubre e sinistra.

Ela empurra a pedra.

– Bem, agora que eu não quero mesmo isso! – diz, observando enquanto eu a pego. – E também não quero que você fique com ela. Acho que devíamos jogar fora. Não acho que seja seguro.

– Não se preocupe – digo para ela. – Os Richter não podem me tocar. Além disso, não planejo guardá-la. Acho que podemos deixar na casa de Paloma assim que sairmos daqui e ver o que ela faz com isso.

– Bem, não devíamos ir já?

Nego com a cabeça e digo:

– Não agora que o Greyson acabou de chegar.

vinte e seis

Daire

Assim que chegamos ao vórtice, olho para Axel e digo:

– Essa é a parte em que você se torna menos uma solução e mais um problema.

Ele me olha fixamente.

– Não tenho certeza se entendi o que quer dizer.

– Bem, por exemplo, você já experimentou passar para o Mundo Mediano por longos períodos? – pergunto, lembrando-me da vez em que o Lobo de Paloma fez a viagem até o Mundo Mediano para ajudar a restaurar a alma dela. Ele ficava cada vez mais fraco quanto mais sua visita durava, obrigando Pé Esquerdo a levá-lo correndo para o Mundo Inferior assim que a tarefa foi completada. E não posso correr o risco de que a mesma coisa aconteça aqui. Não posso esperar correr com Axel de volta para o Mundo Superior quando eu mesma mal escapei de lá.

– Não sou um animal – ele diz, sintonizado com meus pensamentos.

– Certo, você é um Místico. Um Místico que lê mentes.

Ele dá de ombros, claramente sem ter ideia de como sua escuta mental é irritante, sem dizer invasiva.

– E sua outra preocupação?

– Não tenho ideia de como explicar isso para você.

– Não tenho certeza se uma explicação é necessária.

Solto um gemido de frustração, desejando ter podido lidar com isso sozinha. Odeio estar em dívida com Axel, e não vejo a hora de o nosso envolvimento acabar.

– A única entrada que conheço é pela Toca do Coelho e, em geral, está lotada. Ou, pelo menos, estava quando parti. O que não é apenas incrivelmente arriscado e perigoso para Dace (não posso permitir que os Richter o vejam nesse estado), mas também, para o mundo exterior, você é um pouco bizarro. Eles o verão como um cara morbidamente pálido com olhos estranhos que está usando um vestido. Você não vai exatamente conseguir se misturar ao ambiente.

– Vou dar um jeito nisso – ele diz. Em resposta à minha expressão de dúvida, ele acrescenta: – De verdade. Considere que isso já está resolvido. Apenas mostre qual é o caminho.

– Este é o caminho. – Faço um sinal na direção do véu transparente diante de nós. É o último de uma longa sucessão de portais. Ele assente, aponta para que eu vá na frente, mas me recuso até mesmo a considerar essa possibilidade. – Ah, não – digo. – Sem chance de eu dar as costas para você.

– Parece algo que eu diria para você, não? – Ele ergue uma sobrancelha, me desafiando com um olhar violeta de perspicácia. Mesmo assim, ele segue em frente, atravessando o vórtice com Dace apoiado sobre ele, enquanto eu vou andando para me juntar aos dois.

– Está tarde – Axel diz, ao chegar ao corredor. – Ou cedo, dependendo do seu ponto de vista. De qualquer modo, o lugar está vazio.

– Talvez sim, mas está cheio de câmeras de vigilância – digo para ele, lembrando-me da minha primeira visita ali, e em como fui parar no escritório de Leandro em busca do celular, só para descobrir Cade observando, vigilante, a parede de TVs projetando os acontecimentos de dentro do clube.

– Eles não podem me ver agora. Não se preocupe.

– E você sabe disso porque...

– Porque não posso ser visto pela maioria das pessoas.

Eu o observo, nem um pouco convencida.

– É o jeito como a luz reflete ao meu redor. Só posso ser visto por aqueles que são feitos para me ver.

Franzo as sobrancelhas.

– Mas sua mágica não está funcionando, lembra?

– Não é mágica... é apenas o que *sou*. É o jeito como sou feito.

– Cade viu você – pressiono, nada disposta a ceder tão facilmente.

– E, ainda que eu não tenha outra explicação para isso, além de ser uma circunstância especial, se eu passar por ele novamente, tenho certeza de que olhará através de mim. – Em resposta ao meu olhar de descrença, ele acrescenta: – Noventa e nove por cento de certeza.

Sem outra opção além de apostar nas probabilidades, fazemos nosso caminho pelo clube. De repente, eu me deparo com um novo conjunto de preocupações quando percebo que não há como sair sem disparar um alarme.

Tenho que encontrar um novo vórtice! Não é a primeira vez que penso nisso.

– Os Richter controlam a cidade e as pessoas que moram nela – Axel diz. – Tenho certeza de que não veem necessidade desse tipo de segurança.

Ele toca em um bom ponto. Mesmo assim, eu me recuso a soltar a respiração, até que as portas se abrem e provam que suas palavras estavam certas.

Atravessando o terreno, estamos a meio caminho da caminhonete de Dace (Axel jura que não precisa de chave para ligá-la), quando vejo a velha e surrada perua de Auden estacionada a algumas vagas de distância. Fico aliviada ao ver que meus amigos ignoraram meu conselho e decidiram esperar por mim.

Bato com os nós dos dedos contra a janela do lado do motorista e espio lá dentro. Auden e Xotichl estão na frente, conversando com Lita e um garoto que parece vagamente familiar, sentados no banco de trás.

Lita nos vê primeiro. Abrindo a porta, ela sai do carro. Seus olhos escuros cintilam, as bochechas se abrindo em um sorriso quando vê Dace. Até que nota seu estado ferido e enfraquecido e se volta para mim, aflita:

– O que aconteceu? Ele está bem?

– Vai ficar. Mas preciso ir para casa, encontrar Paloma, e rapidamente. – Lanço um olhar cauteloso na direção do amigo dela no banco de trás. Não estou disposta a dizer mais nada até saber quem ele é, e talvez nem depois disso.

– Ah, este é o Greyson. – Lita acena com o polegar na direção dele, enquanto se foca na minha direita. – E você é?

Olho para Axel de modo acusador. Tudo por causa do reflexo da luz.

Mas antes que qualquer um de nós possa responder, Auden e Xotichl saem do carro, correndo na direção de Dace. Aparentemente sem saber que

Axel está segurando Dace, eles invadem o espaço dele. Obrigam Axel a saltar para trás, surpreendido, enquanto Dace tomba precariamente para o lado.

– Esse é o amigo por quem estavam esperando? Parece que ele bebeu demais – Greyson diz, parado ao lado de Lita.

No atual estado inconsciente de Dace, realmente parece que ele está sofrendo as consequências de uma longa noite de excessos.

– Ele está bem – digo, dando um passo para tomar o lugar de Axel. Seguro Dace junto a mim. Meu tom de voz áspero avisa meus amigos para não falarem mais nada enquanto Greyson estiver aqui. – Mas precisamos de uma carona para casa. – Lanço um olhar mordaz para Auden, e o que acontece em seguida é que ele está sentado atrás do volante, com Xotichl ao lado dele, enquanto Greyson dá um adeus sem jeito para Lita. Ele claramente quer beijá-la, mas se contenta com um aperto de mão.

Dace e eu nos acomodamos no espaço amplo de trás, enquanto Lita se apropria do lugar ao lado de Axel no banco diante de nós, e o cumprimenta pelo nome.

Eu reluto, Axel fica mais pálido do que jamais o vi, enquanto Xotichl inclina a cabeça na nossa direção e Auden estreita os olhos pelo espelho retrovisor, tentando descobrir com quem ela está falando.

– Perdi alguma coisa? – ele pergunta, enquanto Xotichl se vira até encará-los totalmente.

– Não – suspiro. – Realmente há um homem invisível aqui atrás. Eu posso vê-lo, Dace pode vê-lo e, ao que parece, Lita também pode.

– É meio difícil não ver um cara com cabelo platinado, pele pálida e olhos violeta. Eu soube na hora que era você. – Ela cutuca o ombro dele com um dedo. – Você é exatamente como Daire o descreveu. – Ela o examina de um jeito que é apreciativo demais para o meu gosto.

Estou prestes a dizer alguma coisa, qualquer coisa, para distraí-la quando noto o brilho nos olhos de Axel quando ele devolve o olhar de Lita.

vinte e sete

Daire

Depois de ligar para Paloma para resumir o que aconteceu e dizer que estamos a caminho, eu me viro para meus amigos e digo:

– Então, alguma novidade? Algum sinal de Cade? – Fico de olho em Dace, apavorada por sua respiração irregular, o modo como sua pele permanece úmida e fria, apesar das minhas tentativas de aquecê-lo.

– Ah, nós o vimos. Falamos com ele também. – Lita me olha de relance. – Ele estava todo sedutor. Tentando me convencer a voltar com ele. Como se fosse possível. – Ela espia Axel sentado ao seu lado, seus lábios se esgueirando em um sorriso. E não sei o que me incomoda mais: a tentativa de Cade de voltar com ela ou o modo como Lita aproveita para chamar a atenção de Axel.

– Ele deu em cima de você no meio do seu *encontro*? – pergunto de forma incontestavelmente direta. – Isso é bem indelicado, até para Cade.

– Greyson chegou mais tarde. – Lita alterna sua atenção entre Axel e mim. – Além disso, não era um encontro. Ou pelo menos não da minha parte...

Antes que ela possa ir mais longe, Xotichl a interrompe.

– Nada disso importa – diz. – Mas pode ser que isto sim. – Ela joga algo na mão de Lita e pede que ela passe para mim. – É uma turmalina – ela explica enquanto encaro a pedra azul brilhante na minha mão. – O que acha? Percebe alguma coisa?

Eu me concentro na pedra, tentando apreender o que consigo. Noto como parece perturbadoramente quente. Mas pode ser porque estava na bolsa dela, ou porque estou acostumada ao toque gelado de Dace. A única coisa que sei com certeza é que veio da malfadada mina de Cade.

– Não tenho certeza do que pensar. – Esfrego os lábios e continuo a examiná-la. Sou incapaz de detectar qualquer coisa fora do comum. Ou, pelo menos, na superfície. Não tenho dúvida de que há mais nisso do que o olho pode notar. Cade não é conhecido por ser altruísta. Um presente do Coiote sempre tem um preço. – Ele disse *por que* deu isso para você? – Envolvo a pedra com os meus dedos, fecho os olhos e busco arduamente por uma impressão mais profunda, mas continuo sem nada.

– Acho que ele sente minha falta. Não consegue vislumbrar um futuro sem mim. Lita dá outro olhar de relance para Axel. – Então está determinado a me ter de volta e pensou que uma pedra de valor incalculável pudesse ajudar. Como se fosse capaz de me comprar com tanta facilidade. Por favor!

Deu certo com Marliz. A imagem de Marliz olhando para o novo anel de noivado de turmalina que Gabe lhe deu vem à minha mente.

– A pedra tem uma energia estranha e perturbadora – Xotichl diz, interrompendo meus pensamentos. – E ainda que eu não consiga lê-la claramente, imaginei que pudéssemos dá-la para Paloma e ver o que ela diz.

Continuo a girar a pedra na mão.

– Parece quente – digo. – É tudo o que consigo notar. Mas não sou tão boa em leitura de energia quanto você.

– Posso vê-la? – Axel estende a mão. Com os lábios apertados e uma aparência sombria, ele assume uma expressão pensativa enquanto a examina com cuidado. – Você diz que parece quente, mas, para mim, é o oposto. Quase como se estivesse refrigerada ou algo assim.

– É como parece para mim também. – Lita sorri, os olhos brilhando sedutoramente. – Parece tão fria quanto o coração de Cade Richter. Outra razão pela qual eu estava ansiosa para jogar isso fora.

Tiro a pedra de Axel e a jogo na minha bolsa.

– Mostrarei para Paloma e verei o que ela acha – digo, abrindo a porta do carro no segundo em que vejo o portão azul da casa de Paloma, bem antes de Auden ter uma chance de parar propriamente.

Paloma nos encontra na porta com um ar sombrio e um rosto sério. Lança um olhar preocupado para o estado ferido e inconsciente de Dace e corre conosco até seu escritório, onde o colocamos na maca acolchoada que ela reserva para os casos mais graves. Então rapidamente saímos do caminho e damos espaço para que ela possa trabalhar.

– Onde o encontrou? – ela pergunta. Depois de avaliar a energia dele, Paloma limpa as mãos nas laterais do vestido e se ocupa com os numerosos frascos de poções e ervas.

A expressão sombria dela faz minha voz tremer quando digo:

– Eu o encontrei bem onde esperava... no canto mais profundo e sombrio do Mundo Mediano. Já esteve lá?

Com um breve aceno de cabeça, em concordância, ela começa a encher uma tigela com água purificada, enquanto me instrui a pegar um pano limpo na gaveta de cima, perto da pia, para que eu possa usá-lo para limpar a pele de Dace.

É um trabalho mecânico. Ótimo para ajudar a acalmar meus nervos, me distrair da lista crescente de preocupações. Mesmo assim, estou grata por fazer alguma coisa, então sou rápida em obedecer.

– Ele permaneceu inconsciente a viagem toda – digo para ela, passando suavemente o pano úmido sobre a testa de Dace e descendo até sua bochecha, removendo uma crosta grossa e persistente de sangue e resíduos. – O que foi melhor, pode acreditar em mim. No entanto, se ele despertar e começar a agir de modo estranho, não fique assustada. Ele está profundamente traumatizado. Convencido de que está sonhando. – Minha voz falha, ao me lembrar do olhar assombrado em seu rosto quando o encontrei, incapaz de imaginar o tipo de horror que ele viu.

– Mesmo assim foi capaz de carregá-lo todo o caminho de volta por conta própria? – Paloma ergue uma sobrancelha, lançando um olhar de interrogação para mim.

Nego com a cabeça. Mergulho o pano na tigela. Observo como a água imediatamente escurece até um tom marrom-avermelhado escuro.

– Axel estava lá. Eu não poderia ter feito isso sem ele. – As palavras deixam um gosto amargo em minha língua, enquanto aponto com o polegar na direção de Axel, mostrando seu lugar na parede. Observo perplexa quando Paloma olha por cima do ombro e aperta os olhos para tentar ver. – Você não consegue vê-lo, consegue? – digo, atordoada e em silêncio quando ela balança a cabeça para confirmar.

Paloma não consegue vê-lo, mas Lita consegue?

– Não importa – ela diz. – Não preciso vê-lo para utilizar suas habilidades curativas.

Dou uma espreitadela em Axel e franzo as sobrancelhas.

– A mágica dele não está funcionando – digo. – No máximo está tendo o efeito contrário.

Sem chance de ele colocar as mãos em Dace. Não depois do que fez com a árvore!

Mas Paloma me ignora, chamando Axel ao seu lado enquanto cobre os ferimentos de Dace com um unguento grosso de ervas.

– Ele está aqui? – Ela faz um gesto para a sua direita, sentindo o momento em que Axel assume o lugar bem ao lado dela.

– Sim, mas, *abuela*, você tem que saber, a mágica dele...

– Não preciso da mágica dele – ela é rápida em pôr um fim ao meu argumento. – Preciso da intenção dele. São nossos guias espirituais que nos permitem realizar curas. Eu não faço a mágica, *nieta*. Eu simplesmente sirvo como um canal para a energia benevolente deles. Tanto você quanto Axel amam Dace. Isso é bem claro. E já que o Amor é a maior força do universo, preciso que vocês dois se concentrem nesse Amor, enquanto tento transferir essa energia de cura para os ferimentos de Dace. – Então, olhando para mim, ela acrescenta: – Uma Buscadora sempre tem algo com o que trabalhar, *nieta*. Mesmo nas épocas mais sombrias. Algumas vezes, intenção é tudo do que precisamos.

– Algumas vezes? Você quer dizer como desta vez, certo?

Minha voz é estridente, muito ansiosa, implorando pelo tipo de garantia que ela não pode me dar. Em vez disso, ela faz sinal para que eu pegue a mão de Axel e, no início, não posso deixar de hesitar. Os gêmeos estão conectados de maneira mística, o que quer dizer que o ato de energizar Dace também vai beneficiar Cade. Mas, com um aceno de cabeça severo de Paloma, não demora muito até que os dedos de Axel segurem os meus, eu feche os olhos e projete todo o Amor que tenho no coração ao corpo inerte de Dace.

vinte e oito

Dace

Uma acolhedora onda de calor ondula do alto do meu crânio até a sola dos meus pés. Me envolve por fora tão completamente que é como se consumisse meu interior.

Luto para levantar a cabeça, precisando ver a fonte de calor. Conto dois pares de mãos pairando sobre minha pele. O par maior tem as palmas iluminadas.

– Quase lá... aguentem firme... – Uma voz familiar diz, enquanto um choque elétrico passa por mim. A corrente é tão forte, tão intensa, que minha cabeça se debate de um lado para o outro, minhas mãos se fecham em punho e meu corpo fica rígido com um calor tão intenso que não sei se posso suportar.

Embora mal pense nisso, meu corpo cai, frio e flácido, as mãos se afastam e uma voz hesitante diz:

– Dace? Está bem?

Um dedo delicado percorre minha bochecha, e abro os olhos para ver uma linda garota com brilhantes olhos verdes mordendo o lábio com força.

A visão por si só é o bastante para me fazer pular da maca e agarrá-la em meus braços. Eu a abraço forte. Preciso ativar meus sentidos com a presença dela. Preciso da garantia de que ela está realmente aqui. Que não estou apenas sonhando com ela.

Coloco a mão atrás de sua cabeça, enchendo os dedos com seus suaves fios sedosos. Eu ansiava por ela havia tanto tempo. Temia que nosso encontro nunca acontecesse. Mas, agora, com o rosto dela aninhado em meu pescoço, inalando seu cheiro suave, doce, não há dúvidas de que ela realmente está aqui. Agarrando-se a mim tão desesperadamente quanto eu me agarro a ela.

Nosso amor é igualmente sincero – igualmente profundo.

Ou é apenas uma lembrança impregnada em mim?

Ao sentir a mudança, Daire é a primeira a se afastar. E, no momento em que ela olha em meus olhos, a verdade não pode mais ser negada.

Ainda estou sem alma.

E, sem a alma, não posso compreender a experiência totalmente.

Posso vê-la. Senti-la. Mas é como se acontecesse com outra pessoa.

Como se eu observasse à distância.

Como se houvesse uma barreira invisível oscilando entre nós.

Como se eu passasse por um *checklist* de emoções que devia sentir, em vez de realmente vivenciá-las.

O olhar dela é de tristeza e indagação. Procurando por uma substância que não está mais ali.

O lugar ocupado pela minha alma é agora um espaço vasto, vazio.

Mesmo assim, meu coração continua a bater. E, assim como antes, bate apenas por ela.

Por enquanto, é tudo o que tenho.

Terá de ser o suficiente.

– Como se sente? – Ela deixa a tristeza para trás e leva uma mão hesitante ao meu rosto.

– Curado. – Forço um sorriso em uma tentativa de provar o que digo.

Ela o recebe com um olhar encorajador. Seus lábios se entreabrem, prestes a dizer mais alguma coisa, quando há uma agitação na porta da frente e Chepi irrompe pela rampa, para dentro do aposento, seguida pelo restante dos anciãos.

Minha mãe vem até mim em um turbilhão de gritos e lágrimas. Me enterra profundamente nas dobras de seus braços enquanto murmura uma série de palavras suaves, ditas na nossa língua nativa.

Passo as mãos pelas costas dela, surpreso pelo jeito como suas omoplatas se sobressaem sob sua pele. Asas de anjo, ela costumava chamá-las. Cada vez que eu ficava doente quando era criança, ela jejuava, orava e definhava lentamente até eu me recuperar.

– *Mama*, por favor. Não há motivo para chorar – sussurro. – Estou de volta. Estou a salvo. Estou curado. E é só uma questão de tempo até que minha alma seja recuperada.

À menção da minha alma perdida, ela é rápida em se afastar e encarar o fundo dos meus olhos. Ao confirmar o que acabo de dizer, ela se volta para Daire e diz:

– Você prometeu trazer a alma dele de volta!

Começo a intervir, mas, dando crédito a Daire, ela recebe o golpe com graciosidade, sem recuar muito.

– Prometi encontrá-lo, foi o que fiz. Recuperar a alma dele é o próximo item da lista.

Chepi está confusa e zangada, murmurando palavras que não fazem sentido.

– Vou levar você para casa. – Ela me puxa pela cintura. – Percorreu uma longa jornada, precisa descansar.

Solto seus dedos e coloco minhas mãos sobre as dela. Seguro-as diante de mim e absorvo sua raiva, até que a expressão em seu rosto se suaviza, seus ombros caem e ela está calma o bastante para me ouvir quando digo:

– *Mama*, por favor. Não preciso descansar. Meu corpo está curado, forte. Posso cuidar de mim mesmo. Já definhei por muito tempo. Primeiro, preciso pegar minha alma de volta. E então preciso lidar com Cade. Só então serei capaz de descansar de verdade novamente.

– Você diz que está forte agora, mas quanto tempo isso vai durar? – Chepi se volta para Paloma, parecendo incapaz de ver Axel parado ao lado dela.

– Com a ajudinha de uma fonte divina, os ferimentos de Dace estão curados. – Paloma se permite um pequeno sorriso enquanto se dirige para mim. – Fechei seus ferimentos e lhe dei uma infusão muito intensa de cura. Tenho certeza de que sente o calor rodopiando dentro de você, não sente?

Concordo com a cabeça. É intenso, mas nada com o que eu não possa lidar.

Ela assente, aprovando.

– Deixe sua temperatura ser seu indicador – ela diz. – Saberá que é hora de outra infusão quando começar a se sentir frio. Se esperar muito tempo e ficar frio demais... bem, temo que voltará ao ponto de onde partiu.

Ela se fixa em mim com um olhar firme, ansiosa em transmitir a seriedade de suas palavras.

– Então é isso? – Dou um meio sorriso. – Quando o motor ficar frio é hora de esquentá-lo? – Traduzo o aviso dela no tipo de linguagem de mecânico que entendo melhor.

– Quanto tempo vai durar? – Daire pergunta. Seu lábio inferior recua para dentro de sua boca, arrastado pelos dentes.

– Foi uma dose bem forte – Axel olha para Daire e para mim. – Mas não há como saber com certeza.

– Seja como for, terá que ser suficiente – digo, ansioso para ir. Para usar a força enquanto a tenho. Mas Axel permanece cético, olhando para mim com um rosto contraído e perturbado.

– Com quem estão falando? – Chepi lança um olhar confuso pelo aposento.

– Axel. O guia espiritual de Dace está aqui – Daire diz, mas as palavras falham em confortá-la.

– Mas eles só aparecem quando alguém está prestes a morrer! – ela grita, me agarrando mais uma vez.

– Sim. Eu estava prestes a morrer – digo para ela, me arrependendo imediatamente do tom brusco de minhas palavras quando vejo a dor que percorre seu rosto. Mesmo assim, não faz sentido mentir. Ela merece ouvir a verdade. – Só que não morri. Por qualquer que seja o motivo, consegui viver. Então, agora, vou me assegurar de usar minha vida de um modo que importe. – Olho para Daire enquanto acrescento: – Começando agora.

– Entendo sua paciência em começar logo – Pé Esquerdo diz, os olhos me mandando uma mensagem silenciosa que demoro a entender. – Mas estamos no meio da noite, e você já sofreu uma bela provação. Por que não aceita o conselho de Chepi? Algumas horas de descanso não farão muita diferença.

Estreito meu olhar na direção do velho curandeiro. É uma ocasião rara quando não sigo os conselhos dele.

Esta é uma dessas ocasiões.

– Não há tempo... tenho que usar a energia enquanto a tenho! – digo, já me afastando.

– Pelo menos sabe onde procurar? – ele pergunta, a voz nem provocadora nem superior, apenas constatando os fatos.

O silêncio da minha resposta é a prova de que não sei.

– Melhor não desperdiçar sua energia vagando por aí. Deixe-me fazer um pouco de trabalho de campo primeiro, para que você possa ir quando for preciso. Vamos, Dace. – Ele passa um braço ao redor de mim e me dá um tapinha nas costas. – Volte para a reserva conosco. Você e Daire podem sair ao amanhecer.

Típico de Pé Esquerdo. Sempre tentando me separar de Daire. Isso faz com que eu me pergunte se ele suspeitava o tempo todo que o amor que Daire e eu partilhamos serve para fortalecer meu irmão monstruoso. Mesmo assim, olho para ele com um carinho profundo. Ele me ensinou tudo o que sei – sempre foi como um pai para mim.

– Vocês todos vão na frente – Chay diz, concordando com Pé Esquerdo. – Ficarei aqui. Paloma e eu podemos trabalhar um pouco durante a noite, enquanto Daire dorme um pouco também. – Ele sorri para mim com um rosto tão benevolente, tão sincero, que não há nada que eu possa dizer para refutar aquilo. – Daqui a algumas horas, vocês estarão descansados, renovados e seguindo na direção certa. O que diz?

Volto meu olhar para Daire, enquanto Chepi e Paloma murmuram sua aprovação.

– Tudo bem – digo, sabendo que não adianta prolongar a luta quando é muito mais fácil aparentar que desisti. Os anciãos são uma força formidável, especialmente quando estão juntos. Mesmo assim, algumas vezes preciso fazer as coisas no meu próprio tempo, do meu jeito.

Antes que alguém possa me deter, vou até Daire e a seguro entre meus braços. E, no segundo em que os lábios dela encontram os meus, tudo desaparece, até que só o que resta é aquele beijo.

O toque dela é suave e prolongado, e ambos sabemos que, no momento em que nos afastarmos, a gravidade da situação cairá sobre nós mais uma vez.

Um segundo – os lábios dela se movem gentilmente com os meus.

Dois – a respiração dela se mistura com a minha.

Três – não há nada que eu não faça por essa garota.

É o juramento que levo comigo, enquanto sou levado relutantemente pela porta.

vinte e nove

Daire

Chay trabalha no jardim lá fora, pegando ervas frescas e flores da longa lista que Paloma lhe deu, enquanto minha avó e eu trabalhamos na limpeza do escritório, movendo-nos uma ao redor da outra com uma eficiência bastante praticada.

Depois de um silêncio prolongado, ela se vira para mim e diz:

– *Nieta*, o que tem de errado? Dace está de volta, os ferimentos dele estão curados e, mesmo assim, você parece um tanto triste.

– Não estou triste – suspiro, envergonhada do meu humor mesquinho em meio a tantas coisas boas que ela mencionou. – Estou meio... insegura. – Guardo a tigela no armário e a encaro.

– É por causa de Axel. – Ela seca as mãos em uma toalha e a dobra cuidadosamente. Paloma sempre foi capaz de me decifrar.

– Não era para ele ter me salvado – conto para ela. – Dace estava prestes a morrer, não eu.

– Então ele interferiu no destino? – Sua voz é suave, mas seu olhar é uma agulha afiada. – E está insegura sobre os motivos dele? – Ela fica na ponta dos pés, tentando guardar o último frasco. Mas sou mais alta, então sou rápida em me adiantar e guardar para ela.

– Vamos dizer que, embora eu tenha interpretado mal os motivos dele no início, agora que ele explicou, fico com mais dúvidas ainda do que antes. Ele afirma ter me salvado para salvar Dace. Foi um grande risco pessoal, e não tenho certeza do que pensar disso. Faz com que eu me sinta estranhamente em dívida com ele.

– Então preferiria que ele a tivesse deixado morrer?

Olho de soslaio para ela.

– Eu lhe disse que era uma bobagem.

Paloma vai até a pia e abre a torneira. Enxágua o pano que usei para limpar o rosto e as mãos de Dace sob a corrente de água quente.

– *Nieta*, o que precisa entender é que Axel foi criado para isso. Ele foi criado para guiar. Se ele escolheu fazer algo que vai contra sua crença, ele fez de maneira consciente e voluntária.

Eu a analiso com cuidado. Observo enquanto ela alternadamente enxágua, torce e esfrega o pano nas mãos, até que o sangue some em grande parte e a água remanescente permanece limpa.

– O que quer dizer com "foi criado para isso"?

– *Nieta*, Axel nunca foi humano. – Ela inspeciona o pano. Ainda está manchado com o sangue de Dace, então ela resolve jogá-lo fora.

– Mas pensei que tivesse dito que o Mundo Superior era habitado por seres benevolentes que certa vez andaram entre nós e que escolheram nos guiar.

– Sim. Como provavelmente viu com seus próprios olhos. Mas há também aqueles que nunca assumem a forma corpórea.

Franzo as sobrancelhas. Preciso de um momento para processar.

– Mas como pode ter certeza disso se nem consegue vê-lo?

– Não preciso vê-lo para ler sua energia... sua intenção. Me diga, de que cor são os olhos dele? – ela pergunta. – São sobrenaturais?

Esfrego os lábios, admitindo a contragosto.

– São cor de lavanda. A cor do meu humor. – Um sorriso se esquiva em meus lábios.

– Íris de outro mundo. Imaginei isso. Ouça, *nieta* – ela diz. – A escolha de Axel pertence a ele e somente a ele. São as decisões que tomamos nas encruzilhadas da vida que nos definem. Axel só vivenciou seu próprio momento de definição.

– Então o verdadeiro caráter dele é o de um anjo rebelde?

Paloma sorri, mas é um sorriso fraco, breve.

– Ah, e acima de tudo, acho que ele sente algo por Lita. – Nem mesmo tento conter o gemido que escapa dos meus lábios. – E, pelo que posso ver, é fortemente recíproco.

Paloma olha para mim com um rosto mais alarmado do que divertido, suas feições contraídas de preocupação.

– Então espero que os dois caiam em si, e logo. Isso nunca vai acabar bem.

As palavras me deixam séria, e me pergunto se devia tentar avisar Lita ou, pelo menos, encontrar um modo de desviar sua atenção dele.

– Ah, falando em Lita... quase esqueci... – Enfio a mão no bolso, pego a turmalina e a entrego para Paloma. – Cade deu isso para ela. Embora Lita não queira ficar com a pedra, Xotichl diz que sua energia é estranha e pensou que você pudesse querer ver. Não consegui perceber nada, mas imaginamos que talvez você conseguisse. Há muitas turmalinas zanzando por aí – digo, contando para ela sobre o anel de noivado de Marliz.

Paloma envolve a pedra com os dedos, checando seu volume, seu peso.

– Talvez só queiram se livrar dos estoques – ela diz, embora sua expressão revele uma preocupação mais profunda. – Mas nós duas sabemos que os Richter nunca dão nada de graça. Há sempre um motivo oculto com o qual estão preocupados. – Ela coloca a pedra no bolso e me leva pelo corredor. – Vou dar uma olhada. Mas, agora, descanse um pouco, *nieta*. – Ela acaricia minha bochecha com a parte de trás dos dedos e arruma uma mecha de cabelo atrás da minha orelha. – Não vou deixá-la dormir por muito tempo, prometo. Sei que está ansiosa para entrar em ação. Mas algumas horas de descanso lhe farão bem. Chay e eu podemos cuidar das coisas até lá.

Vou obediente até meu quarto e paro do outro lado da porta com a orelha pressionada contra a madeira. O suave roçar dos pés de Paloma seguindo pelo corredor até a sala, onde sua voz se mistura com a de Chay, é tudo de que preciso para correr até a janela, abri-la e pular para o lado de fora, no ar frio da noite.

Meus sapatos acertam em cheio o cascalho, resultando em um ruído alto de algo sendo esmagado. Mas depois de alguns instantes, quando ninguém vem verificar, corro pelo quintal, dou a volta e cruzo o jardim, percorrendo o caminho até o estábulo de Kachina.

Julgando pelo jeito que ela relincha, me cumprimentando, abaixando a cabeça para se esfregar contra mim, percebo que deve ter sentido tanto a minha falta quanto eu a dela.

O que é exatamente o oposto do Gato, que arqueia as costas, resmunga e foge imediatamente.

– Acho que o Gato ainda é o Gato. – Passo minha mão pelo pescoço de Kachina e sobre as mechas perfeitas de sua crina castanha e branca. – O que diria se fizéssemos o mesmo que ele e déssemos o fora daqui? Uma pequena cavalgada noturna nos fará bem.

Se ela entendeu ou não, não posso dizer com certeza. Mas, quando me vê pegar os arreios e o freio, ela se endireita categoricamente, empolgada.

Sem querer perder tempo com a manta e a sela, salto nas costas dela e a cutuco para que saia do estábulo. Seguimos até a reserva, onde encontro Dace me esperando no bosque de juníperos retorcidos.

– Não tinha certeza se você ia conseguir – digo, incapaz de conter um sorriso à visão dos seus cabelos longos, brilhantes e escuros caindo sobre os ombros, o dorso em forma de V, o ajuste perfeito de sua calça jeans. Me obrigo a afastar o olhar. Me repreendo para manter o foco. Concentração. Ele pode parecer forte e sexy como sempre por fora, mas sem a alma ele não é o mesmo. – Onde está Axel? – Aperto os olhos na escuridão, procurando por algum sinal dele.

– Tentando fazer o caminho de volta. – Dace me oferece a mão, me ajudando a descer das costas de Kachina. Seu rosto se enruga de aflição quando ele vê o jeito que agora ela se afasta dele, quando nunca havia feito isso antes. – Os animais sabem – ele diz, a voz entristecida, os olhos insondáveis.

– Ela vai se acostumar – digo com mais confiança do que realmente sinto. – Falarei com ela.

Mas Dace me detém antes que eu possa começar. Tirando minhas mãos da rédea, ele a observa pastar a alguns metros dali.

– Permita que ela honre seus instintos. Não planejo ficar assim por muito tempo. Tenho certeza de que ela ficará por perto novamente quando eu voltar ao meu antigo ser.

Fico parada em silêncio diante dele, me sentindo tímida e insegura de repente. Mas não demora muito para que minha timidez seja superada pela atração irresistível, absoluta, que sinto por ele.

Sussurro seu nome, aproximando meu corpo até sentir sua respiração no meu rosto. Recordo o beijo que partilhamos no escritório de Paloma, e anseio repeti-lo. Anseio estar com ele novamente. Mas, por enquanto, eu me contento em desfrutar de sua proximidade.

Este não é o verdadeiro Dace.

Ele está sem alma.

Incompleto.

Preenchido por uma infusão temporária de energia.

Quem sabe quanto tempo vai durar?

Não posso me dar ao luxo de perder isso de vista.

Não importa o quão tentador ele possa parecer sob o brilho da lua, tenho que permanecer focada, no caminho.

Tenho que usar o pouco de tempo que nos resta.

– Me fale sobre Phyre – digo, as palavras surgindo do nada, mas de algum modo a questão parece certa. Lita e Xotichl não confiam nela. Eu não confio nela. E, assim como Kachina precisa honrar seus instintos, eu preciso honrar os meus. – Qual é a história de vocês? Por que ela está de volta? O que quer de você? – Eu me sento no chão, precisando sentir algo sólido sob mim, se quero que essa conversa vá até o fim.

Eu me apoio em um tronco retorcido, e Dace faz o mesmo. Estendendo o braço, ele segura minha mão por um momento, aperta nossos dedos, então solta com a mesma rapidez. Seu toque deixa um traço de calor que atribuo à sua infusão de energia. O que quer dizer que serei capaz de detectar o momento que começar a esfriar.

– Nossa história é que ficamos juntos há alguns anos, por um período de tempo muito curto. – Ele suspira profundamente, como se a declaração exigisse grande esforço.

– Juntos como? Explique *juntos.* – As palavras saem um pouco mais apressadas e agitadas do que eu tinha planejado. Fazem meu rosto ficar quente, meu estômago se contorcer. Mas, apesar do pavor que tenho de parecer uma namorada ciumenta, preciso de detalhes, preciso saber o que eles partilharam.

Ele esfrega a mão no queixo. Aperta os olhos até quase fechá-los.

– Sabe, *juntos* – ele diz, a voz claramente demonstrando a medida de seu desconforto, o que só aumenta minha determinação.

– *Juntos* do mesmo jeito que nós ficamos *juntos*?

– Não. – Ele se vira para mim com a mandíbula contraída e o olhar gelado. – Quero dizer, dormimos juntos, sim, mas não foi *nada* parecido com o que tivemos. Por favor, nunca diga isso, Daire. Nem mesmo *pense* isso.

– Então você se lembra de nós? – pergunto, as palavras soando patéticas, carentes e mesquinhas.

Ele apoia a cabeça na árvore e fecha os olhos.

– Lembro tudo sobre nós – suspira. – Tudo. Desde o primeiro momento em que a vi no posto de gasolina, soube que minha vida estava mudada para sempre. Você não está apenas impregnada na minha alma, Daire. Você é parte do meu DNA. Lembro-me de você até nos sonhos que tive, muito antes de nos conhecermos de verdade.

Meus ombros se abaixam com a menção do sonho que deu início a tudo aquilo. Sempre começava bem, com Dace e eu nos divertindo na Fonte Encantada, até que Cade aparecia, se transformava em um demônio e matava Dace enquanto eu olhava, impotente. Só que, na versão de Dace, Cade me matava. E não posso deixar de me perguntar se Cade nos fez ter esse sonho de propósito, ou se ele se espalhou organicamente.

– Quanto ao motivo pelo qual Phyre retornou, realmente não sei – ele diz, voltando a uma das minhas perguntas originais. – Embora eu não tenha certeza se foi escolha dela. A mãe dela está desaparecida e considerada morta há anos, e enquanto suas irmãs, Ashe e Ember, foram morar com uma tia, por algum motivo Phyre escolheu permanecer com o pai.

– Por que ela faria isso quando todo mundo diz que ele é maluco?

Dace dá de ombros. Seus ombros sobem e descem de um jeito tão lânguido, tão elegante, que sou obrigada a afastar o olhar.

– Ele é maluco. Eu costumava achar que ela fez isso porque sentia pena dele, mas não tenho mais certeza.

– O que isso quer dizer?

Ele molha os lábios e passa a mão pelo cabelo. Claramente odeia fazer isso, mas determinado a me satisfazer, ele diz:

– Da última vez que falei com ela, na véspera de Natal, um pouco antes de seguir você até o Mundo Inferior, ela estava falando todo tipo de bobagens sobre os Últimos Dias.

– Últimos Dias?

– Algum discurso apocalíptico que o pai dela vem pregando há anos. Segundo ele, nos Últimos Dias todos os pecadores vão arder, e os justos ficarão para trás para desfrutar dos Brilhantes Dias de Glória ou ascender até os céus para usufruir de uma festa lá... ou algo assim. O cara é doido. Um pirado total. Quem sabe de onde ele tira essas coisas? – Ele leva os joelhos até o peito e os abraça. – De qualquer modo, ela afirmava que o céu queimando era um sinal. Disse que era tarde demais para qualquer um de nós, e me implorou para ir com ela procurar o pai. Disse que ele saberia o que fazer. Eu disse para ela que ele era louco. Que ela deveria ir até a reserva, procurar refúgio com um dos anciãos. Quando vi que estava muito alterada e que nada do que eu dissesse faria diferença, fui atrás de você. Ah, mas antes disso ela mencionou alguma coisa sobre como ela e eu queríamos a mesma coisa.

– E o que é? – Eu me inclino na direção dele. Determinada a ignorar a sedutora barba por fazer em sua mandíbula. Ou o jeito como seus bíceps se contraem contra o tecido da camiseta.

– Ver Cade morto.

Sem esperar por aquilo, dou uma arfada áspera, involuntária.

– Na hora não a levei a sério. Achei que era outra tentativa bajuladora para voltar comigo. Mas agora não tenho certeza. Especialmente depois que o pai dela foi me visitar no Mundo Mediano.

Eu reluto. Tantas perguntas se formam na minha mente, que não sei bem por onde começar.

– Está realmente me dizendo que um autoproclamado fanático religioso maluco e hipócrita encontrou você dias antes de mim, e não fez nada para tentar ajudá-lo? Nem mesmo tentou trazê-lo de volta, para que pudesse buscar ajuda? E o que diabos ele estava fazendo por lá, de qualquer maneira? Como ele sabe sobre aquele lugar? Como chegou lá?

– Qual pergunta você gostaria que fosse respondida primeiro? – Os olhos impenetráveis de Dace se encontram com os meus, enquanto seus lábios se repuxam em um sorriso.

Dou de ombros, sabendo que logo ele responderá a todas elas.

– Dentre todos os seus outros títulos, parece que ele é um caçador de demônios.

Meus olhos se arregalam. Eu me pergunto se chegarei a um ponto em que não ficarei mais apavorada com os aspectos mais surreais do mundo em que vivemos.

– Ele estava ali para enfiar uma estaca em mim. E quase conseguiu.

Tento imaginar uma cena daquelas na minha cabeça.

– Sabe o ferimento no meu peito? Foi ele.

– Ele pensou que você era um demônio?

– Ele afirma que sabe disso desde o dia em que nasci. Acha que sou a chave para os Últimos Dias. Está planejando me matar nos últimos dezesseis anos.

– Mas você foi capaz de impedi-lo?

Dace afasta o olhar, mexe-se desconfortavelmente, e um silêncio prolongado paira sobre nós.

– Olhe – ele diz por fim. – Se quer saber a verdade... eu implorei para que ele me matasse. Repetidamente me arremessei contra a estaca.

– Mas por quê? Por que faria isso? – Seguro o braço dele, tento encontrar algum sentido em suas palavras.

– Porque eu pensava que você estava morta. E estava convencido que era porque eu tinha falhado. Eu não podia viver comigo mesmo. Mas, principalmente, eu não podia viver sem você. Pensei que, talvez, se eu morresse, seria capaz de encontrá-la novamente em qualquer que fosse a dimensão em que você estivesse descansando. Sei que provavelmente isso soa estúpido, mas, Daire, eu estava destruído. Perdido. Acho que, de certo modo, ainda estou.

Abro minha boca para falar, mas nenhuma palavra sai.

– O motivo pelo qual ele não me matou é que, quando olhou nos meus olhos, viu que eu estava desalmado. Ele disse que precisava da alma. Que eu era inútil sem ela.

Dou um suspiro de alívio. Apesar de tudo, pelo menos sei que Dace está a salvo do lunático. Pelo menos por enquanto.

– Logo depois ele guardou seu kit para matar demônios e disse que iria atrás de Cade. Afinal, somos um e o mesmo. Engraçado como ele sabia disso, não é?

– Hilário. – Balanço a cabeça e franzo as sobrancelhas.

– Ah, e tem mais.

Meu olhar encontra o dele.

– Ele falou que Phyre lhe disse que tinha me matado. Aparentemente, era a tarefa que ele tinha dado para ela. E ele ficou bem chateado ao descobrir que ela havia mentido.

– É isso – digo, depois de ouvir tudo de que precisava. Guiada por um instinto que não posso ignorar, fico em pé e corro até o lugar em que Kachina está pastando, a poucos metros de distância.

– O que está fazendo? – Dace pergunta, levantando-se lentamente para se juntar a mim.

– Vamos até lá. Agora. Vamos até a casa de Sanguejovem.

Trinta

Daire

Depois de algumas tentativas fracassadas, Kachina finalmente se rende e permite que Dace suba em suas costas.

– A casa deles fica fora da reserva – ele diz, acomodando-se atrás de mim. – Não tenho ideia de onde vivem.

– É uma cidade pequena. Tenho certeza de que seremos capazes de encontrá-los. – Aperto os olhos contra a escuridão, tentando decidir que caminho seguir.

– Que horas você acha que são? – Os lábios de Dace encostam em minha orelha, fazendo com que pequenos arrepios de prazer se espalhem pela minha pele.

– Deixei meu celular na casa de Paloma – digo, me esforçando para permanecer concentrada na tarefa. – Mas, julgando pela luz, ou pela falta dela, eu diria que está quase na hora de amanhecer.

– É sempre mais escuro antes da aurora? – A boca dele vaga pela lateral do meu pescoço. E, embora eu esteja de costas para ele, posso imaginá-lo perfeitamente. O cabelo caindo no rosto... os lábios carnudos e convidativos...

Eu me encosto nele, saboreando a sensação de seus braços apoiados confortavelmente em volta de mim. Dace pode estar sem alma, mas ainda é o garoto com quem sonhei. Ainda é meu predestinado.

Depois de um tempo, ele pergunta:

– Estamos vagando por aí, ou você realmente tem um plano? – As palavras têm uma risada de fundo.

– Meu plano é seguir o Vento – digo para ele. – Paloma diz que sou filha do vento, então eu o convoquei quando saímos. É raro que falhe comigo.

– O que quer dizer que já falhou?

Meus lábios se apertam, meus olhos continuam a procurar no horizonte.

– Não *falhou* na verdade... eu diria que estava *indisponível* – digo, sentindo-me inexplicavelmente na defensiva em relação ao meu elemento. – Sem mencionar que foi sob circunstâncias extremas.

– Tais como...

– Tais como quando Cade sufocou minha mágica no Mundo Inferior, segundos antes de você chegar, na véspera de Natal. E, outra vez, durante uma visita mais recente ao Mundo Inferior. É como se tudo estivesse em estado de hibernação lá embaixo. Não vai parar de nevar. Não vai esquentar o suficiente para dar espaço à primavera. E não vi o Corvo ou o Cavalo desde aquela noite. Estou começando a sentir falta deles.

– Nada disso é um bom agouro para nós aqui em cima.

É uma verdade preocupante, e eu a recebo olhando silenciosamente para a frente.

Com nossos corpos balançando no ritmo da marcha de Kachina, fico de olho nos galhos das árvores, tentando determinar a direção em que balançam e se dobram. De tempos em tempos confiro o padrão do redemoinho de poeira sob os cascos.

Depois que percorremos uma boa distância, pergunto:

– Dace, ainda consegue usar sua mágica? Estou pensando que, quanto mais mágica tivermos entre nós, melhor.

– Estamos prestes a descobrir. – Ele ergue a mão até posicioná-la a centímetros do meu peito. Depois de alguns segundos em que nada acontece, diz: – Parece que não. Estava tentando pegar sua chave. Acho que a mágica realmente vem de um lugar bem fundo dentro de mim.

– Tenho certeza de que retornará com sua alma – digo, ficando tão perdida em pensamentos que não percebo o momento em que o Vento para. Mas, felizmente, Dace percebe.

Ele segura minhas mãos e dá um puxão rápido nas rédeas.

– É aqui – ele sussurra. Acena com a cabeça na direção de um trailer quebrado e deprimente, que parece mais abandonado do que a moradia de alguém. – Reconheço aquela lata-velha estacionada do lado de fora. Suriel nunca foi dado a confortos. Tem grande orgulho em rejeitar todas as formas de materialismo, mantendo suas posses ao mínimo absoluto. O que, no caso dele, significa dois ternos pretos baratos (um basicamente usado todos os dias, o outro reservado para os domingos), duas gravatas, duas camisas brancas, um par de sapatos, duas meias pretas e um cinto. Certa vez, Phyre me mostrou o guarda-roupa dele só para provar que era verdade.

– O quê? Nenhum moletom para os dias longos de descanso diante da TV, comendo salgadinhos com molho?

– Eles não têm TV. Ou, como Suriel chama, a caixa do diabo. Sabe, mãos ociosas, mentes ociosas, oficina do diabo e tudo isso.

– Pelo que vi de Phyre, ela tem mais do que duas trocas de roupa. Está sempre na moda, usa maquiagem e tudo o mais.

– Eu sei. – Os ombros de Dace se levantam e se abaixam contra os meus. – Sempre achei estranho que ele fosse condescendente com ela desse jeito. Ele não era assim com as irmãs dela. Era muito rígido. O que é provavelmente o motivo pelo qual escolheram viver com a tia. De qualquer modo, agora que estamos aqui, o que vamos fazer?

– Não entendo bem – admito, sem realmente ter ido além desse ponto. – Acho que devemos descer e observar. Ver se conseguimos algum tipo de pista do que ele está aprontando. Como planeja matar Cade. O que, é claro, não podemos deixar que ele faça.

– Engraçado como, há algumas semanas, a busca de Suriel para matar Cade teria feito dele um aliado. – O tom de voz de Dace é leve, mas, quando viro o pescoço para encará-lo, seu rosto está sério.

– E agora o torna uma ameaça. – Minha voz é sombria, enquanto meu olhar se move sobre ele. – Por que acha que Phyre não matou você quando teve a chance?

– Não sei. – Ele esfrega uma mão no queixo, aperta os olhos para ver ao longe. – Acho que não importa quanto o pai dela tenha conseguido influenciá-la, bem lá no fundo Phyre ainda é uma pessoa boa e decente que sabe distinguir o certo do errado. – Ele olha para mim e, com os ombros pesados de remorso, diz: – Olhe, Daire, sei que eu deveria estar zangado por ela me colocar em perigo, mas não consigo. Quando eu a conheci, ela era uma criança doce, normal, meio triste. Acho que sinto pena dela agora, assim como sentia naquela época. Ela era deixada de lado, tratada com crueldade, tudo por causa da insanidade do pai. As crianças na escola faziam questão de evitar tanto ela quanto as irmãs. Elas nunca tinham amigos. Então, quando a mãe dela desapareceu e as irmãs foram embora para viver com a tia... bem, acho que depois de ficar isolada só com Suriel por tanto tempo, o mundo finalmente a destruiu, até que ele foi capaz de fazer uma lavagem cerebral de verdade nela. – Ele passa a mão na testa e balança a cabeça, como se estivesse se libertando do peso do passado. – Olhe! – Ele diz, protegendo os olhos com a mão na direção da cadeia de montanhas Sangre de Cristo, enquanto observamos em admiração silenciosa o nascer do sol cobrir os picos escarpados com um glorioso manto cor-de-rosa.

– Chepi me ensinou que tudo na natureza, o sol, a lua, aquelas montanhas, tudo isso conhece você desde a época em que você era apenas uma ideia. Que somos todos células com propósitos diferentes, mas, mesmo assim, somos todos conectados; existimos para servir uns aos outros como um todo. Pena que Suriel nunca ouviu Chepi. Ele divide o mundo entre os justos e os pecadores. Como se isso pudesse ser definido de modo tão claro. Todo mundo enfrenta o equilíbrio entre a luz e a escuridão.

Todo mundo exceto você. Ou, pelo menos, sua antiga versão. Antes que adotasse o pior atributo do seu irmão.

Examino seu perfil enquanto ele acompanha o nascer do sol. Suas feições são ao mesmo tempo suaves e agudas, esculturais e belas. Enquanto eu evito olhar em seus olhos, posso fingir que nada mudou.

– Você tem um elemento? – pergunto, desesperada para tirar os pensamentos da minha mente.

– Terra. – Ele sorri, seus olhos encontrando os meus. Mas não há profundidade neles, então sou rápida em desviar o olhar. – Sinto a conexão desde que era menino.

– Você já a convocou? – Fico de olho no trailer, na cabana destruída, no carro branco imundo.

– Nunca aprendi a fazer isso. Chepi fez o melhor possível para me proteger desse tipo de coisa. Por quê? Quer me ensinar?

Sorrio suavemente e me apoio nele.

– Talvez algum dia. – Minha respiração fica mais lenta, entrando no ritmo da dele, enquanto o céu se desdobra em um dossel florido de rosas e azuis prateados.

– Eles vão acordar logo. Se é que já não acordaram – Dace sussurra no meu ouvido. – Suriel gosta de saudar o início de cada dia.

Ele desliza das costas de Kachina e me ajuda a fazer o mesmo. Então, sem querer que ela atraia qualquer atenção indesejada, dou um tapa em seu traseiro e digo para ela encontrar um bom lugar para pastar. Enquanto isso, Dace e eu nos dirigimos para trás da cabana velha e destruída, que ainda é mais degradada do que o trailer.

Um instante mais tarde, bem como Dace disse, uma luz se acende lá dentro. Isso nos permite ver duas silhuetas se movendo atrás de uma cortina amarela transparente.

– Vai começar com um sermão – Dace diz e, logo em seguida, a voz de Suriel atravessa o silêncio, rugindo tão alto que ultrapassa as paredes do trailer e o quintal. Encaro Dace, me perguntando como ele sabia aquilo. – Ele é uma criatura de hábitos. – Ele sorri. – Nunca se desvia de sua rotina.

Embora as palavras não sejam facilmente distinguidas, de vez em quando conseguimos captar um dos bordões favoritos de Suriel. *Os Últimos Dias estão aqui... Brilhantes Dias de Glória terão início... Suriel é apenas um humilde servo; sua filha, uma ferramenta da Tua vontade...* Mais bobagens apocalípticas. O cara é obcecado.

Quando ele chega ao fim, deixa sua filha se vestir enquanto sai do trailer, vira na direção das montanhas, cai de joelhos e começa mais uma vez. Só que desta vez conseguimos ver também. Seu corpo balança de um lado para o outro, a cabeça rolando para trás, a língua solta da boca.

– Acho que você não é o único conectado com a terra – brinco, tentando fazer graça da cena que se desenrola diante de mim. Principalmente porque está me causando um ataque grave de arrepios.

– Ele afirma que o espírito se apossa dele quando faz isso. Costumava nos apavorar quando éramos crianças.

Pobre Phyre. Ter que crescer com isso...

Começo a sentir pena dela. Começo a sentir uma onda de compaixão por sua situação. Eu costumava pensar que era vergonhoso viver com Jennika e seus cabelos coloridos loucos, *piercings* e a inclinação ao drama, mas comparada a Suriel, Jennika parece uma mãe de seriado de TV da década de 1950.

Mas o sentimento tem vida curta. Desaparece no momento em que Phyre sai do trailer e me lembro do objetivo dela de matar Dace.

Hesitante, ela passa uma mão incerta pela mecha cacheada. Puxa a minissaia preta para cobrir melhor as coxas. Fica parada ereta e rígida diante do pai, como se não ousasse se mexer. As feições inexpressivas, o rosto inescrutável, enquanto observa Suriel sacudir, suar e convulsionar em um frenesi de justiça.

Com um *timing* perfeito, ela antecipa o momento exato em que ele desperta do transe.

– Estou indo – ela diz. – Pensei em começar cedo.

Suriel fica em pé. Passa as mãos na parte da frente do terno e endireita a gravata. Então coloca a mão no bolso e pega um pequeno frasco de vidro cheio de algum tipo de líquido turvo. Sua voz é tão severa quanto seu rosto, e ele diz:

– Chegou a hora.

Phyre assente. Inclina a cabeça para trás. Entreabre os lábios.

– Esta é sua última chance de se redimir.

Ela fecha os olhos e oferece a língua.

– Conhece nosso trato. Garanta que esteja feito até a meia-noite, Phyre. Depois disso é tarde demais. – Ele despeja o conteúdo do frasco na boca da filha e deixa pingar até que esteja satisfeito o bastante.

Assim que toma tudo, ela enfia o queixo no peito e abaixa os olhos para os pés. Assume uma postura suplicante.

– Acho que sabe o que a aguarda se mentir para mim novamente... – A voz de Suriel morre com a ameaça implícita.

Phyre assente. Aperta as mãos com força.

– Você foi gerada no pecado e deve acabar no pecado! – Suriel grita em uma voz tão retumbante que meu corpo tem um estremecimento involuntário. – É seu papel. Seu direito de nascença. O destino para o qual nasceu. É uma grande honra ser convocada e usada desse jeito. Agora vá e faça o que tem de fazer. Que a Glória dos Brilhantes Dias esteja sobre nós!

Com uma voz sem emoção, Phyre repete a última parte, então dá meia-volta e vem na nossa direção. Vai direto para a cabana, enquanto Dace e eu ficamos paralisados, segurando a respiração.

A porta range em protesto quando ela força a abri-la. Emite outro rangido estridente quando ela sai tão rápido quanto entrou e vai para o carro de Suriel.

– O que é aquilo? – sussurro, apertando os olhos para ver à distância, tentando descobrir o que é o objeto retangular que ela carrega para a caminhonete.

– Parece um galão velho de gasolina – Dace diz. Ainda apertando os olhos, ele se vira para mim e acrescenta: – Que diabos estão tramando? – Seus olhos encontram os meus.

– Não tenho a menor ideia – digo. – Mas pretendo descobrir. Você pode vigiar meu corpo e garantir que esteja em segurança?

Seu olhar inquisidor segue o meu até o corvo que pousou no telhado acima de nós. Eu me lembro de um dos primeiros ensinamentos de Paloma.

Ainda que não possa ser confundido com seu real espírito animal... ainda é considerado um irmão, assim como todos os corvos que habitam o Mundo Mediano... o Corvo é um mensageiro do reino espiritual... As coisas que ele mostrará podem mudar sua vida dramaticamente. Ele a ensinará a se aventurar na escuridão, a fim de trazer a luz...

O corvo aparecer neste exato momento é um presságio, não um acaso. Disso eu tenho certeza.

Dace segura minha mão, dá um apertão de solidariedade não explícita.

– Eu iria com você, mas... – Ele deixa a frase sem terminar, mas ambos sabemos como termina.

Não se pode fazer um salto da alma se você é desalmado.

– É melhor que eu vá sozinha – digo. – Preciso que você fique aqui para me vigiar enquanto eu estiver fora. Mas se Suriel nos ver, ou se você começar a sentir que está perdendo sua energia, não hesite em interromper a conexão e me despertar.

Dace me puxa para perto e dá um beijo breve e doce em meus lábios. Seu suave sussurro, "Tome cuidado, Daire", é a última coisa que ouço antes que minha energia se misture com a do Corvo, e nós dois nos tornemos um.

Trinta e um

Daire

Até agora, o corvo está se mostrando um anfitrião muito hospitaleiro. Permite que eu o guie como quero, enquanto seguimos o caminho feito pelo carro de Phyre.

Ela dirige rápido e focada. Ultrapassa o limite de velocidade até que as rodas traseiras começam a derrapar – deixando grandes nuvens de poeira rodopiarem em seu rastro. Mesmo assim, ela conduz bem, como se já tivesse feito isso antes. Se recusa a diminuir a velocidade até que entra na estrada privativa pavimentada que leva ao imenso complexo em estilo adobe dos Richter, estaciona bem do lado de fora do portão e se acomoda para esperar.

Ela vai matá-lo? Agora? Antes que a maioria das pessoas tome o café da manhã?

Conduzo o corvo até uma árvore próxima. Escolho um galho que me permite uma visão desobstruída e observo através dos olhinhos redondos do pássaro enquanto Phyre abaixa o quebra-sol e inspeciona o cabelo e a maquiagem no espelho retangular empoeirado. Satisfeita com o que vê, fecha o quebra-sol, abre a mão diante de si, enruga os lábios e cospe. Encara a pequena poça de saliva com um olhar tão paralisado que não consigo nem começar a imaginar o que está fazendo.

Está entediada? Perdeu o juízo completamente? É outro método de vidência, no qual ela tenta ler um significado mais profundo em formação nas bolhas, como algumas pessoas fazem com folhas de chá?

O devaneio dela é interrompido pelo zumbido eletrônico dos pesados portões de ferro se abrindo, enquanto a brilhante caminhonete preta quatro por quatro de Cade sai. Observo quando ela seca a mão na perna, salta do carro e, com os braços abertos, para bem diante dele.

Cade freia com força. Os pneus gritam em protesto, o que é surpreendente por si só. Eu teria imaginado que ele passaria sobre ela sem olhar para trás.

A caminhonete dele balança para a frente, ele abaixa o vidro da janela e coloca o pescoço para fora.

– Que diabos é isso? – ele grita. – Você ficou... louca?

– Talvez. – Ela pisca. Sorrindo sedutoramente, aproxima-se da janela aberta no lado do motorista. – Só tem um jeito de descobrir. – Ela se inclina na direção da porta e inclina a cabeça de lado, fazendo com que uma mecha de cachos caia em seus olhos.

– Não tenho tempo para loucas – Cade diz, nem um pouco intrigado. – Como pode ver, estou com um pouco de pressa.

– Que pena – diz ela fazendo beicinho. – Eu esperava que tivesse tempo para mim.

– E por que eu teria? – Suas feições demonstram irritação, embora, se eu não estiver enganada, sua voz o traia com uma pitada de interesse crescente.

– Porque me sinto sozinha. Apesar de todos os meus amigos, sinto como se ninguém me entendesse de verdade.

– E eu entendo? – Ele passa a mão pelos cabelos curtos e bufa em tom de diversão, mas Phyre permanece irredutível.

– Temos uma conexão, Cade. Não tente negar isso. Sabe que há algo entre nós. E então eu pensei que talvez pudéssemos sair. Ficar um na companhia do outro, ou alguma coisa...

O rosto dele permanece plácido, difícil de ler. Mas noto que ele não a afasta.

– Eu estava a caminho da cidade. Mas então pensei que podia dar uma passada aqui e ver o que você estava fazendo. – Ela passa lentamente o dedo pela borda da porta, mas, apesar da atração, Cade não está entrando no jogo dela.

– Sei que vive em um trailer acabado, Phyre. Este dificilmente é seu caminho para a cidade. Sem mencionar que são seis da manhã. Você costuma visitar as pessoas tão cedo?

– As pessoas, não. Só você. – Ela ergue o queixo e sorri através de uma mecha de cachos. – Sei que gosta de sair para uma corrida matinal. Pensei que talvez pudesse ir com você.

Cade olha para ela, os olhos brilhando quando diz:

– Você não está exatamente vestida para correr.

Ela ergue um ombro. Puxa a minissaia. Continua sorrindo diante dele.

– Está me perseguindo, Phyre? – A voz dele é baixa, quase rouca. Mas não consigo ler seu tom. É desejo? Nojo? Será que vai fazê-la implorar? Porque ela está bem perto disso.

– Perseguindo, não. É mais como... admirando – ela diz. – Há uma diferença, você sabe.

Ele a encara, balançando a cabeça para a frente e para trás, como se pesasse os prós e os contras de uma corrida matinal *versus* um rolo rápido com uma garota bonita.

– Eu podia lhe mostrar a diferença. Se estiver disposto... – Ela morde o lábio, se afasta um passo do carro. Mostra-se como uma oferenda, deixando a decisão para ele.

– Você está atrás do quê? – Ele mexe a mandíbula, analisando-a com um olhar profundo e penetrante.

Ela se aproxima dele, se inclina na janela aberta e diz:

– Escute, não vejo por que ficar com joguinhos, então é o seguinte: eu gosto de você.

Ele assente como uma pessoa que está acostumada a ser admirada, nunca lhe ocorreria questionar a palavra dela.

– E agora que você e Lita se separaram, eu pensei que talvez...

– Você tem um fetiche por gêmeos? É isso? – Ele é rápido em interrompê-la.

Ela fica paralisada.

– Você não costumava sair com meu irmão?

Ela morde o lábio e desvia o olhar.

– Esse é seu jeito de manter a memória dele viva?

– Não. – Ela se volta para ele com um rosto franco, ansioso. – Sei que você não é como ele. Posso ver a diferença. Você é mais sombrio. Mais perigoso. E é exatamente essa escuridão que me atrai em você.

Cade estreita os olhos. Seus dedos tamborilam no volante.

– Cuidado com o que deseja – ele diz. – Está se aventurando em um território que não entende.

– Não esteja tão seguro disso. – Ela coloca a mão no braço dele. As pontas de seus dedos acariciam a pele dele, sua língua molha a ponta dos lábios.

E, por mais tolo que pareça daqui, do lugar em que Cade está, a cena contém um certo encanto.

As feições dele se atenuam. Seu olhar turva. E, quando o vejo entreabrir os lábios, é claro que está fisgado.

Phyre se aproxima. Molha os lábios novamente. Deixa-os brilhantes. Úmidos. Molhados. Prontos para ele.

E, sem saber por que, tenho essa vontade incrível de detê-los. Convencida no fundo da minha alma que esse não é um beijo comum.

É o primeiro passo para matá-lo. Ela vai seduzi-lo, deixá-lo vulnerável, e então acabar com ele de um jeito que ele não poderia prever, para que possa apresentar o relatório ao pai de que sua missão está cumprida.

Se ela matar Cade, ela mata Dace. E não vou deixar isso acontecer.

Eles inclinam as cabeças para lados opostos. Cada vez mais perto, os lábios a milímetros de distância, quando o corvo abre as asas e desce até eles.

Phyre grita, bate as mãos freneticamente na cabeça, então grita ainda mais alto quando um monte de penas negras brilhantes caem sobre seus pés.

Cade se ajeita em seu assento e volta sua atenção para mim.

– Parece que o Corvo é contra esse encontro amoroso em particular – diz, me dando um aceno com a mão, antes de pisar fundo no acelerador e deixando Phyre parada sozinha na rua.

Trinta e dois

Dace

O corpo de Daire respirando serenamente está deitado ao meu lado. A cabeça no meu colo, as longas pernas esticadas diante de mim. Passo a mão sobre seu rosto, sussurro palavras suaves que ela não pode ouvir. Neste momento, ela é como eu. Viva, respirando, mas sem alma. A força verdadeira de sua energia está fazendo uma jornada, e cabe a mim cuidar dela.

Fico em meu lugar no extremo oposto da cabana. Observo enquanto Suriel entra e sai do trailer. Suas ações são deliberadas, intencionais. Seu corpo treme, como se tivesse tomado café demais.

Só que Suriel não toma café.

Ele evita todas as formas de estimulantes.

Evita tudo que crie uma falsa sensação de euforia.

Só há um caminho para o céu, ele afirma. E é claro que a agitação de suas mãos, o tremor de seus joelhos, é resultado direto de suas crenças delirantes de grandeza. Sua certeza absoluta de seu lugar exaltado no mundo.

Ele é um psicopata, pura e simplesmente.

Ele é a própria coisa contra a qual prega.

Observo enquanto ele sai do trailer, desta vez carregando uma bolsa que reconheço do nosso encontro no Mundo Mediano. Ele a deixa cair no último degrau, antes de se sentar sobre ele. Então enfia uma mão lá dentro e retira a estaca incrustada de sangue, segurando-a diante de si. Olha para ela com o tipo de admiração desequilibrada, enlouquecida, que é fácil ver daqui.

Guardando a estaca de volta na bolsa, ele pega uma garrafa cheia de algum tipo de líquido claro com o qual se unge – derramando-o em sua testa, no queixo.

Água-benta.

Fico surpreso que ele não arda em chamas.

Quando termina o ritual, ele fecha a bolsa, deixa-a no degrau e vai para a cabana, onde começa a fazer uma quantidade tão grande de barulhos de dobradiças rangendo, sons abafados de coisas sendo arrastadas, e gritos estranhos e sobrenaturais, que minha curiosidade leva a melhor e me arrasto até uma janela quadrada e imunda na parte de trás, limpo um espaço com os dedos e olho lá dentro.

No início, é difícil entender o que ele está fazendo. Auxiliado apenas pela única lâmpada que pende sobre a cabeça dele, preciso de um tempo para que minha visão se ajuste. Mas não demora muito até que eu consiga discernir a silhueta de Suriel, ocupado em montar uma pilha de bastões vermelhos com marcadores digitais bem presos ao redor deles, que, apesar da iluminação falha, não podem ser confundidos com outra coisa além dos explosivos que são.

Que diabos ele está aprontando?

Chego mais perto da janela. Limpo um espaço maior, para ver melhor.

O barulho dos meus dedos se movendo pelo vidro alerta Suriel da minha presença.

Ele ergue a cabeça. Centraliza o olhar bem em mim.

E, embora eu saiba que preciso dar meia-volta, por alguns segundos aterrorizantes fico paralisado no lugar, com as pernas prontas para fugir.

Ele repuxa os lábios, sorrindo como se minha presença do outro lado da janela lhe trouxesse uma alegria indescritível. Então derruba o maço de explosivos na pilha, seca a palma das mãos na lateral do terno e pega um pé de cabra velho e enferrujado que usa para erguer a tampa de uma caixa bem grande. Solta uma besta de olhos arregalados que mantém presa por alguma razão insondável.

A visão de seu focinho arrebitado, da fileira de dentes afiados como os de um tubarão gotejando com sede de sangue quando volta sua atenção para mim, me faz lembrar dos avisos de Axel:

– Você tem que ser vigilante com seus pensamentos, suas ações, consigo mesmo.

Eu me voltei para ele com um olhar de interrogação.

– Sem a alma, você é como um recipiente vazio. O que o deixa vulnerável à possessão de demônios.

Lancei um olhar incrédulo para ele. Certo de que estava exagerando.

– Os demônios estão por toda parte. Vêm em diferentes formas. São capazes de aparecer na forma de espíritos, assim como em suas formas medonhas de demônios... dependendo de qual dimensão estão. Mas uma coisa que todos têm em comum é o desejo de se materializar e viver sob a aparência de um humano. Mas, a fim de fazer isso, eles precisam ou de um corpo disposto, ou de um corpo vazio, sem alma. Corpos sem almas são sempre preferidos, embora obviamente mais difíceis de aparecer. Eles irão atrás de você, Dace. Vão farejá--lo a quilômetros e não pararão até alcançar você.

– Está dizendo que sou uma isca ambulante e falante de demônios?

Os olhos cor de lavanda de Axel ficaram sombrios.

– Se isso é verdade, por que não me quiseram antes? Quando eu estava no covil deles?

– Você estava fraco e ferido. Ironicamente, foi a única coisa que o salvou. Mas agora que está curado... – Ele soltou um profundo suspiro enquanto seus olhos encontravam os meus. – Vigilância, Dace. Até conseguir sua alma de volta, não pode se dar ao luxo de relaxar. – Ele estava desaparecendo diante de mim quando disse isso, sua forma começando a ficar pouco perceptível.

– Aonde está indo? – perguntei, sem ter certeza do que fazer com aquilo.

– Tenho que encontrar meu caminho de volta. Já interferi em sua vida mais do que devia.

– Mas e se eu precisar de outra infusão de energia? – perguntei, observando os olhos dele se estreitarem de arrependimento.

– Assegure-se de localizar sua alma antes disso.

Embora o aviso fosse para mim, não sou o único corpo sem alma em perigo.

A besta se atira contra a parede dos fundos, fazendo a madeira se partir e rachar, até que começa a ceder. Isso me deixa apenas com alguns segundos para decidir o que fazer a seguir.

Devo lutar contra ele?

Matá-lo?

Espancá-lo até transformá-lo em um amontoado de carne e vê-lo sangrar no chão?

Ou devo tentar pegar Daire e sair dali?

Com o corpo inerte espalhado na terra, ela parece tão indefesa, tão vulnerável, que não há dúvidas de que tenho de fazer o que for preciso para deixá-la em segurança.

Lutarei com o demônio se chegar a esse ponto.

Mas só se chegar a esse ponto.

O demônio continua a derrubar a parede. Suas garras rompem em primeiro lugar, seguidas por um pé, enquanto Suriel grita e berra lá de dentro, incitando-o.

Eu me precipito até o corpo de Daire, pego-a em meus braços e corro até Kachina. Lembro tarde demais que Kachina tem medo de mim. Não há garantia de que ela me ajudará.

Embora esteja inclinada a ajudar Daire.

Ela corre ao meu lado e abaixa o pescoço, permitindo que eu coloque Daire em suas costas, bem quando alguma coisa se quebra atrás de mim, e o demônio se arrasta em nossa direção.

Trinta e três

Daire

Logo depois que Cade vai embora, Phyre permanece no carro dela. O rosto escondido na palma das mãos. Os ombros balançando espasmodicamente, como se estivesse chorando.

Ela inspira profundamente, espia no espelho retrovisor e passa com cuidado o dedo embaixo de cada olho, para secá-los. Leva um momento examinando as lágrimas, antes de secar as mãos nas pernas e sair dirigindo.

Com um gentil empurrãozinho meu, o corvo sobrevoa junto a ela. Segue-a por uma série de estradas de terra destruídas e curvas aleatórias, aparentemente sem destino. Até que ela dá um cavalo de pau e acelera na direção da Terra Nativa.

A reserva?

O que poderia querer ali?

Já que não conseguiu nada com os gêmeos, será que vai atrás de Chepi?

Ou ela está simplesmente lambendo as feridas com uma visita aos redutos da sua infância?

O corvo fica cada vez mais inquieto, com fome. Irritado pelo turno estendido de hospitalidade, não perde tempo em me expulsar. Isso faz com que eu desperte de supetão, surpresa por me encontrar segura nos braços de Dace enquanto Kachina corre furiosamente sob nós.

– O que aconteceu? – Com olhos turvos, tento focar no horizonte, determinar nossa localização. – Onde estamos? Para onde estamos indo? – Olho para Dace, notando o olhar de extrema apreensão no seu rosto. O jeito como ele fica olhando para trás, como se estivéssemos sendo perseguidos.

– Conto para você depois. – Ele puxa as rédeas com força, incentivando Kachina a diminuir muito o passo, embora ela leve um tempo para obedecer. Ela está espumando, inquieta e tão assustada quanto Dace parece estar. – Você está bem? – Ele pressiona os lábios no meu cabelo, me aperta com força contra ele.

Aceno com a cabeça, me viro entre seus braços e espio por cima do ombro dele. Não vejo nada fora do comum. Nada com o que me preocupar. O que quer que tenha sido, parece ter passado.

– O que você viu? – A voz dele é contida, distraída, enquanto ele espia para trás novamente.

– Vi Phyre tentando dar em cima do seu irmão. Mas intervim antes que pudesse chegar a algum lugar.

– Cade entrou na dela? – Dace recebe a notícia com um olhar que não consigo decifrar.

Ele está surpreso? Desapontado? Enciumado? Ou sou só eu, projetando minhas próprias emoções conflituosas nele?

– Acho que ele estava se divertindo mais do que qualquer outra coisa – digo por fim. – Parecia que estava dando corda. Sabe como ele ama seus joguinhos.

Dace aperta os lábios em resposta.

– Posso perguntar uma coisa? – Faço uma pausa, incerta sobre como proceder. Mas preciso saber, então me obrigo a continuar. – Isso provavelmente vai soar estranho, mas... Phyre realmente tinha um beijo molhado?

Bem como eu esperava, Dace me lança um olhar incrédulo.

– Sei que parece loucura – digo, a voz apressada, ansiosa em explicar. – E a única razão pela qual pergunto isso é porque ela ficou molhando os lábios até ficarem pegajosos e encharcados. E, mesmo antes disso, eu a vi cuspir na mão e encarar a própria saliva como se estivesse totalmente paralisada ao ver aquilo. E estou me perguntando se tem algo a ver com aquele estranho frasco do qual ela bebeu.

Dace se mexe, desconfortável, olha para trás novamente, embora nós dois saibamos que, seja lá o que o esteja preocupando, ficou para trás.

– Essa preocupação com a saliva não me lembra nada – ele diz, finalmente, relutante em dar voz às palavras. – Quanto ao frasco... quem sabe? Conhecendo Suriel, provavelmente é água-benta... benta especialmente por sua própria loucura delirante.

– Ok, então basicamente ela é apenas uma garota estranha. – Levanto os ombros, ciente do leve fluxo de sangue que colore minhas bochechas.

– Acho que já confirmamos isso. – O lábio de baixo de Dace se repuxa nos cantos, mas a alegria tem duração curta. O que acontece em seguida é que ele está espiando para trás de novo, enquanto aproveito o momento para olhar ao redor, tentando me orientar e descobrir onde estamos.

– Estamos em algum lugar perto da reserva? – pergunto.

– Pode ser. Por quê?

– Phyre estava vindo para cá quando perdi contato. Pode não significar nada, mas acho que devemos checar, ver o que ela está fazendo. Ter certeza de que Chepi está em segurança.

– Não acho que Phyre machucaria Chepi. Ela a considerava uma mãe, depois que sua própria mãe desapareceu. – Dace fala com confiança, mas não estou convencida. Eu não duvidaria de nada que viesse dela.

– Sim, bem, ela também afirma estar loucamente apaixonada por você e, mesmo assim, olhe o que aconteceu. O pai dela deu ordens estritas para ela matar você, e não é como se ela o tivesse avisado disso.

É o necessário para convencê-lo a cutucar Kachina na direção da reserva. Depois de parar na casa de Chepi e descobrir que ela não está, estamos a caminho da casa de Pé Esquerdo quando vejo o carro branco sujo de Phyre estacionado bem diante do bosque de juníperos retorcidos.

– Ela sabe sobre o Mundo Inferior? – Revezo meu olhar entre o vórtice e Dace, captando o ar profundamente perturbado em seu rosto, mas ele apenas dá de ombros em resposta.

Rápido em desmontar, ele oferece a mão e me ajuda a descer também. Então entramos no bosque e saltamos no vórtice que nos leva profundamente pela terra antes de aterrissarmos em um monte. Levamos um momento para nos recompor e dar uma boa olhada ao redor. A paisagem está tão congelada quanto da última vez que estive ali com Lita e Xotichl.

– Isso não é natural. – Os olhos de Dace se estreitam. Seus lábios apertados e sombrios. – Em todos os anos que tenho vindo ao Mundo Inferior, nunca o vi assim.

– Temo que a neve seja um feito meu. – Faço cara de culpada. – Foi meu último desejo... só que, agora, parece que não vai parar.

Dace me examina por um momento, então se vira para analisar a terra novamente.

– E onde está o Cavalo? Ele sempre está aqui para me receber.

– Meu palpite é que está hibernando. – Esfrego as mãos na tentativa de aquecê-las. – Não vi o Corvo também. Não desde a véspera de Natal. E até que isso esteja resolvido, não espero vê-lo. Mas a grande questão é: onde está Phyre? Aonde você acha que ela foi? – Observo o rosto de Dace, suas maçãs do rosto altas e esculpidas, a testa larga, enquanto ele aperta os olhos contra a claridade e observa ao redor.

Ele balança a cabeça, passa a mão pelos cabelos brilhantes, mas não é exatamente a resposta que eu procuro. Preciso de algo mais.

Limpo a garganta, me forçando a fazer a pergunta que faz com que eu me sinta mais do que um pouco invasiva. Mais do que um pouco envergonhada. Correndo o risco de parecer uma namorada intrometida e ciumenta, digo:

– Dace, você e Phyre já vieram aqui juntos? – Fecho os lábios antes que possa dizer mais alguma coisa. Meu desejo de ouvir sua negação mais sincera, em conflito direto com minha necessidade de um bom ponto de partida. O Mundo Inferior é imenso. Qualquer pista de onde começar a procurar pode ser de grande ajuda.

– Nunca vim aqui com ela. – Ele se inclina na minha direção, pega minhas mãos entre as dele. Apertando-as calorosamente, diz: – Daire, você precisa entender que nosso relacionamento, se é que quer chamar assim, foi fugaz. Não ficamos juntos nem de perto o tempo que você acha. Não tinha ideia de que ela sabia sobre este lugar. Assim como não tenho ideia do que ela pode estar fazendo aqui. Mas temos uma coisa a nosso favor.

Olho para ele.

– A neve. – Os olhos dele brilham, enrugando nos cantos. – Talvez toda essa neve seja uma coisa boa. Com os espíritos animais se escondendo, ela permanece praticamente intocada. O que pode ser uma grande ajuda para encontrar o rastro de Phyre.

É uma boa teoria – pelo menos na superfície. Mas o que ele esquece é que o Mundo Inferior abriga muitas dimensões. O que significa que Phyre pode ter aterrissado em qualquer lugar. O que quer dizer que podemos vagar por dias e nunca encontrar nenhum sinal dela ou de seu rastro.

Por outro lado, ela não está aqui há muito tempo. Então há uma boa chance de ela não ter ido além do primeiro nível.

Dace enlaça os dedos nos meus, e partimos para explorar. Nossas vozes silenciadas, os pés marchando em frente, os olhos constantemente atentos, examinando a paisagem toda branca. Percorremos uma boa distância antes de chegarmos a um lugar onde a neve foi mexida.

– Parece que ela aterrissou aqui. – Dace avança, circulando a área onde o banco de neve foi achatado. Deslocando o olhar para uma trilha de pequenas pegadas, ele diz: – E isso deve nos levar até ela. – Ele segura minha mão entre a dele, muito mais fria. Não posso deixar de me perguntar se a infusão de energia está começando a diminuir, ou se é resultado da paisagem congelada em que estamos.

– Dace, você está se sentindo bem? – Eu o observo cuidadosamente. Estou bem ciente de que, se a força dele falhar, não há ninguém aqui por perto para me ajudar a restaurá-la.

– Estou bem. – Ele me puxa na direção da trilha. Mas o jeito que sua mandíbula trava e o modo como ele desvia o olhar me levam a acreditar que não está.

Mesmo assim, sem outra escolha, sigo silenciosamente ao lado dele. Não estou disposta a dar voz à longa lista de perguntas que invade meu cérebro.

Este é o rastro de Phyre?

Se for, o que faremos quando a encontrarmos?

Nosso tempo não seria mais bem gasto procurando a alma de Dace?

E se perdermos a pista... e se tudo isso for culpa minha?

E se Phyre for realmente apenas meio trágica e estranha, mas não tiver nada a ver com isso?

E se eu estiver colocando Dace em perigo ao levá-lo para essa perseguição louca, sem sentido?

Dace aperta minha mão e me faz parar. O olhar de alerta em seu rosto é o suficiente para calar meus pensamentos.

– Ouviu isso? – ele sussurra, fazendo um sinal com a cabeça na direção de onde um tipo estranho de cântico e lamento vem de algum lugar nas profundezas da floresta.

Um calafrio desliza sobre minha pele. Um que tem menos a ver com o clima frio em que estamos, e mais com o tom da canção.

É o som da tristeza e da melancolia.

Se o desespero completo e absoluto tivesse uma nota, ela soaria assim.

Dace é o primeiro a se mover na direção do som, mas sou rápida em segui-lo. Com as cabeças abaixadas e os ombros curvados, avançamos em silêncio. Nas margens de um bosque de pinheiros salpicados de branco pela neve, encaro a cena diante de mim em total descrença. Apenas vagamente ciente da voz sussurrada de Dace em meu ouvido, dizendo:

– Bem, isso explica tudo.

Trinta e quatro

Dace

Fico embasbacado com o espetáculo à minha frente. Digo a mim mesmo que aquilo não existe de verdade. É só um truque da minha mente. Nada diferente dos delírios que me atormentaram naquela dimensão dos infernos no Mundo Mediano.

Mergulho no conforto de uma negação profunda, quando Daire arfa assustada ao meu lado, confirmando que é aquilo real.

A escultura de gelo é elaborada.

Complexa.

Com formato de diamante e imensa, foi cuidadosamente esculpida por mãos talentosas. A superfície é tão reluzente e lisa que serve como distração fácil. Mas um olhar mais atento revela uma escultura de diamante muito menor suspensa lá dentro, contendo uma esfera radiante que brilha em um halo de luz.

Reconheço no instante em que a vejo.

E, julgando pela arfada horrorizada de Daire, ela reconhece também.

Embora eu não possa imaginar como, de algum modo Phyre capturou minha alma e a envolveu em gelo.

Só quando levanto o olhar, vejo o punhal afiado que ela havia manuseado pendurado precariamente sobre a escultura de gelo.

É uma engenhoca genial.

Uma que merece um tipo de reverência admirada.

Uma que requer alguns momentos silenciosos para apreendê-la em sua total magnitude – para entender como funciona.

A execução é enganosamente simples – o gelo derrete, o punhal cai, e é *assim* que minha força de vida é eternamente extinta.

Levando a força de vida de Cade junto comigo.

O primeiro passo sólido para cumprir a profecia do pai dela.

Ela sempre teve dom para grandes gestos – com máximo impacto dramático. Mesmo assim, estou surpreso que tenha encontrado vontade para ir até o fim.

Começo a correr na direção da minha alma, ansioso por reivindicá-la. Até que Daire segura minha manga e me mantém no lugar. O olhar perturbado dela direciona meu olhar para o que ela vê.

Phyre parada ao lado. Seus olhos escuros e sonhadores, observando o punhal seguir seu caminho até minha alma.

– Não é lindo? – Ela se vira para nós, enquanto mantém o olhar fixo no lugar. – Sabe, nunca costumava nevar aqui, então imaginei que devia pelo menos tentar aproveitar ao máximo e usar isso em meu proveito. Foi um verdadeiro trabalho de amor. Levou dias para ficar pronto. Vocês não têm que se esconder. – Ela desvia o olhar, nos observando de soslaio. – Sei que está aí, Dace. – Suas bochechas se ampliam, os lábios começam uma lenta curva para os lados. – Sempre soube quando você estava por perto. – Ela muda o foco para Daire e suas feições mudam. – Assim como sei que era você me mantendo longe de Cade. Não sou estúpida. Sei que se juntou àquele corvo. Sei quem você é.

Arrisco um passo cauteloso para a frente, enquanto fico de olho na escultura. Phyre está instável. Completamente desequilibrada. Melhor não fazer movimentos bruscos. Melhor não assustá-la.

Estou prestes a dar outro passo quando ela diz:

– Eu disse que podia parar de se esconder. Não disse que podia se aproximar. Eu quero ver você, Dace. Sempre quis ver você. Mas, agora, depois de tudo o que aconteceu, só quero ver você de longe.

Decido obedecer. Permaneço plantado onde estou. Imaginando que é melhor ganhar a confiança dela do que forçar a questão e contrariá-la e ela acabar fazendo algo completamente lamentável.

– Eu amava você, sabe? – Ela gira nos calcanhares, até ficar totalmente de frente para mim. E é quando vejo seus olhos vermelhos, suas bochechas manchadas pelas lágrimas. – Na verdade, ainda amo. Só porque você escolheu amar a Buscadora, isso não muda meus sentimentos por você.

Sua voz oscila um pouco no fim e, pensando que talvez consiga uma entrada, estico o braço na direção dela e sussurro seu nome. Incito-a a segurar minha mão, a parar o que está fazendo, para que possamos conversar.

Mas antes que eu vá muito longe, ela levanta o braço em protesto, me avisando para voltar. E é quando vejo o verdadeiro propósito da cena horrível que ela criou. O feixe de galhos secos em uma mão, o galão vazio de gasolina (provavelmente o mesmo que a vi colocar no porta-malas do carro) caído ao lado dela, e o onipresente isqueiro de prata e turquesa de Cade preso entre dois de seus dedos.

– É tarde demais – ela diz, o rosto estranhamente sem expressão, a voz impassível. – Tarde demais para todos nós. – Ela muda o foco para os galhos, e com um estalo do polegar coloca fogo na tocha.

– Phyre! – grito e, ainda que seja rápido em correr na direção dela, o movimento vem tarde demais.

Ela já abaixou a tocha até a neve.

Já colocou fogo no arco de gasolina que cerca a escultura que mantém minha alma refém.

O fogo explode em um clarão de calor, e as chamas que instantaneamente chegam à superfície da escultura externa derretem tudo com uma velocidade alarmante. Fazem com que o punhal sobre ela comece a descer em direção à minha alma.

A visão daquilo me deixa sem fala. Paralisado de terror. Observo enquanto Phyre inexplicavelmente dirige sua respiração para as labaredas. Cada inalar e exalar alternadamente diminui e alimenta as chamas.

– Sei que não acredita – ela diz, permitindo que as chamas se acalmem. Seu tom de voz, leve, trivial, prossegue de onde ela parou, como se não tivesse acabado de reduzir significativamente o tempo de vida da minha alma. – Mas o breve tempo que passamos juntos foram absoluta, completa e indiscutivelmente os melhores dias da minha vida. – Ela enruga os lábios, assopra brevemente, o fogo fazendo mais uma vez as chamas se agitarem em uma fúria insana, repentina. – Aqueles foram os únicos momentos de beleza que já pude chamar de meus. – Ela se vira para mim, curiosa em ver como reajo.

– E, mesmo assim, está determinada a acabar comigo – digo, menos interessado na versão inventada do passado dela do que nos eventos que se desdobram diante de mim.

O fogo ruge.

O gelo derrete.

O punhal cai.

Enquanto a tocha que ela segura na mão emite uma nuvem de fumaça tóxica, difícil de respirar.

– Você não devia me culpar, Dace. E não devia olhar para mim desse jeito... como se eu fosse algum tipo de monstro. – Ela faz beicinho, como se eu a ofendesse profundamente. – Nada disso é minha culpa. Não é como se eu tivesse pedido por essa vida. Fui escolhida. Pura e simplesmente. E, agora, estou apenas cumprindo meu destino. Fazendo o que nasci para fazer. – Ela levanta a tocha e atiça as chamas. E eu observo enquanto seus lábios se retraem para os lados, o rosto corado de prazer no segundo em que fogo encontra fogo. – Acontece que matar você é o que nasci para fazer. – Ela me olha de esguelha. Assegurando-se que estou adequadamente horrorizado, ela abaixa a tocha e permite que o fogo se acalme. – Se não fosse eu parada aqui, então seria uma das minhas irmãs, Ember ou Ashe. É o legado da nossa família, Dace. Não é como se eu pudesse mudar isso ou alterar de algum jeito. O que não quer dizer que gostei disso logo de cara, porque, acredite em mim, não gostei. Mas, uma vez que meu pai me explicou o que era, uma vez que tomei a decisão de aceitar meu destino, comecei a ver as coisas de modo diferente. Todo mundo tem um destino, um propósito. E, mesmo assim, a maior parte das pessoas atravessa o curso de suas vidas totalmente sem noção. Você e eu somos os sortudos. Descobrimos os nossos bem cedo. Além disso, acho meio que romântico que nossos destinos estejam entrelaçados. Eu soube desde o momento em que o conheci que havia algo maior entre nós. É por isso que você devia se consolar com o fato de o seu fim vir de mim. Quero dizer, não prefere deixar essa vida pelas mãos de alguém que o ama?

– Prefiro simplesmente não deixar. – Viro para Daire e lhe lanço um olhar cauteloso, advertindo-a a ficar fora daquilo.

Phyre claramente está maluca. E é melhor para Daire permanecer discreta e não interferir. Qualquer coisa que Daire diga ou faça só vai provocá-la. Além disso, fui eu quem manchou minha alma, deixando-a vulnerável. Tem que ser eu a negociar seu retorno.

– Você me desaponta, Dace. – Phyre solta um suspiro exagerado. – A morte não acontece só com os outros, com pessoas menos afortunadas. Acontece com todos nós. Assim como vai acontecer com você. Todos vamos deixar este lugar algum dia. Mas eu devia ter imaginado que você diria isso. São surpreendentes os delírios aos quais as pessoas se apegam. – Ela volta sua atenção para as chamas ardentes. Alterna entre alimentá-la e acalmá-la, com assopros fortes, decididos, apreciando a provocação. – Você não tem ideia do favor que é isso. Pelo menos essa morte será rápida e indolor. Pelo menos será poupado dos horrores dos Últimos Dias que, como você sabe, estão verdadeiramente sobre nós. Temo que Encantamento não se saia tão bem. É uma cidade cheia de pagãos blasfemos e pecadores. Então, com isso em mente, acho que é melhor considerar este o meu presente final para você. Há dois anos eu lhe dei minha virgindade, e agora eu lhe dou uma saída fácil de um mundo cheio de dor.

Ela abre a boca, toma fôlego, e não posso deixá-la fazer isso novamente. A grande escultura está quase completamente destruída. E serão necessárias só mais algumas sopradas bem dadas para que a menor se torne história também, deixando minha alma completamente exposta. Deixando o punhal terminar seu curso hediondo para baixo.

– Não vejo isso como você – digo, minha boca tão seca que tenho de forçar as palavras para fora. – Não vejo o mundo como cheio de dor. Vejo maravilhas para onde quer que eu olhe. Vejo maravilhas em *você*. – Eu a analiso atentamente, rezando para que as palavras tenham efeito. Mas um olhar em seu rosto me diz que foi um fracasso total.

– Você realmente precisa trabalhar essa sua perspectiva. – Ela franze as sobrancelhas. – Precisa tirar a venda dos olhos e ver o mundo como ele realmente é.

Esfrego os lábios, desesperado em chegar até ela.

– Phyre, me escute, por favor. Este *não* é o seu destino. – Meu olhar enfrenta o dela, mas ela é rápida em afastá-lo em rejeição. – Isso *não* é destino, lei divina ou qualquer coisa do tipo. Essa é a loucura do seu pai correndo desenfreada. Você não tem que acompanhá-lo nisso. Pode abandoná-lo, e tenho certeza de que conseguirá a ajuda de que precisa. Apague o fogo, liberte minha alma, e prometo que Suriel nunca mais chegará perto de você novamente. Vou me assegurar de que você seja levada a algum lugar seguro, aonde ele nunca será capaz de chegar.

Ela inclina a cabeça de lado e balança a tocha ao acaso diante de si, enchendo o espaço com uma nuvem de fumaça acre que faz seu caminho queimando minha garganta e fazendo meus olhos arderem.

– Você me ama, Dace? – Ela se vira, como se não tivesse ouvido uma única palavra do que eu disse.

Esfrego os lábios, sabendo que é um teste. Sabendo que é melhor não mentir.

– Você já me amou?

Permaneço em silêncio.

Ela dá uma risada frágil, derrotada, e abaixa a tocha.

– E essa é outra razão pela qual amo você. Sempre é honesto. Sempre honrado. Mais pessoas deviam ser como você. O mundo seria um lugar melhor. Os Últimos Dias não seriam necessários, isso é certo.

– Phyre, se isso vale alguma coisa, eu realmente me importo com você – digo, apertando meus olhos, tentando não engasgar com a fumaça.

– Eu sei. Todo mundo costumava provocar minhas irmãs e eu por causa das coisas que meu pai dizia. Mas você nunca fez isso. Nunca me julgou pelas coisas que ele fez. Por isso, serei sempre grata.

– Eu ainda me importo com você. Também estou preocupado com você. Nos últimos dois anos você viveu por conta própria, sem ninguém a quem recorrer. Eu entendo. De verdade. E, por causa disso, está sob influência de Suriel. Mas o que está fazendo agora... essa não é você. Você não é como seu pai. Você é uma pessoa diferente. Capaz de fazer suas próprias escolhas. Tem muito a oferecer para se permitir seguir por esse caminho.

– Isso pode ter sido verdade no passado, mas não é mais. – Ela sorri suavemente, cantarolando as palavras, enquanto ergue a tocha novamente e a aproxima precariamente das chamas.

Ela está se perdendo. Está tão instável, tão imprevisível, que qualquer movimento em falso – qualquer palavra em falso – e eu serei instantaneamente aniquilado, como se jamais tivesse existido.

Que belo contraste com algumas horas atrás, quando eu estava implorando para ser libertado, e meu desejo foi firmemente ignorado.

Tome cuidado com o que deseja, Chepi sempre me advertiu.

Mas, agora, com Daire de volta à minha vida, tenho tudo pelo que viver.

Arrisco um passo adiante. Um que pretende passar despercebido. Mas então uma onda de náusea me atravessa, e eu vacilo, ciente do meu corpo formigando, esfriando.

A infusão de energia que Paloma e Axel me deram está deixando meu corpo.

Em um instante, Daire está ao meu lado, tentando me segurar. Mas eu fujo do seu toque. Sei que isso só vai incentivar Phyre a seguir em frente.

O gelo está derretendo. Minha energia está se esvaindo. E preciso usar o pouco tempo que me resta para convencer Phyre a parar com essa loucura.

– Qual é o problema, Dace? Você parece um pouco pálido. É por causa disso? – Phyre morde o lábio com força, enquanto abaixa a tocha novamente. Tem um ataque nervoso de risos quando a escultura exterior se desfaz e o punhal desce mais um pouco. A ponta em brasa, vermelha e feroz.

– Estou bem – digo. – Forte. Nunca estive melhor. – Preciso de todo esforço para endireitar a coluna, os ombros e, mesmo assim, não consigo convencê-la.

– Seu irmão é um mentiroso nato. Enquanto você, meu amigo, não é. – Ela reprime um sorriso de satisfação, mas o brilho de seus olhos a entrega.

– Por falar no meu irmão, ouvi dizer que você lhe fez uma visita. – Eu me aproximo dela. Só um pé, deslizado sobre a neve, escorregando lentamente. Se eu fizer isso direito, o outro pé logo o seguirá. E então novamente. E novamente. Até chegar perto o bastante para desarmá-la.

– O que posso dizer? – Ela dá de ombros. – Sinto sua falta. E ele é o substituto perfeito.

– Podemos ter a mesma aparência, mas a semelhança para por aí. – Ranjo os dentes, aperto a mandíbula e luto para não demonstrar dor quando levo o pé esquerdo para a frente até que ele ultrapasse o direito. – Certamente você está ciente disso.

– É claro que estou ciente. Não sou idiota. Cruzes. – Ela balança a cabeça, resmunga baixinho, então me encara de novo. – Cade é a escuridão. Você é a luz. Ele é *yin*. Você é *yang*. E, assim como o *yin* e o *yang*, vocês estão conectados. Partes iguais de um todo. Um não pode existir sem o outro. – Vendo meu olhar de surpresa, ela diz: – Sei tudo sobre isso. Vocês são o extremo oposto um do outro. A força positiva e negativa do universo. E a maneira como interagem influencia os destinos de todos os seres vivos. E é por isso que tenho de matar você. Mesmo assim, há um tipo de beleza em uma simetria tão perfeita, não acha?

– Nunca pensei desse jeito – digo, falando só por falar. Tento mantê-la distraída, sem perceber o progresso lento mas constante que estou fazendo.

Ela faz uma careta.

– Sério, Dace? – Ela olha para o chão e suspira. – E eu me convenci que você era mais introspectivo do que isso. Acho que só vi o que queria ver.

– Acabo de saber da nossa conexão – digo. – Não tive muito tempo para processar isso. Como soube? – Faço uma cara de curiosidade, como se me importasse com a resposta, enquanto completo outro passo na direção dela.

– Suriel me contou. – Ela encara suas botas, cutuca a neve com o pé. – Ele suspeitou desde o início. É muito mais esperto do que a maioria das pessoas pensa.

– Vocês parecem ter ficado muito próximos.

– Ele é tudo o que tenho agora, não é? – Ela levanta os olhos para encontrar os meus, e, por um instante, lembro-me da mesma garota triste com quem partilhei alguns momentos de intimidade.

– Não tenho certeza se concordo. – As palavras requerem grande esforço. Respirar requer grande esforço. Mas estou tão perto que não posso desistir agora.

– Por favor. – Ela revira os olhos. – Sou tão sozinha quanto é possível ser. As pessoas da escola não são realmente minhas amigas. Elas não me conhecem de verdade. Não se importam realmente comigo. As garotas só tentam copiar meu estilo, enquanto os meninos só tentam chegar até minha calça. Não é nada como o que tive com você. Mas agora não tenho mais você, tenho?

– É claro que tem – digo, a voz suave e persuasiva. – Sempre seremos amigos, Phyre. E estou aqui para ajudar você... basta me pedir.

– Sério? É por isso que nunca consegui que conversasse comigo? – Ela encontra meu olhar de frente, e não posso deixar de recuar. Não há como negar a verdade. – Desde o momento em que voltei para Encantamento, você se empenhou em se esquivar de mim. Deixando claro que não podia esperar para se livrar de mim e poder estar com *ela*.

Ela olha para Daire. Seu rosto se enrijece em uma fúria renovada, quase como se tivesse esquecido que ela estava lá. E arrisco um olhar também, vendo Daire observando com o olhar fixo na escultura que derrete rapidamente, como se estivesse planejando algo grande. E, embora não tenha ideia do que é, espero que ela se contenha tempo suficiente para que eu possa fazer o que preciso.

– Lembra-se do dia que fizemos amor? – Phyre continua a encarar Daire, mas Daire a ignora com firmeza, recusando-se a participar daquilo. – Eu disse "*Você se lembra do dia que fizemos amor*"? Responda, Dace!

Meus ombros estão cedendo, minha respiração está ficando irregular, mas consigo dizer.

– Lembro. Eu me lembro. – Espero que seja o bastante para satisfazê-la. É tudo o que posso fazer para me manter em pé.

– Do que mais se lembra? Que palavra, se tivesse que escolher uma, e não tenha dúvida sobre isso, que palavra usaria para descrever?

– Que palavra *você* usaria? – pergunto, meu pulso lento e difícil, tentando ganhar tempo.

– Não, isso não é justo. Eu perguntei primeiro! – ela cantarola, como se tudo isso fosse muito divertido.

– Novo – digo, minha cabeça ficando tonta, minha visão embaçada.

– Novo? – Ela franze as sobrancelhas e chuta a neve com força. – O que você quer dizer com isso? Como uma cena em um romance ou algo assim?

No momento em que balanço a cabeça, eu me arrependo imediatamente. Aquilo aumenta a tontura, me deixando enjoado, instável sobre meus pés.

– Novo no sentido de *novidade* – digo, atravessando uma nova onda de náusea. – E com isso quero dizer que era tudo novidade para mim. Acho que eu não tinha ideia do que estava fazendo.

– Mas sabe agora. É o que está dizendo? – Ela olha para Daire, começa a balançar a tocha descontroladamente de novo. Faz com que o anel de fogo desperte e arda, enquanto uma nuvem tóxica de fumaça imunda permeia o ar.

Grito em protesto. Então, imediatamente, lamento aquilo. Só serve para incentivá-la.

– Phyre... – Tento novamente. – Você me colocou em uma posição difícil, e não sei o que quer que eu diga. Tudo o que sei é que foi novo... e inesperado e... – *Daire, por favor, me perdoe.* – Ao mesmo tempo maravilhoso.

Phyre coloca a tocha ao lado do corpo, parecendo satisfeita. Mas não é como se fizesse diferença. O fogo está ardendo, o gelo está derretendo, e as antes sólidas paredes da pequena escultura de diamante estão a ponto de se desintegrar completamente.

Dou uma olhada de esguelha em Daire, tomado pelo arrependimento de ela ter que ouvir isso. Mas ela permanece tão impassível como sempre. Tão concentrada no punhal, que me pergunto se em algum momento ouviu o que Phyre estava dizendo.

– Foi maravilhoso para mim também. – Phyre sorri e abaixa a cabeça timidamente. Tão perdida em lembranças, que não percebe o momento em que a camada externa se encolhe, dissolvendo-se em uma pequena poça de água.

Mas Daire percebe. Posso sentir pelo jeito que ela fica paralisada atrás de mim, enquanto luto para lidar com o pouco de energia que me resta. Tento estimar quanto minha energia pode durar, mas tudo o que sei com certeza é que não vai demorar até que esteja acabada.

– Sabe por que perguntei isso, não sabe? – Phyre questiona, parecendo obcecada com o assunto. Recusa-se a deixar para lá.

Minha boca fica seca. Minha garganta se estreita. Mal consigo respirar, muito menos responder.

– Quero dizer, nós dois sabemos que fui eu quem tomou a iniciativa. Você era tão fofo e honrado, se eu deixasse por sua conta, nada jamais teria acontecido. Ele foi assim com você também? – Ela se vira para Daire, com um olhar desafiador. Mas Daire olha além dela. – De qualquer modo, eu sabia que ia embora logo. Mas o que eu não disse para você é que também sabia que iria voltar.

Solto um grunhido em resposta, é o melhor que consigo fazer.

– A razão pela qual não lhe contei é porque eu sabia que as coisas nunca seriam iguais. Eu sabia que algum dia isso aconteceria. Eu sabia que, em algum momento durante nosso décimo sexto ano de vida, eu teria que matar você. – Ela faz uma pausa, lança um olhar contemplativo na direção do fogo. – Você não tem ideia de como foi horrível viver com essa verdade. E eu não aceitei tão facilmente. Lutei com Suriel cada dia, todos os dias. Ou, pelo menos, até perceber que seria feito de qualquer maneira. Então imaginei que seria melhor se fosse feito por mim. – Ela solta um suspiro profundo e se volta em minha direção. – Mas, principalmente, não mencionei isso porque não queria que você se sentisse obrigado a fazer um monte de falsas promessas que seria incapaz de manter. Teria estragado tudo, e era importante para mim manter a lembrança em meu coração, assim como sua alma está agora, congelada no tempo, gloriosa, luminosa, perfeita e segura.

– Mas minha alma não está segura. – Aceno com a cabeça na direção do diamante se dissolvendo e do pedestal de gelo que o apoia e derrete rapidamente. Vejo o olhar confuso dela quando nota, aparentemente pela primeira vez, o péssimo estado das esculturas. Não vai demorar até que a única coisa que me separa de uma morte rápida e definitiva seja a corda coberta de gelo (agora quase descongelada) que segura o punhal. – Você colocou um punhal quente pendurado sobre ela. A qualquer momento minha alma será perfurada.

O corpo dela fica ansioso, inquieto. Permite que eu tenha uma pequena semente de esperança de que ela possa não ir até o fim. Que ela esteja atormentada pela dúvida.

Mas nem bem pensei nisso, ela se vira para mim e diz:

– Acontece que minha lembrança também não está segura. – Ela despreza minha vida, o estado da minha alma, com um dar de ombros casual. – Foi manchada pela realidade atual. – No momento em que ela diz isso, a crosta externa de gelo que segura a corda no lugar começa a ceder. Isso faz com que o punhal desça até que sua ponta vermelha ardente balance dois centímetros acima da escultura de diamante, a três centímetros da minha alma.

– Não se pode manchar uma lembrança – replico, dizendo as primeiras palavras que vêm à minha cabeça. Deslizo outro pé para a frente, sabendo muito bem que pode ser o último. Não vai demorar até que meus joelhos se recusem a me segurar. – Uma lembrança permanece por conta própria. – As palavras saem baixas, roucas, e mesmo assim ela me lança um olhar melancólico.

– Gostaria que fosse verdade. Gostaria que as coisas fossem diferentes. Gostaria de não ter que fazer isso.

– Você não tem. De verdade, você não...

– Você está errado! Eu tenho. Quero dizer, caramba, Dace. Já passamos por isso! Eu adiei no início, mas no dia que vi sua alma vagar livre...

– Você estava lá? – Engasgo. – Naquela noite... na véspera de Natal? – Não percebi que ela estava lá. Não tinha ideia de que estava conosco. Assistindo.

Ela inclina a cabeça na minha direção, fazendo com que uma mecha de cachos caia sobre seus olhos, do jeito naturalmente carismático e sedutor dela. Em outra vida, com outros pais, ela teria sido modelo, estrela de cinema ou talvez até uma política. Em vez disso, acabou com Suriel, e ele a transformou em uma assassina.

– Eu não estava lá quando você a perdeu. Mas, mais tarde, quando vi essa esfera flutuando sobre mim, soube no mesmo instante que era sua. E o engraçado é que eu estava aqui embaixo procurando por você. E, olhe, eu encontrei. Ou, pelo menos, sua essência real e verdadeira. – Ela olha para minha alma com admiração. Como se gostasse de vê-la tão vulnerável e exposta. – Quer saber como eu sabia que era sua? – Ela olha para mim, como se me desafiasse a dizer *não*.

Mas estou tão fraco que não consigo mais falar.

– Eu soube pelo jeito que brilhava. Era a coisa mais brilhante no céu. Exceto por esse pontinho preto e feio bem aqui. – Ela aponta com a tocha, e meu coração, já quase sem bater, parece pular até minha garganta. – Essa parte meio manchada e nojenta. Como conseguiu isso?

Fiz um salto de alma para dentro do meu irmão e peguei um pedaço de sua escuridão como lembrança.

Tento forçar outro passo adiante, mas acabo curvado com as mãos agarrando desesperadamente meus joelhos. Minha cabeça pende, a respiração é ofegante, rápida demais – como um cão depois de uma corrida muito longa, sedento por um pouco de oxigênio e por uma tigela de água fresca.

– Acho que você e Cade não são tão opostos quanto eu pensei. Você claramente contém um pedaço dele. Eu me pergunto: será que ele tem um pedaço seu também? – Caio de joelhos, balançando debilitadamente na direção do chão frio diante de mim. Ciente da presença agitada de Daire ao meu lado e do olhar cada vez mais desinteressado de Phyre.

– Bem, será interessante descobrir – ela sussurra. – É tão incrível ter essa oportunidade de dar uma espiada no interior de vocês dois. Uma chance única na vida, se pensar nisso.

Ela abaixa a tocha mais uma vez, e uso meu último ímpeto de força para dizer:

– Phyre, pare!

Ela se vira para mim com os olhos arregalados.

– Essa não é você.

– Você nem me conhece. – Ela me dá as costas.

– Você é a garota que encontrou o ninho abandonado de filhotes de pardais e abriu um orfanato improvisado para abrigá-los, criá-los... lembra?

O corpo dela fica rígido, ela esfrega os lábios, e sei que consegui atingi-la.

– Você os pegou, os alimentou com conta-gotas. Tentou ensiná-los a voar com o avião de papel que eu fiz.

– Duas daquelas aves morreram.

– Mas os outros dois sobreviveram.

Ela passa a língua pelos lábios, solta um pouco a mão que segura a tocha.

– Você fez aquilo, Phyre. Você salvou aqueles pássaros. Porque você se importou. Porque valorizava a vida pelo presente maravilhoso que ela é. Você ainda é assim. Sabe que é. Não mudou tanto quanto finge.

As bochechas dela brilham com as lágrimas, seus lábios se levantam nas laterais, enquanto seus olhos tristes encontram os meus.

– Realmente acredita nisso? – ela pergunta, a voz suave, sua determinação se esvaindo.

– É claro que sim – sussurro, me arrastando na direção dela. – Venha. – Estendo uma mão cansada. E quando ela não me rejeita, quando ela não me afasta, uso o último resto de força que tenho para arrancar a tocha dela. – Você não tem de fazer isso. – Derrubo a tocha atrás de mim, onde ela chia em protesto até ser extinta pela neve.

Tiro minha jaqueta e a coloco sobre a cabeça. Me preparo para atravessar as chamas e reivindicar minha alma quando Phyre segura meu braço e, com um olhar severo, diz:

– Eu esperava poder dar sua salvação com um beijo... mas você nunca me deixou chegar perto o bastante. Então, agora, fiquei sem escolha. O fogo é a única maneira de libertar sua alma condenada e arruinada.

Ela enche os pulmões de ar e sopra com tudo o que tem. A força de sua respiração encontra as chamas, fazendo-as explodir em um inferno de fúria que faz com que a camada de gelo em forma de diamante despenque, enquanto escorrego e caio em um banco de neve.

Minha visão se estreita.

Daire grita.

E o punhal mergulha direto na minha alma.

Trinta e cinco

Daire

Dace despenca.

O punhal cai.

Salto por cima do corpo dele e corro na direção do fogo, com a intenção de atravessá-lo como fiz na caverna.

Mas quando a ponta da minha bota arde e queima, quando a barra do meu jeans chamusca e se incendeia, percebo que este fogo em particular não é meu para que eu possa controlá-lo. Vai me queimar. Possivelmente acabar comigo. E não posso correr o risco.

Eu me viro na direção do punhal, aliviada quando vejo que a parte superior da corda ainda está congelada, ainda está presa a um galho estéril, ainda está pendurada, mesmo que precariamente.

E, é claro, ainda tem a Phyre. A louca da Phyre. Parecendo não notar ou se importar que o então chamado "amor de sua vida" tenha caído, inconsciente, ela se volta para mim, sem querer perder um só segundo em suas tentativas contínuas de me machucar.

– Não posso deixar de ter ciúmes de você. – O olhar dela é franco, direto. Posso sentir o peso dele em meu rosto. – Mas não se engane, não é o motivo pelo qual estou fazendo isso. Não é o tipo de momento patético *se eu não posso tê-lo, então ninguém pode.* Há coisas muito maiores acontecendo aqui. Sabe sobre as coisas maiores? – Ela faz uma pausa, espera que eu responda e, quando isso não acontece, ela prossegue: – Provavelmente acha que sabe, por ser uma Buscadora e tudo o mais. Mas o mundo é muito maior do que você e eu. Assim que o punhal cair, os gêmeos terão ido embora, e não muito depois eu terei ido também. Eu costumava me ressentir disso. Costumava lutar contra isso. Mas, agora, aprendi a aceitar.

Ela se inclina para a frente e força um sorriso. E sei que é o fim. Mais um sopro e aquela corda vai se partir, e Dace e Cade serão história.

Embora eu esteja quase pronta para ela, quase pronta para pôr em prática o plano no qual estive trabalhando todo esse tempo, preciso de mais alguns momentos. Então, o que posso fazer é distraí-la.

– Já estive em situação similar – digo, arriscando só um olhar de relance na direção dela, o suficiente para me assegurar de que consegui detê-la mesmo que temporariamente. – Eu fiquei furiosa quando soube que era uma Buscadora. Tentei fugir. Mas é claro que não cheguei muito longe.

– Não é a mesma coisa. – Ela faz cara feia, revira os olhos e se restabelece.

– Não é a mesma coisa, mas é parecido. Você tem que admitir que é parecido. – Minha voz soa tão agitada, tão desesperada, que preciso seriamente abaixar o tom. Mesmo assim, parece causar algum efeito. É possível notar pelo jeito com que Phyre se endireita de leve, fecha os lábios, retorce a boca para o lado. – Como você, eu também tenho um destino. – Engulo em seco. Lembro a mim mesma que posso fazer isso. Tento não pensar nas várias vezes que isso não deu certo recentemente. – Mas, ao contrário de você, meu destino é para o bem maior... – Esfrego os lábios. Começo a contar na minha cabeça.

Um... Levanto lentamente a mão.

Dois... Abro a mão, virando a palma na direção do punhal.

Três... Imploro em silêncio para o universo: *Por favor, não me deixe falhar!*

– E o meu? – A voz dela é mal-humorada, impaciente.

– E o seu... – Aperto os dentes, abro os dedos e me preparo para o próximo passo.

– Fale, Buscadora! – ela grita. Sua voz reverbera tão alto que faz as chamas se erguerem, os galhos da árvore balançarem e o punhal cair ainda mais, pendendo precariamente.

– E o seu é só um monte de besteiras inventadas, criadas pelo seu pai psicótico.

Meus olhos encontram os dela, confirmando a indignação que eu intencionalmente coloquei ali. Só espero que o momento esteja certo.

Ela se inclina na direção da escultura e sopra com tanta força que o calor das chamas faz a corda que segura o punhal romper instantaneamente, permitindo que o punhal despenque direto na alma de Dace.

Observo a sucessão de eventos.

Não ouso piscar.

Com a mão aberta diante de mim, faço outro pedido silencioso.

Convoco meus poderes de telecinesia, que, ultimamente, na melhor das hipóteses, andam tênues. Mas, neste momento, é o que tenho.

Bem, isso e minha intenção. O que, segundo Paloma, é o ingrediente mais importante da mágica.

Mesmo assim, apesar das minhas melhores intenções, apesar das minhas orações fervorosas, o punhal, a milímetros de distância da alma de Dace, se recusa a alterar seu caminho.

Despenca direto para baixo.

Direto no espaço onde a alma de Dace estava.

Dou um grito, um som sobrenatural e involuntário. Fico embasbacada de descrença e indignação.

Silencio quando vejo o jeito que Phyre me encara e sigo o olhar dela até minha mão.

Minha intenção era salvar a alma de Dace, e parece que fiz exatamente isso.

Minha telecinesia não falhou.

Ela simplesmente substituiu o punhal pelo que realmente importava.

Enquanto o punhal caía, a alma seguiu até minha mão.

Com os olhos brilhando tão ardentemente quanto as chamas que acendeu, Phyre dá um uivo horrível e me ataca. A força de seu corpo se chocando contra o meu faz com que eu perca o ar, enquanto a alma se solta da minha mão.

Ela paira sobre nós, enquanto nós duas tentamos desesperadamente agarrá-la. Mas não demora muito até que comece a vagar na direção do céu.

Phyre me empurra e salta. Mas eu consigo segurá-la, impedindo-a de pegar a esfera.

Por causa do fogo que ela acendeu, o que era uma pesada cobertura de neve agora se derrete ao nosso redor. Vira uma lama espessa, viscosa que atrapalha a perseguição, nos fazendo escorregar, deslizar, perder o equilíbrio, mas nunca a vontade de ir atrás da alma de Dace.

– Você não pode salvá-lo – ela grita, correndo na minha frente. – É a Palavra. Está escrito. Já está acontecendo. Não há nada que possa fazer para mudar isso.

Eu estico meus passos, lutando como o diabo para alcançá-la. E quando meus pés finalmente chegam a um pedaço de terra seca, me proporcionando a tração necessária, salto na direção do céu, salto na direção da alma de Dace – só para ver Phyre chegar primeiro.

Ela captura a esfera nas mãos estendidas. Puxa-a para perto do peito. A visão dessa garota louca, desequilibrada, manuseando algo tão frágil, tão delicado, tão precioso, tão facilmente destruível me deixa sem fôlego e horrorizada.

Ela encara a alma de Dace com olhos arregalados, sonhadores, paralisados ao vê-la. Mas, quando nota minha aproximação, a puxa ainda mais para perto. Enrola um braço protetor ao redor da esfera, estala a língua e diz:

– Eu não faria isso se fosse você.

Levanto as mãos em rendição, parada em silêncio diante dela. Observo enquanto ela coloca a mão no bolso e pega o isqueiro turquesa e prata de Cade.

– Sabia que meu nome do meio é Oleandro? – Os olhos dela se encontram brevemente com os meus. – Phyre Oleandro Sanguejovem. Que tal essa agora? – Ela reflete, girando a roda do isqueiro ao esmo com o polegar. – Embora eu não tenha recebido esse nome até ter dezesseis anos. Foi quando meu destino foi selado. Ainda que tenha começado bem antes, quando eu tinha oito. Meu pai me disse que era uma grande honra. Uma que eu devia ostentar com orgulho. Não importa que isso quase tenha me matado em mais de uma ocasião. Mas acontece que, no final das contas, meu pai estava certo. Ele geralmente está. – Ela coloca a mão no bolso novamente. Desta vez pega uma flor cor-de-rosa perfeita com um caule pequeno e fino e a segura entre os dentes da frente.

Primeiro imagino que ela vá engolir aquilo tudo, mas no momento seguinte eu a vejo puxar o caule sem flor dos lábios e usar o isqueiro para colocar fogo nele. O simples ato da chama encontrar o caule é o bastante para dar origem a uma grossa nuvem de fumaça acre que me cerca, me deixando engasgada, sufocada, borrando minha visão até que tudo ao meu redor começa a brilhar e a formar uma auréola. Fica quase impossível ficar de olho na alma de Dace quando tudo está resplandecendo, cintilando com um fulgor de luz.

– É realmente muito ruim que tenha de acabar assim. – Phyre assume uma expressão pensativa, enquanto centenas de esferas brilhantes dançam entre nós. – Em outras circunstâncias, tenho certeza de que podíamos ter sido amigas. – Ela sorri brevemente, enruga os lábios e assopra bem na minha direção. Me envolve em uma nuvem tão tóxica que não posso fazer mais nada além de cair de joelhos.

Meu corpo é tomado por convulsões, minha visão vagueia com a ilusão das esferas brilhantes e eu agarro o chão com força e me arrasto na direção dela. Paro um momento para puxar a gola do meu suéter por cima do queixo, até cobrir minha boca e nariz, esperando que isso filtre a fumaça o suficiente para que eu possa derrotá-la.

Quando a encaro novamente, fico surpresa em ver que um grupo de espíritos animais começa a sair da toca.

A neve está derretendo.

A terra está esquentando.

A hibernação forçada deles chegou ao fim.

Vejo coelhos, gambás, esquilos e pardais entre eles. Mesmo assim, nenhum que eu reconheça. Nenhum com qualquer obrigação de me ajudar.

Continuo a olhar através da fumaça e da neblina, enquanto Phyre se move tentadoramente perto, a alma de Dace equilibrada de modo precário em sua mão.

– Lindo, não é? – Os dedos dela fecham, abrem e fecham novamente. Não deixa dúvida de que um único apertão e tudo estará acabado. – É tão frágil. Tão delicado. Tão fácil de... *esmagar*. – Ela dobra os dedos. Olha para mim. – É tão estranho segurar a alma do garoto que você ama na palma da sua mão. Temo que seja isso, Daire. Ele não pertence a nenhuma de nós.

Seus dedos se fecham.

Seus olhos se enchem de lágrimas.

Aproveito o momento para abaixar a cabeça e avançar direto nela. Acerto-a com tudo, mandando-a para o céu, os braços sacudindo descontroladamente. Até que ela atinge o chão com força, comigo em cima, e o golpe faz com que a alma fique livre, bem como eu esperava.

Eu a seguro no chão e observo a esfera subir. Desejo, com tudo que há em mim, que a presença familiar que localizei ao longe ainda esteja ao meu lado.

Pegue! Ah, por favor, pegue!

Phyre fica em pé, tenta passar por mim, mas é tarde demais.

O Corvo já desceu.

Já pegou a esfera no bico aberto.

E, no momento em que ele a entrega para o Cavalo, eu me viro e descubro que Phyre fugiu.

Trinta e seis

Dace

– Como se sente? – Daire me abraça apertado pela cintura, apoiando o queixo no meu ombro de um jeito que faz com que seus suaves fios de cabelo passem pela minha bochecha. Nossos corpos balançam no ritmo do passo suave do Cavalo.

– Bem. Ainda me sinto bem. – Viro o pescoço só o suficiente para ver os olhos verdes brilhantes dela, o corado róseo de suas bochechas, fascinado por sua beleza encantadora.

– Como seu antigo eu? – Ela aperta os olhos. Morde o lábio com força. Um gesto que reconheço: uma tentativa de manter a alegria contida, suas esperanças confirmadas.

Aperto os lábios e olho para a frente.

– Não. Ainda não – digo, me preparando para a mentira que vem. – Mas algum dia. Algum dia em breve. Tenho certeza disso. – Aceno para confirmar, mas a verdade é que não tenho prova alguma para apoiar minhas palavras.

Embora eu tenha conseguido minha alma de volta, ela ainda tem a marca de Cade.

No dia em que fiz um salto de alma para dentro do meu irmão gêmeo, eu voltei mudado.

Há uma boa chance de que eu nunca encontre o caminho de volta.

– Dace, posso ver seus olhos? – A voz dela é ao mesmo tempo forte e hesitante. E fico mais uma vez surpreso com a capacidade dela em fazer aquilo. De evitar meus medos como se nunca tivessem existido, convencendo-me a fazer a única coisa que eu preferiria evitar.

Com o coração pesado, permito que meu olhar encontre o dela, só para vê-la estremecer em resposta.

– Ah. – Ela abaixa o olhar para o colo, incerta do que fazer com aquilo; do que fazer comigo. Como se precisasse de algum tempo para processar e pensar.

Dou um suspiro arrasado, me preparando para perdê-la novamente. Mas não há como me preparar para algo assim. Não posso imaginar meu mundo sem Daire.

– Pensei que talvez... – A voz dela desaparece. Não é preciso prosseguir quando os espaços em branco são fáceis de preencher.

– Daire... – Faço uma pausa, deixando de lado a mentira que disse antes. Foi um ato covarde, egoísta. Acima de tudo, eu devo a verdade para ela. – Temo que não será tão fácil. Agora que roubei um pedaço de Cade, não tenho ideia de como me livrar dele.

Ela absorve minhas palavras com o rosto sério e levanta o queixo determinada, quando diz:

– O que posso fazer? Como posso ajudar você?

Aperto os olhos. Não tenho certeza se ouvi bem.

Ela quer ajudar? Quer dizer que não está pensando em me deixar?

– Deve haver algo que eu possa fazer – ela diz. – E, se não eu, então talvez Paloma saiba de alguma coisa... ou mesmo Chepi, ou Pé Esquerdo, ou Chay. Juntando os quatro, os anciãos são como um armazém de remédios e segredos mágicos.

Engulo em seco. Eu me sinto um pouco surpreso com as palavras dela. E mais do que um pouco envergonhado por duvidar dela. Daire é uma lutadora. Leal até o fim. Ela não desiste de ninguém.

Estendo o braço para trás e coloco a mão na parte de fora da coxa dela.

– Isso não é trabalho para a Buscadora – digo. – É uma bagunça que eu tenho de arrumar.

– Mas... você ainda é *você*, certo?

Olho adiante, seguindo o caminho do Corvo.

– Sim – digo, a voz quase inaudível. – Ainda sou eu... embora uma versão levemente mudada de mim. Não sou mais pura bondade e luz. A escuridão dentro de mim faz com que me sinta diferente... veja diferente... – Aperto a perna dela, precisando que entenda a magnitude das minhas palavras. – Mas há uma coisa que jamais mudará.

Ela enrijece o corpo atrás de mim, como se preparada para o pior.

– Meu amor e devoção por você.

Ela solta a respiração suavemente, encosta seu corpo no meu, até que eu fique consciente do volume de seus seios apertando com força minhas costas.

Fecho os olhos e solto um gemido involuntário. Eu me pergunto se ela tem ideia de como sua proximidade me afeta.

Estive fraco por muito tempo. Imerso em um mundo sombrio dos infernos, assombrado por arrependimentos. Mas, agora, com minha alma intacta, com minha força de vida vibrando dentro de mim e o calor do corpo de Daire pressionando insistentemente o meu, tudo o que posso fazer é manter meu desejo contido.

Passo meus dedos por toda a coxa dela, coloco a mão por trás de sua nádega e a puxo para mais perto. Estou dividido entre me deleitar com a sensação de cada curva e vale de seu corpo se encaixando no meu, e tentar protegê-la das profundezas da minha necessidade. Não estou completamente convencido se devo iniciar isso enquanto não sou inteiramente eu.

Mas, quando ela desliza a mão quente sob meu suéter e encontra minha pele ansiosa e desejosa, eu perco a luta. O mundo repentinamente se reduz à única coisa que realmente importa: nós dois juntos.

– Daire... – Minha voz é rouca, grossa de desejo. – Antes de continuarmos, o que acha de dar um tempo para nós? Dar uma pausa nos problemas? Não parece que eles estejam nos levando para algum lugar.

– Quer dizer à Fonte Encantada?

Os lábios dela sorriem no meu pescoço. Seus dedos passeiam pela minha cintura, moldando-se quentes em minha pele. O toque dela é tão seguro e insistente, que estou sob seu comando.

– Tenho certeza de que o Cavalo e o Corvo estão muito à nossa frente.

Com a mão livre, ela aponta adiante, e é quando percebo que por todo esse tempo nossos espíritos animais estavam nos levando para aquelas águas mágicas.

O Cavalo e o Corvo se afastam, enquanto Daire e eu tiramos nossas roupas e entramos na fonte. Ela sorri, o rosto brilhante e feliz, então, colocando as mãos nos meus ombros, me afunda na água até que ficamos completamente submersos. Só para emergirmos alguns momentos depois, notavelmente mais fortes, descansados e curados.

– Apesar do que aconteceu da última vez que estivemos aqui, eu me recuso a deixar Cade manchar a mágica que partilhamos neste lugar. – A voz dela é suave mas determinada, seus olhos surpreendentemente verdes brilhando em direção aos meus. – Eu me recuso a deixá-lo ditar nossas lembranças, ou o jeito como percebemos as coisas.

Concordo plenamente. Mas a visão dela parada diante de mim – nua, resplandecente e gloriosa, com gotas de água pendentes como joias em sua pele – me deixa sem palavras.

– Só quero que este lugar seja nosso novamente.

Ela se aproxima de mim, mas, como o homem ávido que sou, chego até ela primeiro. Meus dedos desejosos por sentir sua pele, meus lábios buscando os dela. Nós nos beijamos profundamente, completamente, nossa necessidade um pelo outro igualmente combinada. E, embora eu tenha ansiado muito tempo por este momento, não demora muito para que eu comece a querer mais.

Quero provar sua pele doce.

Mergulhar em sua carne.

Mesmo assim, espero até ter certeza de que ela está pronta. Até ela sussurrar meu nome em uma voz rouca de desejo.

Eu a levanto em meus braços e saímos da fonte. Coloco-a em um trecho suave de relva e roubo um instante para admirar seu corpo comprido e lânguido, o cabelo úmido que pende molhado nos ombros, antes de me unir a ela.

– Dace – ela sussurra, os lábios provocando minha orelha. – E se isso não for um engano? E se a escuridão que vive agora dentro de você for parte do seu destino?

Eu me afasto e olho profundamente em seus olhos.

– Se a escuridão define a luz... talvez isso faça você brilhar ainda mais.

Não tenho certeza se as palavras são destinadas para mim ou para ela, mas sua vontade de me aceitar, de buscar a bondade em mim como sou, me leva ao topo do mundo.

Curvo meu corpo sobre o dela. Mergulho em seus braços. Busco desesperadamente o cheiro de sua pele, o gosto de seus lábios, os mistérios de sua carne.

E, quando ela sorri e acena com a cabeça, me convidando a adentrar seu corpo, eu mergulho nele mais fundo do que jamais experimentei antes.

Trinta e sete

Daire

Quando chegamos à casa de Pé Esquerdo, todos os anciãos estão reunidos ao redor da mesa da cozinha, embora já não estivessem esperando por nós tão pacientemente.

Quer dizer, todos exceto Paloma.

Ela é a única que falta.

Chepi é a primeira a reagir. Ao ver Dace, ela salta da cadeira e corre até ele em uma mistura de gemidos e lágrimas. Ela o abraça forte, murmura suavemente na língua nativa deles. Então se afasta, segura o rosto do filho entre as mãos e examina cuidadosamente seus olhos.

– Você está de volta. – Sua voz soa surpreendentemente firme e segura, desafiando seu estado altamente emocional. – Mesmo assim, a escuridão permanece.

Dace desvia o olhar, soltando-se do abraço. Suas feições suavizam de alívio quando Pé Esquerdo o puxa de lado e diz:

– Vamos lá, deixe-me dar uma olhada em você.

O velho curandeiro o leva até o outro aposento para checar seus sinais vitais, e Chepi é rápida em segui-los, deixando-me sozinha com Chay.

Eu me sento ao lado dele e digo:

– Onde ela está? – Meu olhar desliza sobre seu nariz largo, maçãs do rosto definidas e olhos marcados, antes de repousar no escuro e brilhante rabo de cavalo que pende além de seu colarinho. – Presumi que Paloma estivesse aqui, esperando nosso retorno com o restante de vocês.

Chay hesita. Examina cuidadosamente o intrincado anel de cabeça de águia que sempre usa, com pedras douradas no lugar dos olhos.

– Paloma ficou em casa – ele diz por fim, as palavras tão bem guardadas quanto a expressão que mascara seu rosto.

– Por quê? – Eu me inclino em sua direção, alertada pela pontada incômoda em minhas entranhas, por seu olhar nebuloso e seus lábios austeros. Chay é honrado demais para ser um bom mentiroso. A enganação não é um esporte que ele pratica. Se não está mentindo, pelo menos está escondendo alguma coisa.

– Ela não está se sentindo bem – ele diz, suspirando profundamente enquanto fixa seu olhar no meu. – Eu insisti para que descansasse. Prometi a ela que ficaria de vigília até que você e Dace retornassem.

Apoio as mãos espalmadas na mesa e faço uma série de respirações lentas e constantes, em uma tentativa de me concentrar e controlar meu crescente alerta. Há mais do que isso. Alguma coisa está errada. Posso afirmar. Chay está muito mais preocupado do que deixa transparecer.

– Ok – respondo. – Agora que já ouvi a história que vocês dois combinaram, o que está acontecendo de verdade com Paloma? Vamos lá, Chay. Preciso que me diga a verdade. Posso lidar com isso, o que quer que seja.

– Não é algo que não possa ser remediado – ele diz, mas novamente suas palavras soam falsas. – Pé Esquerdo tem cuidado dela. E fará isso novamente assim que terminar de cuidar de Dace. Irei para lá também e passarei a noite caso ela precise de algo. – Quando isso claramente não aplaca meus temores, ele ergue a sobrancelha e prossegue: – Olhe, Daire, Paloma está sob muito estresse, como você já sabe. Estresse que começou há dezesseis anos, com a morte de Django. O estresse de perder seu único filho, o estresse de manter o legado Santos vivo por mais tempo do que o normal, juntamente ao estresse de manter os Richter contidos, especialmente com Cade agindo por conta própria e abrindo novas frentes a partir dos objetivos mais modestos de Leandro, como tem acontecido... tudo isso contribuiu para o estado atual dela. Mas não confunda: sua chegada a Encantamento foi a melhor coisa que aconteceu a Paloma em muito tempo. Seu trabalho como Buscadora não só aliviou o fardo que ela carrega, mas também a deixou excessivamente orgulhosa.

Fico sentada em silêncio diante dele, levando um momento para pesar suas palavras. Não importa o quão bem cifrada seja a mensagem, posso ver através dele. Chay está tentando acalmar meus piores medos. Insistindo que não sou nem um pouco culpada pela saúde debilitada de Paloma. Mas não vou morder a isca. Infelizmente, sei a verdade.

– Eu era uma Buscadora relutante. – Franzo as sobrancelhas, atormentada pela lembrança amarga da minha tentativa fracassada de fuga. – E, por causa disso, fiz Paloma atravessar o inferno. Atrasei o processo todo. Desde o momento em que finalmente resolvi agir ao seu lado, tive a sensação inegável de que estávamos correndo contra o tempo. Tempo perdido por minha causa.

– Você não fez nada fora do comum – Chay diz, cobrindo minha mão com a sua. Sua palma é quente, acolhedora, mas fracassa em proporcionar o conforto pretendido. – Sua reação foi perfeitamente normal, compreensível. Seu pai fez a mesma coisa.

Descarto as palavras com um movimento desafiador de cabeça, me recusando a deixar para lá com tanta facilidade. Aprender com meus erros requer que eu encare meus erros. Não devo me esconder atrás de um arbusto de desculpas convenientes.

– Paloma não se rebelou contra isso. Ela abraçou seu destino desde o início. Eu vi tudo. Ela fez comigo uma transmissão de linhagem. Partilhou sua jornada de vida inteira. Foi incrível. Inspirador. E me senti humilhada pelo nível de sacrifício pessoal que ela sofreu pelo bem maior de todos... – Minha voz falha, preciso de um momento antes de continuar. – A vida dela contém tanto sofrimento e perda, e eu... – Antes que eu possa completar, Chay me interrompe.

– Toda vida vem com sofrimento, Daire. É só a natureza das coisas. Cada dificuldade, cada batalha serve como um letreiro que nos leva até a verdade final: que nenhum de nós está sozinho. Não há um *nós* contra *eles*. Há somente *nós*. Estamos tão conectados a esta terra quanto estamos uns aos outros. Mas, para a maior parte de nós, a jornada para o esclarecimento começa com desespero. O momento em que somos obrigados a ficar de joelhos, deixados sem outra opção senão admitir que os caminhos antigos não estão mais dando certo, serve como um portal para um entendimento maior. Paloma sempre esteve ciente dos perigos de sua posição. Foi bem preparada por sua mãe, uma Buscadora antes dela. Sempre entendeu que grandes privilégios vêm com grandes responsabilidades. Nunca se deixou abater pelas tragédias. Assim como jamais tripudiou sobre seus triunfos. Ela permanece firme, humilde e presente. Com um olhar fixo no horizonte adiante. E não sou negligente se disser que ela espera o mesmo de você. – Ele dá um aperto tranquilizador nos meus dedos. A fria prata do anel do seu espírito animal é pressionada contra minha pele. – Ela é mais forte do que você pensa. Tenho certeza de que ela sairá dessa em pouco tempo. Está só se sentindo um pouco enferma, é isso.

– Paloma não se sente enferma. – Tiro a mão debaixo da dele e equilibro a cadeira nas pernas traseiras. Permito que meu olhar passeie, busque consolo nas tapeçarias *navajo* feitas à mão que abraçam o chão de madeira escura, no teto baixo e inclinado sobre nós, nos nichos profundos escavados nas paredes, cheios de todo tipo de cruzes, fetiches, santos esculpidos à mão e outros poderosos objetos de veneração aos quais Dace sempre se refere como *as ferramentas de atuação de um Trabalhador da Luz*. – Ela é imune a coisas como gripes e resfriados. Só fica doente quando está debilitada de algum modo. O que quer dizer que deve haver um motivo para isso. A alma dela ainda está intacta? Cade não conseguiu roubá-la de novo, conseguiu? – Volto meu foco para Chay, aliviada em ver que ele rapidamente nega com um balanço firme de cabeça. – Bem, talvez seja o Lobo, então... – Minha voz desaparece, enquanto tento encontrar sentido na ideia que acaba de me ocorrer.

Chay se vira na cadeira, acompanhando meu progresso, enquanto me afasto da mesa e caminho pela sala. Paro diante de um nicho que contém um belo fetiche de lobo esculpido em uma única pedra branca brilhante.

– Desde a semana passada até hoje, o Mundo Inferior estava em um estado gelado, congelado, que forçou todos os espíritos animais a hibernarem, então não estavam disponíveis para nos guiar. Então estou pensando que talvez Paloma tenha sido negativamente afetada pela ausência do Lobo.

Fecho a mão em torno da pedra, surpresa com seu peso e calor, enquanto Chay se recosta em sua cadeira e leva alguns instantes para considerar minhas palavras.

– Daire, embora eu não saiba com certeza se a falta de influência do Lobo é culpada, o que posso dizer é que a última semana sem você cobrou um preço. Em uma tentativa de apressar seu retorno, Paloma entrou em um profundo estado de jejum e oração... assim como Chepi e Pé Esquerdo... enquanto eu estava encarregado de manter o forte. Tenho certeza de que o jejum a deixou um pouco enfraquecida. Também tenho certeza de que, agora que você está de volta, ela vai começar a melhorar. Mas, lembre-se, você acaba de voltar. Vai levar algum tempo até ela recuperar as forças. – Ele assente, como se estivesse convencido, mas posso dizer que não está, assim como eu.

Estou prestes a pressioná-lo, quando noto um novo sulco gravado em sua testa, que faz seus olhos parecerem ainda mais profundos, mais marcados. Essa conversa não é apenas para aplacar meus medos, é para aplacar os dele também. Paloma é sua amante, sua parceira, sua companhia mais próxima e amiga. A simples ideia de perdê-la é um fardo que ele não está pronto para carregar.

Devolvo o Lobo ao nicho e atravesso o aposento até a pia, onde encho um copo de água e o sirvo para Chay.

– Mudando de assunto – digo, ansiosa para prosseguir em um terreno menos emocional.

Ele toma um grande gole e diz:

– Diga.

– O que você sabe sobre Oleandro?

– Oleandro... como a planta?

Confirmo com a cabeça, observando enquanto ele adota uma expressão pensativa. Sento perto dele.

– Phyre fez uma estranha referência a isso. Sobre ser seu nome do meio. Dado a ela por seu pai em seu décimo sexto aniversário. Pareceu tão estranho. Tão completamente fora de contexto. Mesmo assim ela claramente queria que eu soubesse. Há algo de incomum nisso? Quais são as propriedades da planta? O que a torna diferente de outros arbustos cujos nomes você daria para sua filha, além do fato de que o nome em si é, tipo, bonito?

– Bem, sou veterinário, não botânico – ele diz, a ponta dos dedos percorrendo os veios grossos da madeira da mesa. – Mas acho que é seguro dizer que é um arbusto comum, ornamental, considerado extremamente tóxico. Mataria um cavalo com facilidade. Uma pessoa também. O que mais ela disse? – Chay se senta um pouco mais ereto, os olhos brilhando, a mandíbula apertada, me dando atenção exclusiva.

– Sobre o oleandro... nada. Embora eu tenha visto ela tirar uma flor do bolso e comê-la.

Chay se inclina na minha direção.

– Descreva-a.

– Acha que era um oleandro?

– Talvez.

– Bem, como alguém que nunca teve uma casa, muito menos um jardim, não posso dizer com certeza. Não sou muito boa em identificar diferentes espécies de plantas, mas certamente poderia ser um oleandro. Em especial se considerarmos o jeito com que ela fez um estardalhaço tão grande sobre isso. Mas, honestamente, não há muito o que descrever. A flor era pequena, cor-de-rosa, bonita. Mas quando ela queimou o caule, ele emitiu uma nuvem de fumaça tóxica horrível. Pensando nisso, ela também tinha uma tocha de galhos secos que fazia a mesma coisa.

– Havia algum outro efeito? – A postura de Chay fica rígida; sua voz, tensa.

Penso no que aconteceu.

– Embora não pareça afetá-la nem um pouco, para Dace e para mim foi difícil. A fumaça era acre e pesada. E não demorou até que eu começasse a ficar realmente tonta, minha visão borrada e estranha a ponto de que tudo ao meu redor tivesse esse estranho efeito de auréola. Imaginei que fosse a influência do Mundo Inferior. Mas você acha que pode ser o oleandro?

– E você a viu comer a flor? – Chay substitui minha pergunta por outra. Tira e coloca nervosamente o anel de águia do dedo.

Eu me inclino para a frente, precisando saber o que ele sabe:

– Chay, no que está pensando? Isso realmente significa alguma coisa?

Sem responder, ele se afasta da mesa e enfia a cabeça na porta do aposento de trás, onde Pé Esquerdo ainda examina Dace.

– Chepi – ele chama. – Precisamos que venha até aqui. Preciso que nos conte tudo o que sabe sobre mulheres-veneno.

Trinta e oito

Daire

– Não existem mulheres-veneno há anos – Chepi diz. – Há tantos anos, que a maioria presume que seja um mito. Por que pergunta? – Seus olhos seguem desconfiadamente na minha direção. Como se de repente suspeitasse que eu possa ser uma.

Achei seu filho e restaurei a alma dele, exatamente como prometi, e ela ainda não confia em mim! O que mais tenho de fazer para ganhar sua aprovação?

– Muitas culturas têm histórias sobre mulheres-veneno – Pé Esquerdo diz. Depois de terminar de examinar Dace, ele se junta a nós, enquanto Dace vem logo atrás. – Na cultura indiana oriental, elas são conhecidas como Vish Kanjas. Os mitos japoneses as retratam também, e são chamadas de Dokufu. Segundo os mitos em geral, uma mulher-veneno é escolhida na infância, quando começa a receber doses de veneno pequenas mas regulares, a fim de aumentar sua tolerância. Com o tempo, seus fluidos corporais se tornam tão contaminados que fazer contato físico com elas se torna extremamente perigoso, se não fatal.

– Mas certamente um oleandro não é capaz disso... não é a planta preferida de paisagismo do sistema de autopistas de Los Angeles?

– O oleandro é altamente tóxico – Chepi diz, passando o braço ao redor de Dace e puxando-o para perto de si. – Uma das mais venenosas entre todas as plantas comuns de jardim. Ingerir o néctar da flor ou mastigar as folhas pode ser fatal.

– E, quando queimado, emite uma fumaça altamente tóxica que pode prejudicar a visão, causar tonturas e coisas piores – Pé Esquerdo acrescenta.

Dace e eu trocamos olhares. Somando nossa tontura e visão prejudicada à fascinação bizarra de Phyre por sua saliva, o jeito como seu hálito alternadamente inflamava e acalmava o fogo – pode ser verdade.

Tem que ser isso.

Phyre Oleandro Sanguejovem é uma mulher-veneno.

– O pai dela é um profeta maluco que lida com serpentes – Dace diz. – Vocês lembram, Suriel Sanguejovem. Aquele que costumava viver na reserva e que todo mundo procurava evitar? Aquele que lida com cascavéis para provar o quão justo é? Afirmando que Deus nunca permitiria que ele fosse picado... e que, se fosse, isso só provaria seus poderes para os descrentes, quando fosse imediatamente curado.

– Aquele que pegou o nome de solteira da esposa? – Chepi faz uma cara de desaprovação.

– Então vocês acham que talvez ele a esteja alimentando com uma mistura de veneno de cascavel e seiva de oleandro desde que ela era bebê, em vez de purê de bananas e cenouras, como o resto de nós? – pergunto, meu olhar indo de um ancião para o outro, antes de voltar para Dace.

– É possível – Pé Esquerdo diz. – Mas uma vida ingerindo extrato destilado de oleandro só é suficiente para causar um dano considerável em alguém que se torne íntimo dela. O veneno da cobra seria quase um exagero. Embora não tenho certeza se isso importa. Phyre está envenenada, disso estou certo.

Eu a imagino esperando do lado de fora da casa de Cade, umedecendo propositalmente os lábios antes de beijá-lo – e estou convencida de que Pé Esquerdo está certo. Ou pelo menos até me lembrar da história íntima de Phyre com Dace e a teoria desmoronar com a mesma facilidade.

Eu me viro para Dace, odiando fazer isso, mas tenho que perguntar.

– Alguma coisa estranha aconteceu com você depois que ficaram juntos? – pergunto, surpresa em descobrir que, aparentemente, sou a única que sabe da história deles.

Chepi recua, olhando boquiaberta para o filho, enquanto Dace abaixa o queixo e observa o chão de ladrilho trincado.

Embora eu sinta por tê-los deixado desconfortáveis, agora mais do que nunca preciso chegar ao fundo disso. Preciso provar ou descartar essa nova teoria aterrorizante que acaba de surgir na minha mente.

– Ouçam – digo. – Sei que isso é estranho, mas acho que a essa altura todos devemos deixar os constrangimentos de lado. O fato é que Dace esteve com Phyre, ainda que por um breve período, e preciso saber se...

– Não – Dace diz, os olhos azuis-gelo encontrando os meus. – Não tive nenhum efeito colateral, além de um caso persistente de arrependimento.

Torço meus lábios de lado, tentando encontrar sentido naquilo. Mas então me lembro de algo que Phyre disse:

"*Eu não recebi esse nome até ter dezesseis anos. Foi quando meu destino foi selado.*"

O que é provável que seja o mesmo ano em que ela se tornou tóxica.

O mesmo ano em que voltou a morar em Encantamento.

O mesmo ano em que seu pai ordenou que ela cumprisse seu destino, matando Dace ou Cade Richter, iniciando assim os Últimos Dias.

Meus olhos se arregalam. Não posso acreditar que não tenha visto isso antes.

– Que dia é hoje? – exclamo, procurando freneticamente um calendário. É impossível acompanhar o tempo nos Outros Mundos, e não tenho ideia em que dia estamos, muito menos quanto tempo Dace e eu ficamos fora.

– Trinta e um de dezembro – Chay diz. – Véspera de Ano-Novo.

Engulo em seco, tentando aliviar minha garganta, que fica repentinamente áspera. Minha voz está tão rouca que mal a reconheço quando pergunto:

– Que horas, especificamente, e o exato minuto? – Olho para a janela, horrorizada em descobrir o céu coberto pela noite.

– Onze e quinze. Por quê? – Chay se inclina na minha direção e começa a colocar uma mão confortadora sobre a minha, mas já estou fora da cadeira.

Agarro Dace pelo braço e o arrasto comigo, enquanto corro até a porta.

– Phyre vai matar Cade – digo, dando uma última olhada para trás. – E vai fazer isso com um único beijo fatal na virada da meia-noite!

o beijo da serpente

Trinta e nove

Daire

– Como é a tradição da véspera de Ano-Novo na Toca do Coelho? – Seguro a beirada do meu assento em uma tentativa de não bater a cabeça no teto, enquanto Dace manobra a velha caminhonete branca que salta na estrada cheia de buracos. – Já que todo feriado parece ser comemorado lá, estou me perguntando se há algo diferente na celebração. Alguma coisa que possamos usar.

– É a rotina de sempre. – Dace faz uma curva acentuada para a direita, as mãos agarrando o volante com tanta força que os nós dos dedos ficam brancos, contrastando com sua bela pele morena. – Decorações, chocalhos, chapéus estúpidos, música, comida, desordem, caos, embriaguez e a contagem regressiva para a meia-noite, quando todo mundo fica louco para ter alguém para beijar. – Ele endireita o volante e pisa fundo no acelerador de novo. Faz a caminhonete se erguer e cair em outra estrada de terra em condições ainda piores do que a anterior.

– E Phyre vai ficar louca para beijar Cade. É o prazo final que seu pai lhe deu quando disse: "*Garanta que esteja feito até a meia-noite... Depois disso é tarde demais.*" É a última chance de ela se provar digna de seu destino inventado. – Olho pelo espelho retrovisor lateral, observando a poeira rodopiar no nosso rastro.

– Então é melhor ela entrar na fila. – Dace olha na minha direção. – As garotas sempre são atraídas pelo meu irmão.

– É o controle da mente. Ele altera a percepção delas. – Faço uma careta, rápida em desprezar isso.

– E eu aqui pensando que você ia dizer que é porque ele tem a mesma boa aparência que eu. – Ele levanta uma sobrancelha, abre um sorriso. E, embora eu esteja feliz em ver que ele não perdeu o senso de humor, preciso de alguns instantes para entrar no clima e me juntar a ele.

– Você não se parece em nada com Cade. – Faço questão de evitar seus olhos quando digo isso, para que possa fingir que é verdade. – Você é um zilhão de vezes mais gostoso do que ele jamais será.

Dace dá uma gargalhada – o som profundo e verdadeiro –, acrescentando um pouco de leveza bem-vinda em um estado de espírito que estava sombrio.

Mas o efeito tem vida curta. Outro momento passa e, mais uma vez, nossos problemas se intrometem.

– Todo ano é a mesma coisa, mas Lita estava sempre lá para expulsar as outras garotas, para mantê-las longe. Este ano, sem ela, pode ser um problema.

– Ninguém tem chance contra Phyre. Se nossa teoria estiver correta, ela fará questão de chegar primeiro até ele. Está mais do que determinada – digo. – E seria um erro subestimá-la. Ela é esperta, astuta e desesperada... uma mistura mortal. E também sofreu uma série de grandes derrotas. Tendo falhado em todo o resto, esta é a última chance de ela deixar o pai orgulhoso. – Franzo as sobrancelhas ao ver o relógio no painel. Temos menos de quarenta minutos. – Não é muito tempo para conseguir cumprir a missão. – Dou um tapinha no meu bolso por garantia, grata pelo athame que coloquei lá.

– E podemos ter menos tempo ainda. Suriel está convencido de que o Ano-Novo serve como um arauto para os Últimos Dias. E, embora tenha encarregado Phyre da tarefa de matar Cade, ele também perdeu a fé na habilidade dela de cumprir a missão. Pode não querer se arriscar. Pode nem mesmo deixar chegar a esse ponto.

– Não tenho dúvidas de que ela vai adiante com isso. Você devia ter visto o rosto dela antes de fugir do Mundo Inferior. Agora é uma questão de princípios. Além do mais, ela está cansada de ser contrariada em tudo o que se propõe a fazer. Se encontrarmos Cade, nós a encontramos.

– Ou Suriel. – O olhar que Dace me lança é tão sinistro quanto sua voz.

– De qualquer modo, estará terminado à meia-noite.

– E estaremos tão ocupados detendo Phyre que não serei capaz de beijar você. Nossa sorte pode ser pior? – Ele para no final do beco, desliga o motor e se vira na minha direção com olhos profundos e assombrados.

– Pode ficar pior. Se não formos capazes de detê-los...

Ele se inclina na minha direção e pressiona um dedo nos meus lábios, confundindo as minhas palavras antes que eu possa pronunciá-las.

– Vamos detê-los – ele diz. – Vou garantir isso. Agora que tenho você de volta, não tenho planos de perdê-la novamente. – Ele hesita por um momento, como se quisesse substituir o dedo por seus lábios, então se afasta abruptamente e salta da caminhonete, enquanto eu faço a mesma coisa. – Se Cade fosse uma pessoa razoável, poderíamos simplesmente avisá-lo de que Phyre é uma mulher-veneno e que seu súbito interesse por ele é parte da louca visão apocalíptica de seu pai, e daríamos seguimento à nossa noite. Mas nunca é tão fácil, não é?

– Isso só incitaria a suspeita dele e o jogaria direto nos braços dela. Ele nunca acreditaria que realmente pretendo salvar sua vida horrível, inútil e miserável. Mal consigo acreditar eu mesma. – Dou uma espiada no beco, vendo um pequeno grupo de pessoas reunido no outro extremo. – Por que estacionou aqui? Este é um local permitido? E por que tão longe? A última coisa de que precisamos é ser rebocados.

– Confie em mim, ninguém será rebocado. Há algumas noites no ano quando todas as regras são suspensas. Esta é uma delas.

– Deixe-me adivinhar: a outra é no Dia dos Mortos.

– Só que a festa de Ano-Novo na Toca do Coelho é como o Dia dos Mortos com esteroides. – Dace capta meu olhar incrédulo e segura minha mão. – Pensei que seria melhor estacionar longe de vista e entrarmos sorrateiramente pelos fundos. Os seguranças podem estar de folga agora, mas por que correr o risco de eles alertarem Cade que estamos aqui? Melhor entrarmos sem ser anunciados.

Fazemos nosso caminho pelo beco. Guiados pelos gritos de folia que ecoam pelo edifício, o brilho opaco da única lâmpada da rua cria uma estranha sombra que, à primeira vista, confundo com um animal.

Um animal bem grande. Como um grande coiote, uma raposa ou até mesmo um lobo.

Paro de repente, piscando diante do espaço vazio. Eu poderia jurar que o vi devolver meu olhar com olhos brilhantes.

– Você viu aquilo? – sussurro, alternadamente encarando e piscando para o que agora é claramente um espaço vazio diante de mim.

Dace nega com a cabeça. Ele me observa com preocupação.

– Você não viu nada?

Ele levanta os ombros em resposta.

– Você está bem? – pergunta ele, entrelaçando seus dedos nos meus.

– Sim. Estou bem. – Esfrego a mão nos olhos. – Não seria a primeira vez que eu imagino ver algo lá fora. Da última vez eram pessoas brilhantes e corvos.

– E dessa vez?

– Um coiote, um lobo, uma raposa, um labrador? – Eu me inclino ao lado dele e começo a caminhar novamente. – Difícil dizer com certeza.

– Truque de luz – Dace diz.

– Deve ser – murmuro, fazendo meus passos acompanharem os dele. Com tanta coisa em jogo, não há tempo a perder.

Dace para diante da porta dos fundos, prestes a abri-la, quando diz:

– A festa de Ano-Novo na Toca do Coelho é basicamente uma boca-livre. Prepare-se para qualquer coisa.

Ele não está brincando. Desde o momento em que entramos, é como se chocar contra uma parede de barulhos que cheira vagamente a pipoca, cerveja e promessa azeda de vômito. E é só a primeira impressão vinda da porta dos fundos. E não posso nem mesmo imaginar o que encontrarei depois que estivermos no meio daquilo.

Ele me guia pelo labirinto da cozinha. Como no ano passado trabalhou aqui, Dace sabe o caminho muito melhor do que eu. E quando irrompemos pelas portas duplas, é exatamente como ele disse – uma visão do caos absoluto nos cercando.

O clube está lotado de pessoas. Seus chocalhos, buzinas, apitos, *kazoos*, castanholas, tamborins e maracas concorrendo com a banda. Uma chuva de balões cai continuamente do teto, enquanto máquinas de fumaça e de bolhas trabalham em cantos alternados. E, depois de uma rápida olhada ao redor, é claro que a idade mínima para beber foi revogada e quase todos estão aproveitando. Sem saber que em Encantamento não há passe livre. Os Richter atacam os estados mentais enfraquecidos das pessoas – a embriaguez está entre os principais. Eles prosperam com o comportamento desinibido, imprudente e indiscriminado que a bebida provoca. Só é preciso uma bebida para a maioria, e a próxima coisa que você sabe é que caiu na isca dos Richter.

– Está até mais lotado do que no ano passado, se é que é possível acreditar nisso – Dace grita para ser ouvido por cima do ruído. Analisando a multidão, ele acrescenta: – É como se cada cidadão de Encantamento estivesse aqui. Talvez até alguns de fora da cidade também.

– Por que alguém escolheria vir aqui para passar a virada do Ano-Novo? Parece deprimente. – Dace e eu trocamos um olhar rápido, enquanto ele aperta minha mão com força e me puxa em meio à multidão esmagadora.

Nós dois atravessamos nuvens de confete e balões com relógios pintados que caem do teto como pedaços gigantes de granizo. Passamos por paredes cheias de bandeiras negras e prateadas que proclamam FELIZ ANO-NOVO!, enquanto um projetor escondido lança a imagem de um coiote de neon rodopiando pelo salão.

É loucura.

É tanta sobrecarga sensorial que nem mesmo sei para onde olhar. O que provavelmente é o motivo pelo qual percorremos todos os caminhos até o centro do salão antes que eu perceba que, além de todos os chocalhos e bastões luminosos, os presentes estão usando máscaras.

– Qual é o problema dessas pessoas com máscaras? – Olho ao meu redor.

Ao contrário das máscaras usadas no Dia dos Mortos, nenhuma delas é de caveira, mas são bem elaboradas do mesmo jeito. Algumas são cobertas de renda, outras com intrincados arranjos de pena na cabeça, em estilo arlequim, com fitas e pedras preciosas, na forma de asas de borboleta, com narizes gigantes e aduncos, com chifres, criadas a partir de tiras de seda que pretendem esconder apenas a área ao redor dos olhos e nada mais.

– Como se já não fosse difícil o bastante encontrar Phyre e Cade nessa confusão, isso torna a tarefa praticamente impossível! – grito para ser ouvida por cima do barulho.

– Originalmente, as máscaras eram feitas para representar a escuridão que habita dentro de nós. Removê-la durante o beijo da meia-noite simbolizava um ato de purificação, uma chance de recomeçar. Mas os Richter não são muito chegados em tradição. São sempre guiados por sua própria agenda sórdida. – Dace pressiona os lábios na minha orelha, com um toque breve mas acolhedor. – Usar uma máscara diminui as inibições, o que, por sua vez, inspira o estado suscetível à manipulação dos Richter.

– Tudo o que eles fazem tem uma segunda intenção. – Continuo a observar o salão. O redemoinho constante de luzes e barulhos, bolhas e fumaça, torna impossível discernir qualquer um em particular. – Como supostamente vamos encontrar nossos amigos, sem falar nos nossos inimigos? Lita disse que estariam no lugar de sempre, mas não posso nem mesmo dizer onde é isso.

– Vamos encontrá-los do mesmo jeito que sempre fazemos – Dace diz. – Vamos desligar o barulho e ouvir o que nossas entranhas já sabem. – Ele pega duas máscaras de uma mesa e me dá uma.

– Não tem nada mais discreto? – Olho a máscara negra simples que ele desliza em seu rosto, preferindo-a à máscara turquesa brilhante com penas prateadas e douradas que ele me dá.

– Combina com você – ele diz, arrumando-a cuidadosamente para cobrir meus olhos, antes de ajustar a tira que se prende suavemente à parte de trás da minha cabeça. Então pressiona seus lábios em meu rosto e diz: – Vamos, Santos. Venha comigo.

Pedaços brilhantes de confete chovem ao nosso redor enquanto Dace me puxa para o meio da multidão. Ele me leva até o outro lado do salão, onde Xotichl está sentada com Lita, e Auden parado ao lado delas, com a máscara erguida até a testa, em uma conversa intensa (ou talvez seja só por causa de toda a gritaria requerida para ser ouvido na multidão) com um homem que não reconheço.

– Li sua mensagem de texto pela centésima vez. – Lita levanta os olhos do telefone. – E, embora eu esteja feliz por vocês ainda estarem vivos e por sua alma estar de volta – ela dirige as palavras para Dace –, acho que a manchete principal aqui é que Phyre Sanguejovem é uma mulher-veneno! – Ela balança a cabeça e puxa a máscara de Marilyn Monroe para cobrir seu rosto. – Eu disse ou não disse para vocês? – ela fala através de lábios moldados e franzidos.

– Você nos disse o quê? – Xotichl pergunta. Tendo trocado o uso da máscara por sua própria boa aparência natural e limpa, ela torce o nariz em tom de diversão. – Não me lembro de você ter mencionado essa teoria em particular.

– Eu disse que não confiava nela. – Lita levanta a máscara novamente, olhando de modo incisivo para cada um de nós. – Eu disse que ela estava aprontando alguma coisa. E isso prova que eu estava certa!

Xotichl dá de ombros, sem estar inteiramente convencida, enquanto Dace faz um sinal com o polegar na direção de Auden e diz:

– Com quem ele está conversando?

– Quer dizer o cara com rabo de cavalo e duas argolas nas orelhas?

São necessários alguns segundos para captarmos, mas, quando finalmente fazemos isso, Dace e eu nos inclinamos na direção dela e dizemos:

– Xotichl... você consegue vê-lo?

Ela respira fundo e acena de leve com a cabeça. Mas antes que eu possa reagir, ela é rápida em acrescentar:

– Posso vê-lo da mesma maneira que fiz no Mundo Inferior. O contorno de sua forma, a cor de sua energia. Coisas assim. Imagino que essas coisas balançando em seu pescoço e orelhas sejam um rabo de cavalo e argolas, ou então ele é apenas outro demônio da Toca do Coelho.

– Então a mágica ficou. – Eu a estudo de perto. Não achava que fosse possível. Mais uma vez, se há uma coisa que sei com certeza é que há muito mais no mundo que ainda preciso descobrir.

– Não falei nada antes porque não tinha certeza se ia durar e não queria que ninguém ficasse com esperanças – ela diz. – Mas, agora, penso que talvez depois que toda essa confusão tiver sido resolvida, podemos ir lá embaixo de novo e ver se melhora.

– Conte com isso. – Abro um sorriso, grata por uma coisa boa em uma pilha imensa e gorda de coisas horríveis.

– De qualquer modo, o homem com rabo de cavalo é de uma gravadora. Auden se encontrou com ele mais cedo. Está interessado em gravar o Epitáfio. Não é ótimo?

Xotichl está toda animada, então faço o melhor possível para ficar do mesmo jeito. Mas parte de mim não pode deixar de questionar por que alguém viria a Encantamento na festa de Ano-Novo para contratar bandas. Parece estranho. Não faz sentido. Mas Xotichl é tão adepta da leitura de energia que, tenho certeza, se tivesse algo de estranho nisso, ela teria captado imediatamente.

– Algum sinal de Phyre ou Cade?

– Estão os dois aqui. Suriel também – Xotichl diz.

– Chegaram aqui um pouco antes de mim. Eu estava cerca de vinte pessoas atrás deles na fila para entrar – Lita conta. – Foi quando decidi entrar pelos fundos.

– Eles viram você? – pergunto, uma ideia se formando na minha cabeça.

– Eles me viram e me esnobaram. Não que eu me importe.

– Que tipo de máscara Phyre está usando?

– Ela está usando uma máscara de gato. Não uma máscara inteira, só uma meia máscara. Ah, e está usando uma camiseta justa que diz: ME BEIJE, É MEIA-NOITE EM ALGUM LUGAR! – Ela revira os olhos. – Crickett e Jacy também estão usando. Juro, elas são tão maria gasolina.

– Acho que você quer dizer maria vai com as outras. – Xotichl dá uma gargalhada.

Mas Lita apenas dá de ombros.

– Tudo o que sei é que é assustador quando você percebe o que ela realmente pretende fazer com aquele beijo.

– Ela aceitou algum pretendente? – Dace pergunta.

– O segurança tentou dar em cima dela, mas ela apenas riu e disse: "não acredite em tudo o que lê".

– Bem, pelo menos ela não está planejando um massacre. – Xotichl faz uma careta e continua a observar o salão.

– Sim, já temos falta suficiente de garotos nesta cidade – Lita resmunga. – De qualquer modo, da última vez que vi, Jacy e Crickett estavam por ali. – Ela faz um gesto na direção da parede mais distante, que daqui parece uma névoa de fumaça, bolhas, balões e confetes. – Mas Phyre seguiu em frente.

– Tenho me esforçado para conseguir uma leitura dela – Xotichl diz –, mas com todo esse ruído e caos está demorando um pouco mais do que o normal para minhas habilidades alcançarem a velocidade normal.

– Quando o Epitáfio vai tocar? – Dace pergunta.

– Logo – Xotichl diz, dando uma olhada rápida para onde Auden está parado.

– Então estarão tocando à meia-noite?

Ela assente.

– Quem faz a contagem regressiva até a meia-noite? – pergunto. – A banda?

– Depende – Dace diz. – Algumas vezes Leandro decide fazer isso. Por outro motivo senão para conseguir uma oportunidade de lembrar a todos para quem devem mostrar lealdade. Mas, algumas vezes, ele deixa para lá e a banda cuida disso. Depende do humor dele.

– Bem, teremos que encontrar Cade e Phyre bem antes disso. Não posso me arriscar que ela vá esperar a contagem regressiva para começar.

– Sei onde podem procurar – Lita diz, imediatamente chamando nossa atenção. – Todo ano os Richter fazem sua festa particular dentro da festa. Cade me levou lá nos últimos anos.

– Onde? – Eu me inclino na direção dela.

– Bem, esta é a questão: eu não sei.

– Você estava lá e não sabe como? – Xotichl franze as sobrancelhas.

– Eles fazem você passar por uma estranha iniciação que envolve cigarros e vendas. Olhando para trás, não posso acreditar que fiz isso. Mas, naquela época, parecia tão secreto e emocionante... De qualquer modo, supõe-se que seja uma grande honra ser convidado. Ou pelo menos é como eles querem vender a coisa. E, acredite em mim, funciona. Ninguém jamais recusa.

Cigarros e vendas – Dace e eu trocamos um olhar de entendimento.

– Você atravessa um longo túnel que leva a uma caverna de luxo realmente bizarra? – pergunto, sabendo a resposta muito antes que Lita acene com a cabeça, confirmando.

– Vocês já estiveram lá? – Ela olha para nós dois, fazendo com que uma mecha de cachos caia em suas bochechas.

– Uma ou duas vezes. – Olho para Dace. – E parece que vamos novamente. Mas se você os vir aqui fora, assegure-se de me mandar uma mensagem imediatamente.

– É isso? – Lita balança a cabeça, franze os lábios até deixá-los iguais aos da máscara. – Esse é meu trabalho? Mandar uma mensagem? É só disso que acha que sou capaz?

– Você já fez seu trabalho. Acho que pode tê-los localizado. – Virando para Xotichl, digo: – Fique observando o salão. Se a energia começar a ficar estranha, mais estranha do que já está, faça o que for preciso para sair daqui. Não se preocupe com Dace e comigo... apenas agarre Auden, Lita e quem quer que esteja por perto e corra como o vento. Ok?

– Entendido. – Ela assente. Sua voz trai sua ansiedade crescente, quando diz: – Vocês não acham que haja alguma coisa da conversa doida de fim de mundo de Suriel, acham?

Os olhos de Lita se arregalam enquanto ela olha para mim e Dace.

Mas sou rápida em deixar aquilo de lado.

– Em um nível místico, não. Mas não me espantaria se ele fizesse algo completamente insano a fim de simular alguma aparência de sua fantasia confusa. Então, o que quer que aconteça, fiquem em segurança.

Olho para meus amigos, me assegurando de que estão todos a bordo, antes de dizer:

– Ah, e mais uma coisa... – Pego a máscara de Lita e a substituo pela minha.

– O que está fazendo? – Ela lança um olhar triste para sua máscara de Marilyn, claramente desconfortável em vê-la em minhas mãos.

– Fingindo ser você. Phyre sabe que Cade ainda está na sua, então usar sua máscara pode atraí-la até mim. Cade também, pelo mesmo motivo. Imagino que vale a tentativa.

Lita coloca uma mão desafiadora no quadril, tão ofendida quanto não convencida.

– Ok... sem ser rude, mas não tenho certeza de que você tenha o necessário para fazer isso. Não é nada fácil ser eu. Há muito mais do que uma obsessão pela Marilyn. Não é nem de perto tão fácil quanto parece.

– Não tenho dúvidas disso. – Por trás da máscara, dou um meio sorriso e começo a me afastar. – Mas você sabe o que dizem: as pessoas tendem a acreditar no que veem.

quarenta

Dace

– Tem certeza sobre a máscara? – Analiso Daire com preocupação. Observo enquanto ela mexe nas tiras, ajustando-as para cobrir melhor seu rosto. – Isso a coloca em risco. Torna você um alvo *tanto* para Phyre *quanto* para Cade.

– Acredite em mim – ela diz. Com a máscara firme no lugar, ela caminha rapidamente ao meu lado. – Como Buscadora e como sua namorada, sou mais alvo sem isso. Além do mais, se o que diz é verdade, melhor eu correr risco do que Lita. Pelo menos tenho as habilidades para me defender. Mesmo assim, se chegar a isso e, de algum modo, nos separarmos, eu cuido de Phyre e você cuida de Cade. Ele quer me matar. Ela quer matar você. Não vamos dar oportunidade para nenhum dos dois fazer isso. E, o que quer que faça, fique atento a Suriel também.

– Posso cuidar de Suriel – digo, precisando que ela acredite nisso. Mas seu balanço firme de cabeça me diz que ela está longe de estar convencida.

– Agora que está novamente com sua alma, ele irá atrás de você com a mesma facilidade que irá atrás de Cade. Ele não se importa com qual dos dois morra... uma vez que o outro irá na sequência.

Eu podia continuar a pressionar, tentar fazê-la entender meu ponto de vista, mas quando chegamos ao escritório de Leandro e a porta está entreaberta, permitindo que vozes abafadas venham de dentro, faço um sinal para ela ficar de olho enquanto arrisco uma espiada.

Da última vez que estive aqui, fiz um salto de alma em Cade e voltei com um pedaço roubado de sua escuridão. Uma recordação que, uma vez obtida, não sei como me livrar dela. E, depois de conversar com Pé Esquerdo essa noite, não tenho certeza se devo tentar.

Há aspectos positivos e negativos em tudo, ele disse, no momento em que Chepi nos deixou sozinhos no quarto. *A brisa se transforma em um tornado, o oceano se levanta em um tsunami, uma fogueira de acampamento vira um incêndio, de um floco de neve surge uma nevasca, e com o homem não é diferente. Talvez isso não seja a maldição que você pensa. Talvez você simplesmente tenha se tornado um humano completo pela primeira vez.*

Nunca pensei desse jeito. Nunca pensei em ver isso como algo além de um erro que me custou muito caro.

Mas, agora que ele colocou a questão dessa forma, bem, não posso deixar de me perguntar se ele está certo.

Talvez a escuridão que ingeri voluntariamente não seja um erro colossal.

Talvez só me torne normal.

Tudo o que sei com certeza é que, agora que isso está em mim, tenho que encontrar um jeito de usá-lo. Se já houve um momento para convocar a escuridão dentro de mim, o momento é esta noite.

Levanto a mão aberta e empurro a porta com força. Pronto para encarar Leandro nos meus próprios termos, do meu jeito, até me encontrar olhando fixo para a escrivaninha bagunçada e uma cadeira de couro vazia. As vozes que ouvi estão vindo da grande TV de tela plana.

Depois de uma busca rápida pelo aposento, procurando alguma coisa que possa ser útil, e de uma olhada nos monitores de segurança que só provam como é impossível localizar alguém em particular, saio da sala, seguro a mão de Daire e corro até o vórtice.

Cigarros a postos, estamos prontos para encarar a brigada normal de bestas, só para descobrir o véu aberto e oscilando diante de nós, sem nenhum demônio para guardá-lo.

Nenhum demônio.

Nenhuma besta.

Nenhum Coiote.

Nenhum Richter.

Quase como se estivessem me desafiando a invadir.

Como algum tipo de armadilha.

Daire e eu trocamos um olhar rápido, e sei que ela está pensando o mesmo que eu.

É um desafio – um truque – ou simplesmente eles têm certeza de que não ousaríamos invadir?

Imaginando o que vamos encontrar do outro lado, passamos pela parede que não é uma parede de verdade e seguimos pelo túnel com passos propositalmente leves, mas que, mesmo assim, são amplificados em uma série de batidas pesadas e monótonas que certamente os alertam.

Não é coincidência que os Richter tenham feito a entrada de lata.

Nada do que eles fazem é por acaso.

Nada, exceto eu, na verdade.

Segundo Cade, sou o maior e mais lamentável erro que Leandro já cometeu.

E, se não fizer mais nada com minha vida, juro provar que ele está certo.

Ele não tem ideia do quanto vai lamentar a violência que cometeu com minha mãe no dia em que me conjurou.

Não tem ideia do meu juramento de fazê-lo pagar.

Minhas mãos automaticamente se fecham em punho. Só o pensamento é o bastante para despertar o pouco de escuridão roubada dentro de mim.

Começa com um lampejo que logo se transforma em um tamborilar profundo que continua a crescer e a se expandir até que todo o meu corpo está vivo, com uma intensidade vibrante que é difícil conter.

Luto para controlar minha respiração – para relaxar meus membros. Com Daire bem ao meu lado, não posso me permitir perder o controle.

Mesmo assim, deve ser o que Cade sente quando se transforma na versão demoníaca dele mesmo.

Libertado.

Livre.

Desprendido de todas as obrigações morais – excedendo todos os limites físicos.

– Você está bem? – Daire pergunta, a voz não mais do que um sussurro; mesmo assim, parece que ela ecoa nas paredes e reverbera na minha cabeça.

Inspiro profundamente, dou um olhar apressado para o meu corpo.

– Sim, bem – murmuro, surpreso em descobrir que ainda sou eu. Suéter preto. Jeans escuro. Nada de garras, nada de rabo, nada de pés escamosos, e, mesmo assim, não há como negar a presença da criatura agora desperta em mim.

Daire me lança um olhar preocupado, mas continua na direção da entrada da toca, onde nós dois paramos, observando uma festa em pleno andamento. Todos alheios à nossa presença.

Todos exceto o Coiote, na verdade.

Rosnando, com os olhos vermelhos brilhando, ele salta bem na direção da minha garganta. Sua sede de sangue irresistível atiçada pelas lembranças dos banquetes anteriores que fez com minha carne.

Em algum lugar ali perto, uma garota grita.

Outra berra.

Enquanto a besta rosnando avança na minha direção com a única intenção de matar.

Instintivamente, Daire salta entre nós – tenta intervir. Induzida pelo conhecimento de que, como espírito animal de Cade, os ferimentos que o Coiote causar em mim não terão efeito em meu irmão gêmeo.

Mas minha escuridão interior está retumbando.

Vibrando.

Ela me deixa com uma força desconhecida e reflexos incrivelmente rápidos.

Muito antes que Daire possa entrar na briga – muito antes que o Coiote possa cravar seus caninos na minha carne –, eu o agarro no meio do salto e abro caminho entre a multidão.

– Onde está Cade? – grito, com o Coiote rosnando pendurado em minha mão.

A aglomeração de pessoas bêbadas se abre diante de mim, deixando uma clara visão de Leandro sentado em uma cadeira de tamanho exagerado, com duas mulheres seminuas sentadas cada uma em uma perna.

Ele levanta a cabeça, me avalia por cima do nariz grande. Descarta as mulheres sem cerimônia, de modo tão descuidado que elas caem de seus joelhos.

– Cade não está aqui – ele diz, olhando alternadamente para mim, para o Coiote e para Daire, logo atrás de mim. Olha para meu assustador primo Gabe, sentado em um sofá no outro canto, entre duas loiras atenciosas, cada uma massageando um ombro, enquanto outra fica atrás dele, massageando suavemente seu pescoço. Sua noiva, Marliz, não está à vista.

Com um olhar aguçado de Leandro, Gabe descarta as mulheres de maneira parecida. Manda-as embora sem um segundo olhar e salta de seu assento como se estivesse prestes a me expulsar, quando Leandro ordena que ele se contenha.

– Onde está ele? – pergunto. – Onde está Cade?

Leandro se acomoda mais no fundo das almofadas, entrelaça as mãos atrás da cabeça e olha para nós dois como se estivesse profundamente intrigado com a cena que se desdobra diante dele.

– Onde ele está? – Daire pergunta, em tom agressivo. – Tirando a noite de folga, junto dos outros demônios? – Ela ajeita sua postura, as mãos fechadas em punho do lado do corpo. Quer que ele saiba que, embora ela tenha constituição enganadoramente pequena, não é uma garota com quem se pode brincar.

O Coiote continua a choramingar e a se debater, mas eu o agarro forte, e, para ele, isso é um pequeno incômodo, na melhor das hipóteses.

– Não tenho a noite toda – digo. – Diga onde Cade está e o Coiote *poderá* viver.

Ao ouvir isso, Gabe abre um sorriso lento, feroz, que não chega nem perto de seus olhos.

– Você é engraçado. – Seu olhar me percorre da cabeça aos pés. Fazendo um sinal de cabeça para Leandro, ele acrescenta: – Eu não tinha ideia de que ele era tão engraçado.

– Há muita coisa que você não sabe sobre mim. – Aperto ainda mais a mão, estrangulando o Coiote com tanta força que sua língua cai inútil para o lado do focinho e seus olhos começam a saltar das órbitas.

– Estou começando a acreditar nisso – Leandro diz, me analisando com súbito interesse. – Tem certeza de que quer matá-lo? – Faz um gesto na direção do Coiote, como se, de qualquer maneira, não tivesse interesse real no resultado.

Ele está blefando. Não tenho dúvidas. Ele deve estar ciente da conexão entre o Coiote e Cade.

Olho de relance para a besta. Lembro-me de seus ataques selvagens. Como me arrastou para a dimensão mais infernal possível e como parecia sentir prazer ao executar aquela tarefa.

Ainda que o desejo de ver a luz em seus olhos se apagar para sempre é certamente forte, no fim, o bom senso vence.

Meu objetivo é manter Cade vivo. Ou, pelo menos, meu objetivo esta noite. O que quer dizer que não posso correr o risco de matar o Coiote até ter certeza de que isso não me causará nenhum dano.

– Hoje não. – Jogo a besta aos meus pés, sorrindo de prazer quando o vejo escapulir e se esconder.

– Uma decisão sábia. – Leandro cruza as mãos sobre o peito enquanto continua a me avaliar. – Então, parece que outro ressuscitou dos mortos.

Ele muda seu foco para Daire, encarando-a com uma intensidade que faz com que lamente ter largado o Coiote. Antes de tudo, eu podia tê-lo usado como um trunfo. Mas, agora, se ele tentar qualquer coisa, terei de confiar em meu juízo, na minha força e na besta agora desperta dentro de mim.

– Primeiro sua namorada, a Buscadora, e agora você. E parece que você voltou novo e melhorado. Como conseguiu isso? Estou realmente curioso. – Ele apoia as mãos sobre os joelhos, como se estivesse pronto para uma boa conversa.

– Acho que seu filho pródigo falhou. *De novo* – Daire diz, encarando-o com os olhos cheios de ódio.

– E parece que eu subestimei o irmão gêmeo dele. – Leandro descruza as pernas, deslizando para a beirada do assento. – Acreditem em mim, é um erro que não cometerei de novo. – Ele olha para seu chamativo relógio dourado, esfrega as mãos uma na outra e diz: – O ano está quase no fim. – Ele olha para mim. – Nunca é tarde para um recomeço. Que tal ter seu velho emprego de volta? Posso até mesmo lhe dar um aumento. O que me diz?

Se eu não soubesse o que sei, se ainda fosse abençoadamente desinformado sobre como vim a este mundo, a oferta seria inegavelmente tentadora. Preciso desesperadamente de uma fonte maior de dinheiro. O aluguel da porcaria do meu apartamento está prestes a vencer, e não tenho ideia de como vou cobri-lo. Mesmo assim, não há como voltar atrás. Não dá para ignorar o que sei.

– O que dizem sobre amigos e inimigos e mantê-los por perto? – Fixo-me no olhar dele por um momento, então espio além de seu ombro, tentando ver os aposentos logo atrás, me perguntando se Cade pode estar escondido em um deles.

– Está nos chamando de inimigos? – Leandro parece pensativo, senão vagamente ofendido.

– Certamente não somos amigos. – Levanto os ombros, dou uma olhada rápida em Daire, que ainda está encarando Leandro e Gabe.

– E quanto à família? – Gabe diz, a gargalhada interrompida por um olhar aguçado de Leandro.

– Sou um Penabranca, não um Richter – digo.

– Você é meio Richter. – Os olhos de Leandro ficam sombrios enquanto uma ruga profunda se forma em sua testa. – Eu o trouxe a este mundo. Nunca se esqueça disso.

– Não acho que tenha que se preocupar com isso. A verdade da minha existência não é algo que eu seja capaz de esquecer. – Meu tom de voz contém uma promessa inconfundível da ameaça que pretendo cumprir. – Além disso, a metade da qual você está falando não é a metade que conta. – Estreito meus olhos, até que meu olhar se torna tão obscuro quanto o dele.

– Não tenha tanta certeza. – Leandro se recosta, aparentemente satisfeito com a troca, o que me irrita profundamente. Fazê-lo feliz nunca foi minha intenção. Destruí-lo, sim.

– Sou o erro que você vai viver para lamentar. – Lanço um olhar desafiador, esperando que ele morda a isca.

Sou incapaz de dar nome ao clarão fugaz de emoção que cruza seu rosto quando ele diz:

– Tampouco tenha tanta certeza disso. – Ele me examina por um longo momento, então muda seu foco para Daire. – Ele não está lá atrás.

Daire o ignora e se move para passar por ele.

– Eu já disse, ele não está lá. – Sua voz trai sua irritação crescente com ela.

– Sim, bem, você não é exatamente uma fonte de verdade – Daire diz. – Então imaginei que devia ver com meus próprios olhos.

– E você não está exatamente na lista de convidados – Leandro replica. – E não é nossa política tolerar penetras.

Suas palavras contêm uma ameaça velada, e me posiciono entre eles, pronto para intervir. *É só me dar um motivo.*

– Mas, nesse caso... – Os lábios de Leandro se abrem em um sorriso, embora logo se fechem. – Abrirei uma exceção. – O olhar dele cai sobre mim. – Eu odiaria dar a Dace mais trabalho do que ele já tem. Não tenho certeza se algum de nós está pronto para ver sua besta interior.

Seus olhos faíscam de encontro aos meus e tudo no que consigo pensar é: *ele sabe*!

Ele sabe o que fiz.

Pode sentir dentro de mim.

E, a pior parte, ele gosta do que vê.

Olho para Daire, aceno com a cabeça para que ela prossiga. Estou prestes a me juntar a ela quando digo:

– Cade e Coiote viajam como matilha. Não pode me dizer que ele não está aqui.

– Não esta noite, mano – Gabe bufa, o som alto, cruel e rude, bem como ele é. – O cara tem um encontro.

Posso sentir Leandro me analisando, e, embora faça o melhor possível para esconder minha apreensão, não tenho certeza se funcionou.

Especialmente quando vejo o jeito que os olhos dele brilham ao dizer:

– O Coiote tende a assustar as garotas. Então Cade decidiu fazer sua festinha particular em outro lugar.

Levo um momento para absorver as palavras, buscando pelo mais leve sinal de verdade.

– E essas garotas não ficam assustadas? – Faço um gesto para a multidão ao redor, que só agora começa a se aventurar de volta ao aposento.

– Esta não é uma garota comum. – Leandro dá de ombros, me analisa com os olhos semicerrados. – Ela ainda não foi... como devo dizer? – Ele olha para Gabe em busca da palavra, enquanto eu espio por cima do seu ombro para ver Daire entrando e saindo do aposento dos fundos de mãos vazias e balançando a cabeça.

– Doutrinada. – Gabe se inclina para a frente e toma um gole de sua bebida.

– Doutrinada. – Leandro balança a cabeça, como se ainda não estivesse totalmente satisfeito. Mas então decide ficar com ela e diz: – De qualquer modo, você devia saber tudo sobre isso. Se não me engano, e, acredite em mim, nunca me engano, vocês dois já foram um casal.

Daire olha para mim com os olhos arregalados, aflitos. No segundo seguinte ela está girando sobre os calcanhares, correndo para fora do aposento, enquanto eu permaneço tempo suficiente para exclamar:

– Onde eles estão? Me diga! Agora!

Leandro recebe minha exigência com um sorriso vazio, enquanto Gabe gargalha com sua bebida.

Sem dizer outra palavra, corro atrás de Daire, com a voz de Leandro gritando ao fundo:

– Você não pode escapar de mim, filho! Gostando ou não, você não estaria aqui se não fosse por mim. Eu fiz você. Eu estou em você. Qualquer um consegue ver isso. Mesmo com a máscara, está bem aí nos seus olhos.

quarenta e um

Daire

Quando Jacy e Crickett caminham diante de mim e entram no banheiro, digo a Dace que voltarei logo e disparo atrás delas. Imagino que, como novas melhores amigas de Phyre, há uma chance muito boa de que possam me dizer onde encontrá-la.

Elas se arrumam diante do espelho. Tiram as máscaras, colocam-nas sobre a prateleira comprida de metal e ajeitam os cabelos. Jacy acerta a franja de lado, enquanto Crickett afofa as pontas dos cabelos, e eu paro bem atrás delas, tentando não engasgar com as baforadas perfumadas de álcool que emanam delas.

– Onde está Phyre? – pergunto, sem tempo a perder com conversa fiada.

Elas continuam a se embelezar, permitindo que alguns segundos se passem antes que eu realmente confirme que estão me ignorando.

– Só me digam onde posso encontrá-la e não incomodarei vocês novamente – proponho, mas elas fingem não ouvir.

Se eu não estivesse tão pressionada pelo tempo, provavelmente ficaria assustada com o nível de profunda concentração e comprometimento delas. Mas acontece que estou com um pouco de pressa. E, embora eu saiba que não deva fazer isso, uma vez que Paloma me avisou desde cedo sobre os perigos de usar minha mágica de maneira imatura, não consigo pensar em outra maneira de chegar até elas.

Então, no segundo em que o gloss labial sai das respectivas bolsas – exatamente ao mesmo tempo, como se tivessem ensaiado (o que é incrível, considerando-se o estado atual de embriaguez delas) –, eu me concentro, levanto a mão e arrasto os dois aplicadores pelas laterais de suas bochechas. Pinto compridas faixas lilases e rosadas que seguem dos lábios até a orelha, antes de arremessar os aplicadores no outro lado do banheiro, onde eles se chocam contra a parede e aterrissam no chão de ladrilho imundo.

– Estão prontas para prestar atenção em mim e me dizer onde Phyre foi com Cade? – Dou dois segundos para que possam refletir. – Porque, caso contrário, as bolsas serão as próximas. E vocês virão logo em seguida.

Elas olham uma para a outra em comunhão silenciosa, e Jacy é a primeira a ceder.

– Ela tomou o *seu* lugar – diz, fazendo uma careta quando destaca a terceira palavra.

Meu lugar?

Olho para o espelho, surpresa com o que vejo. Tinha quase me esquecido. Estou usando a máscara de Marilyn da Lita. E elas estão tão fora de si que me confundiram com ela.

– Ela saiu com Cade... não que seja da sua conta. Quero dizer, me desculpe, mas não foi você quem terminou com ele? – Jacy coloca a mão no quadril, oscila sobre os calcanhares e usa a mesma mão para se equilibrar de novo.

– Exatamente onde ela foi se encontrar com ele? – Mudo meu foco entre elas, falando mais como uma exigência do que como uma pergunta.

Elas se entreolham, pesando silenciosamente se devem ou não me contar. Então dou um pequeno incentivo: levanto a bolsa de Crickett que está na pia e a trago até minha mão. Planejo ficar com ela como refém até que alguém responda.

– Lá fora – ela diz, olhando cautelosamente para sua bolsa de marca falsificada, agora sob minha posse.

– Lá fora onde? – Balanço a bolsa diante dela.

– Lá fora, perto do alambrado. Supostamente era para ser um tipo de espaço sagrado, romântico ou algo assim. Olhe... seja como for. Eu só... posso pegar minha bolsa de volta?

Estou prestes a entregá-la, quando noto o pingente brilhante de turmalina azul que ela usa no pescoço.

– Onde conseguiu isso? – pergunto, tendo de obrigar meu olhar a desviar da pedra para voltar meu foco para elas.

Crickett balança a cabeça e revira os olhos.

– Credo, você sempre foi irritante assim? – Ela olha para Jacy em busca de resposta.

– Onde conseguiu isso? – Levanto a bolsa mais alto, pendurada pela alça curta de vinil.

– Na sacola de brindes. Todo mundo ganhou um na porta. Ok? Feliz agora? – Crickett dá um suspiro dramático e leva a mão para a frente, arrancando a bolsa de mim.

– Não – digo. Isso não me deixa nem um pouco feliz. – Mas ajuda. – Corro até a porta, ansiosa em contar a Dace o que descobri, até ver que Dace não está ali.

Passo pela multidão de foliões de Ano-Novo embriagados, buscando Dace entre eles, mas ele não está à vista. E, agora que sei o que sei, não há tempo para procurá-lo. Tudo o que posso fazer é desejar que ele esteja bem, enquanto vou atrás de Phyre e Cade.

Disparo pela saída, correndo até o alambrado com o pequeno cadeado dourado pendurado nele. Phyre deve ter nos visto na noite em que eu o coloquei lá. Não há outra maneira de ela saber que o lugar tinha algum significado especial.

E, no momento em que o alambrado surge no meu campo de visão, eu a encontro bem onde esperava.

As costas pressionadas contra a cerca, a máscara de gato jogada aos pés, enquanto Cade aparece diante dela.

Ela passa um braço ao redor do pescoço dele e o puxa para perto, inclinando o rosto dele na direção do dela, prestes a fazer contato, quando corro por trás deles, puxo o casaco de Cade com força e o afasto dela.

– Você está... louca? – ela grita, a expressão indo do espanto à fúria no momento em que vê que sou eu. Apela para Cade quando diz: – Faça alguma coisa! Detenha-a... faça ela ir embora!

Mas Cade só fica parado ali e sorri.

– Nunca imaginei que fosse do tipo ciumenta, Santos. – Ele abaixa a cabeça, passa a mão nos cabelos. – Mas imagino que as notícias não são boas. O problema é que não estou a fim de você. – Ele levanta o rosto e para tempo suficiente para que as palavras aterrissem... ou melhor, me devastem. – Sim, eu sei que é você, Buscadora. Bela tentativa com a troca das máscaras. Embora tenha sido capaz de enganar Debi e Lóide lá dentro. – Ele faz sinal com o polegar na direção do clube: uma pequena referência velada a Jacy e Crickett que não faz sentido.

Como ele poderia saber que elas me mandaram para cá?

Mas eu mal tenho tempo de pensar antes que ele prossiga:

– Seu pequeno ardil é muito imaturo para enganar alguém como eu. Veja, posso sentir seu cheiro de Corvo a um quilômetro de distância. E tenho que dizer, Buscadora, que esse jogo que você insiste em fazer está ficando mais do que um pouco cansativo. É a segunda vez que você interrompe Phyre e eu, e isso está realmente começando a me irritar. Se quiser sentar e assistir, não tenho problema com isso. Que saco, você até podia aprender algumas coisas. Mas, se interferir mais uma vez, você morre. E desta vez de verdade. Entendido?

Com um balanço irritado de cabeça, ele se volta para Phyre, que estava esperando por ele com olhos vidrados e lábios brilhantes.

Ele se posiciona diante dela, e ela enrosca uma perna ao redor dele, puxando-o, enquanto ele se prepara para beijá-la. E, apesar do aviso, eu puxo o casaco dele mais uma vez, exclamando:

– Se beijá-la, *você* morre!

Phyre segura o colarinho dele com força, os dedos afundados no tecido, incentivando-o a chegar mais perto. Mas Cade coloca uma mão no peito dela, mantendo-a distante enquanto ele olha por cima do ombro.

– O beijo dela é letal. Ela é uma mulher-veneno. Acredite em mim, você *não* quer fazer isso. E tenho certeza de que há várias outras garotas com quem você pode ficar – as palavras saem apressadas.

– Centenas – ele diz, os olhos brilhando, a língua se mexendo embaixo da bochecha. – Milhares.

Reviro os olhos.

– Seja como for. Só saiba que, se insistir em beijar essa aí, provavelmente será a última.

O rosto dele se enruga de raiva, enquanto ele profere uma corrente de xingamentos em voz baixa. Voltando-se para Phyre, ele força a mão contra o peito dela e a empurra contra o alambrado.

Solto um pequeno suspiro de alívio. Estou pronta para voltar minha atenção para localizar Dace, quando Cade olha por cima do ombro novamente e me dá um grande sorriso feroz.

– Quanto tempo levou para descobrir? – Os dedos dele se enroscam na garganta de Phyre, apertando com tanta força que a maior parte do ar dela é cortada. – Porque eu soube desde o primeiro dia que ela voltou à cidade. Eu podia sentir o hálito de oleandro a quilômetros de distância. – Ele alterna o foco entre nós duas, e luto para conter meu pânico crescente.

Ele sabia o tempo todo!

Isso tudo é uma armação!

Penso no athame em meu bolso, querendo usá-lo – mas que bem isso faria? Machucar Cade significa machucar Dace: essa é uma verdade que eu não posso perder de vista.

– É como eu lhe disse antes, Buscadora... o Coiote tem sentidos formidáveis. Para sua grande desvantagem, você sempre se esquece disso. E, como está prestes a ver, me subestimar se provará mortal. Estive planejando isso desde aquele incidente infeliz quando você colocou fogo em mim. – Ele estala a língua contra o céu da boca, emitindo um som de tique-taque ameaçador. Mas se aquilo é para zombar de mim ou para me assustar, não sei dizer. – Hoje se provará ser uma grande noite para mim, e (alerta de *spoiler*!) será assim: eu mato você, Suriel mata Dace e ninguém me mata. – Ele destaca as notícias com uma piscadela e um sorriso. – Caso tenha se esquecido, tudo o que tenho a fazer é me transformar para que a morte do meu irmão não me afete.

Apesar de tudo o que ele disse, ainda estou presa na parte sobre Suriel matar Dace.

Olho para trás, olho ao meu redor, mas somos os únicos aqui.

Certamente Dace ficará longe de Suriel, assim como eu o adverti, certo?

O rosto monstruoso, calculista e belo de Cade surge diante de mim – uma réplica exata do de Dace e, mesmo assim, inteiramente diferente.

– Nada acontece em Encantamento sem meu conhecimento. Sempre fico consternado com a aprendiz lenta que você é. Devia saber disso a essa altura. Controlo esta cidade e as pessoas que moram nela. Acontece, Buscadora, que isso inclui você. – Ele aperta e solta o punho, sorrindo com grande satisfação, enquanto Phyre arqueja e tremula a cada respiração curta. Finalmente cansado do jogo, ele abre a mão e, entediado, observa sem interesse enquanto ela afunda no chão em um espasmo de tosse, antes de voltar sua atenção para mim. – Estou cansado de você atrapalhar meus negócios. Cansado de você rondando meu clube e minha cidade. – Ele dá um passo na minha direção, então outro, até que quase nos tocamos.

– Estou cansado de *você*, Buscadora. E sabe o que acontece quando me canso de algo?

– Você doa para a caridade? – brinco, ao vê-lo parado diante de mim com os braços abertos de lado a lado, os olhos vermelhos e ardentes, ciente demais do que acontece na sequência. O crescimento vigoroso, seguido por um pé com garras, a pele escamosa e duas cabeças de serpente saindo do lugar em que sua língua deveria estar.

Entendo isso como minha deixa para dar o fora.

Não tenho interesse em lutar com ele. Embora não duvide nem um segundo da sua intenção de me matar, também sei que ele fará o que for preciso para adiar o momento. Vai manter a luta em pé, arrastá-la muito mais do que o necessário, só para dar a Suriel tempo suficiente para matar Dace sem minha interferência.

Não no meu turno.

Com apenas alguns centímetros entre nós, eu tiro minha máscara e a jogo nele. Um ato que é inegavelmente inútil, mas me proporciona alguns segundos de vantagem que me permitem girar sobre os calcanhares e correr como o vento.

Corro pelo campo coberto de neve, seguindo as pistas frenéticas que Phyre deixou no caminho.

quarenta e dois

Daire

Quando chego à entrada do beco, os rastros de Phyre desaparecem em uma terra devastada de asfalto quebradiço e neve pisoteada. Fico sem ter como discernir para que lado ela foi.

Com os dedos, envolvo a algibeira de camurça suave que está pendurada em meu pescoço. Convoco a sabedoria e a força dos elementos, dos meus ancestrais e dos espíritos animais que nos guiam, quando sou surpreendida pelo barulho de vidro quebrando – o guinchar de vozes se erguendo. Uma em particular se sobressai.

– Os blasfemadores não serão tolerados! Arrependa-se agora, antes que seja tarde demais!

Suriel.

Volto para o beco, onde uma multidão desordenada começa a se formar. Ao chegar perto de um trio de bêbados, inclino os ombros e avanço com a cabeça abaixada. Tomo cuidado para permanecer escondida entre eles, até que consiga ter uma noção do que está acontecendo.

– Aqueles que seguem os falsos profetas, que o façam por sua própria conta e risco!

Chego um pouco mais perto, levantando o queixo o suficiente para ver Suriel vestido em seu terno preto austero e camisa branca usuais, pregando de seu lugar atrás do púlpito. Um palco improvisado de madeira compensada e um pódio para combinar, ostentando todos os tipos de estranhas imagens apocalípticas pintadas de forma grosseira na frente e nos lados. Serpentes com dentes afiados e olhos famintos, bestas chifrudas com caudas pontudas, anjos com auréolas caídas e asas quebradas, rios de sangue chorando copiosamente enquanto um mar de chamas lambe seus pés.

Meu olhar segue até o palco, esperando encontrar Phyre bem ao lado dele, e tenho que abafar uma exclamação de surpresa quando encontro Dace no lugar dela. Amarrado em uma cadeira no meio do palco, ele está cercado por várias velas altas com chamas sibilantes, fumacentas.

– Não é tarde demais... ainda há tempo para ser salvo! – Suriel apoia as mãos no peito, enquanto uma de suas cascavéis desliza ao redor de seus ombros e pescoço.

Apesar do quadro deliberadamente dramático e do tom ameaçador de seu discurso bem ensaiado, a multidão está mais interessada em beber e vaiar do que em aceitar a mensagem no coração.

Alguém dá uma gargalhada.

Outro grita alguma besteira.

Um terceiro joga uma garrafa de cerveja vazia do lado da cabeça de Suriel.

Mas Suriel não recua.

É um homem de convicções. Acredita verdadeiramente que sua própria justeza inegável o salvará de qualquer agressão que uma multidão pecaminosa possa fazer.

Naquele caso em particular, isso acontece. Bem, ou isso ou uma coisinha chamada gravidade, combinada com uma mira muito ruim. A garrafa gira descontroladamente, aterrissando a vários metros de distância do palco.

Volto minha atenção para Dace, tentando descobrir por que ele resolveu ficar lá em cima.

Certamente ele resolveu ficar lá cima, não é?

Ele é muito maior e mais forte do que Suriel. Não é possível que Suriel o tenha obrigado.

Mesmo assim, em que diabos Dace está pensando?

Com concentração inabalável, Dace se foca fixamente na cobra se contorcendo, sibilando, alheio a Suriel ao seu lado.

– Não sejam enganados pelas aparências externas! – A voz de Suriel retumba e avança, os membros se sacodem com fúria. Apontando um dedo acusador para Dace, ele incentiva a multidão a se aproximar, a olhar melhor.

A multidão obedece rapidamente, avançando, enquanto permaneço firme no lugar. Reluto em me mostrar até ter uma vaga ideia do que Dace está planejando.

– Os demônios raramente aparecem na forma verdadeira. Eles vêm em todos os tipos de disfarces, e é preciso ficar atento o tempo todo. Venha, garoto. – Suriel pega um punhal do alto do pódio que me lembra aquele que sua filha usou quando tentou aniquilar a alma de Dace. Batendo com força no ombro de Dace, ele o cutuca de modo rude e grita: – Mostre-se à multidão. Deixe os pecadores verem a face verdadeira de um demônio!

Para meu espanto, Dace é rápido em obedecer. Deixa os bêbados temporariamente sóbrios, enquanto observo Dace sorrir e acenar.

– Esse não é um demônio, esse é Dace Penabranca! – alguém grita, fazendo a multidão rugir, enquanto outra garrafa de cerveja voa na direção da cabeça de Suriel e, dessa vez, errando por pouco.

– Este é um demônio disfarçado de humano! – Suriel grita. – E estou aqui para provar!

A multidão, faminta por um espetáculo que valha a pena ser visto, começa a entoar:

– *Prove! Prove! Prove!*

Fico parada escondida entre eles, meus dedos instintivamente apertando a algibeira em meu pescoço, desesperada por respostas.

Que diabos Dace está fazendo? No que está pensando? E por que encara a cobra quando deveria estar de olho em Suriel?

– Um homem justo, um homem de Palavra verdadeiramente justo, está sempre protegido. Eu mesmo sou uma prova viva. Trinta anos lidando com as serpentes mais venenosas do mundo e nunca fui mordido. Mas você, garoto... temo que não terá tanta sorte. – Suriel se vira para Dace, coloca uma mão em cada um dos ombros dele e encara intensamente seus olhos. – Bem, vejam isso! – Suriel ergue o queixo, olhando por cima do nariz. – Parece que conseguiu sua alma de volta. – Ele passa rapidamente a língua duas vezes ao redor dos lábios. Limpa as mãos na frente do terno barato, misto de poliéster. – Não sei como conseguiu, mas no que me diz respeito, o pote ficou mais doce!

– Demônios não têm almas! – alguém grita. – Você é um falso profeta! Você é um...

Antes que ele possa completar, Suriel berra:

– Demônios são trapaceiros... são abominações! E demônios com almas são os mais perigosos de todos porque estão livres para andar entre nós na forma humana! – Satisfeito com o silêncio atordoado, ele se volta para Dace e diz: – Garoto, acabo de acusá-lo de ser um demônio. Concorda que minha afirmação é verdadeira?

Dace dá de ombros. Sua vista não se desvia da serpente e ele diz:

– Acho que iremos descobrir.

É uma satisfação para a multidão, que se ergue em gargalhadas altas, rugidos, gritos, aplausos, incitações. Alguns correm até o clube para chamar os amigos para assistir ao espetáculo.

– Não se deixem influenciar pelo que viram e ouviram antes! – Suriel grita, desesperado em manter o controle da multidão. – Um demônio, uma besta verdadeira, jamais admitiria sua verdadeira identidade. Só há uma maneira de separar os justos dos pecadores... – Ele desenrola cuidadosamente a serpente do pescoço e a oferece para Dace. É o que eu preciso ver para começar a avançar até a frente do palco.

Talvez Dace não esteja ali por vontade própria.

Talvez realmente tenha sido coagido.

Embora eu não tenha ideia de como ele chegou ali, estou determinada a parar essa loucura antes que tome proporções maiores.

Eu me acotovelo entre a multidão sedenta de sangue, engasgando com o etanol que sai dos lábios das pessoas em baforadas doentias, que emana de seus poros, enquanto abro caminho em frente. Só para ver Dace voluntariamente abaixar a cabeça, permitindo que Suriel coloque a cascavel que sibila e se contorce ao redor de seu pescoço, quando uma mão agarra meu braço com força, me arrastando de volta para o meio da aglomeração.

– Está quase na hora de eu me transformar. – Cade aperta a minha mão. Seus dedos deixam marcas profundas em minha pele, seus olhos azul-gelo sobrenaturais encontrando os meus. – Exatamente no momento em que eu planejei, meu *timing* é perfeito. Parece que você e Dace são realmente predestinados. Destinados a morrer no mesmo exato momento. Tragicamente romântico... até ter um final amargo. – Ele usa a mão livre para empurrar uma faca afiada e fria contra a lateral do meu corpo, antes que eu tenha a chance de pegar meu athame, sem deixar dúvidas da sua intenção de usá-la.

Eu o empurro em protesto.

Dou uma cotovelada em seu estômago enquanto meu pé encontra sua canela.

Mas Cade é assustadoramente forte. Ele apenas ri no meu ouvido e me segura no lugar onde estou.

– Observe – ele sussurra, torcendo a faca até que ela perfura o tecido justo do meu suéter, abre um buraco na regata que uso embaixo e fura minha pele.

No momento, o estado da minha pele tem pouca importância. Só com leve consciência do choque do metal gelado me furando, do fio quente de sangue que corre na lateral do meu corpo, continuo a lutar contra Cade em uma tentativa desesperada de alcançar Dace, quando arquejo de horror diante do espetáculo que se desdobra diante de mim.

Dace.

Amarrado em uma cadeira.

Com uma serpente venenosa enrolada no pescoço.

– Um ataque e ele já era! – A voz de Cade zumbe de animação. Suas palavras reverberam com força em meu rosto. – Está tudo acabado, Buscadora. – Ele se concentra na serpente com um olhar ardente, vermelho, intenso. Esperando pelo exato momento de completar a transformação, cravar a lâmina em mim e reivindicar a vitória final do Coiote.

Se eu tivesse alguma pista do que Dace está fazendo, ou de como ele acabou ali, poderia ter noção melhor de como ajudar. Embora não entenda nada de serpentes, sei que animais tendem a atacar quando estão com fome, ameaçados ou ambos.

O que quer dizer que preciso repensar meu plano inicial de emboscar o palco. Não posso correr o risco de assustar a serpente, uma vez que isso poderia fazê-la se voltar contra Dace.

Sem outra escolha senão acreditar que Dace sabe o que está fazendo, volto minha atenção para atrair o athame até minha mão. Embora esteja comprometida a não matar Cade, se ele for longe demais, machucá-lo não está fora de questão.

Em algum lugar dentro do meu bolso, a lâmina começa a vibrar e a se mover, enquanto Suriel encara petrificado Dace, e o hálito quente e ofegante de Cade acerta em cheio minha nuca – o segundo sinal (depois dos olhos vermelhos brilhantes) de que a transformação está em curso.

Ele posiciona melhor a mão que me segura, enfia a lâmina mais fundo na minha carne, e por um instante fecho os olhos e convoco meu conjunto de ajudantes e ferramentas. Uso um pouco de cada magia que possuo para pedir a ajuda deles para mover o athame do meu bolso para minha mão.

A lâmina salta do meu bolso. Encontra seu caminho até a palma da minha mão. Enquanto Cade xinga baixinho, e Dace diz:

– Acho que ela gosta de mim.

O quê?

Minhas pálpebras se abrem, meu athame esquecido por um breve instante, quando vejo Dace ainda no palco, amarrado na cadeira, um sorriso bem-humorado iluminando seu rosto enquanto a cascavel venenosa passa o focinho carinhosamente em sua bochecha.

– Isso quer dizer que posso ficar com ela? – Dace ergue os olhos para encontrar os de Suriel, dando uma gargalhada quando a serpente se arrasta por sua cabeça, enrola-se no alto e sibila para Suriel quando ele tenta pegá-la.

– Viram isso? – Ultrajado, Suriel se vira para a multidão. Com a voz cheia de indignação e fúria, ele grita: – Viram o jeito como ele olha para a serpente? Ele a possuiu com seu espírito demoníaco... assim como logo vai possuir todos vocês. Nenhum de vocês está seguro! – Seus olhos esbugalhados, o dedo indicador torto apontando para o céu. Só para que a multidão responda jogando uma garrafa de cerveja pela metade na direção de sua cabeça e, dessa vez, acertando sua orelha.

Mas Suriel está tão fora de si, tão desequilibrado, que o machucado passa despercebido – o pedaço irregular de carne pendurada, sangrando, pingando no colarinho branco desgastado de sua camisa. Ele se inclina sobre uma cesta grande que está aos seus pés, coloca a mão lá dentro e encara a multidão com um olhar febril e um punhado (sete, se posso confiar na minha conta apressada) de serpentes venenosas.

– Ainda se sentindo corajoso? – Ele balança as serpentes diante de Dace. – Nunca sobreviverá a isso, garoto. Não pode com elas... elas sabem quem você é!

Dace recua. O movimento é leve, quase imperceptível, mas eu percebo. E, pelo jeito que Cade ri baixinho, ele também viu.

– Aí vem o tiro premiado! – ele cantarola. Tendo recuperado sua confiança, ele enfia a faca um pouco mais fundo em mim. – Eu me transformo, e a Buscadora e a abominação do meu irmão dizem adeus para sempre.

Os olhos de Cade brilham com um profundo tom vermelho ardente assim que observam Suriel jogar o monte de serpentes venenosas, sibilando, no colo de Dace. E sei que tenho só alguns segundos para usar minha arma contra ele enquanto posso.

– Tem certeza de que quer fazer isso? – digo, meus olhos nunca abandonando Dace, enquanto seguro o cabo do athame com mais força. – Tem certeza de que quer que todas essas pessoas vejam você com sua cara de demônio?

– Está brincando? – Ele dá uma gargalhada e o som que emite fica em algum lugar entre o animal e o humano. – Eles estão tão passados que não saberão a diferença. Além disso, é melhor que se acostumem. Assim que eu livrar o mundo de você, planejo passar a maior parte do tempo na minha forma alterada. Não terei mais necessidade de me misturar. – Ele empurra a faca só um pouco mais fundo, o suficiente para me fazer soltar um pequeno gemido de dor. O som é tão surpreendente para mim quanto para ele. E eu sei que não importa o que aconteça no palco, é hora de contra-atacar. É só questão de tempo antes que Cade fure alguma coisa dentro de mim e cause um dano sério.

Inspiro lenta e silenciosamente, ciente do corpo dele tremendo de expectativa pela mudança prestes a ocorrer. Mas não posso deixá-lo chegar a esse ponto, não posso deixá-lo alcançar seu estado demoníaco. No momento em que ele se transformar, não terei chance. Nenhum de nós terá.

Com a intenção de feri-lo o suficiente para atrasá-lo, sem causar nenhum dano real, eu levanto o athame e o enfio em seu antebraço. Uso o momento de surpresa dele para me libertar de sua mão e me dirigir ao palco.

Quando chego ao palco, Dace está sentado, silencioso e rígido, coberto de serpentes. Suriel está parado ao lado dele, os lábios entreabertos em expectativa, os olhos arregalados e brilhantes, esperando que a primeira delas ataque.

Eu me encosto no palco, prestes a gritar o nome de Dace, quando ele se volta para mim com um estranho olhar prateado, me advertindo para permanecer onde estou. Mas não tenho certeza se posso fazer isso. Embora eu queira acreditar que ele sabe o que está fazendo, tenho de ver alguma evidência real disso. Pelo que sei, a primeira serpente deve ter sido um golpe de sorte. E, pelo rugido profundo, gutural, vindo da multidão, o irmão dele está no meio da transformação.

Subo no palco, pronta para lidar com Suriel nos meus próprios termos, quando uma voz solitária se ergue na multidão, incentivando as demais a se juntar a ela.

– Elas são falsas! Você é uma fraude! – todos gritam em uníssono, como se estivessem cantando o refrão do último sucesso musical. – Você removeu as glândulas de veneno!

E é quando percebo o que Dace estava querendo que eu visse.

Assim como a cascavel de antes, em vez de atacar, em vez de enfiar as presas venenosas em sua carne, as sete serpentes mortais preferem deslizar carinhosamente sobre os ombros e pescoço de Dace. Escorregam em seu rosto e agitam as línguas bifurcadas em suas bochechas.

– Parece que eu venci – Dace diz, olhando para o ultrajado Suriel. – Então o que me diz de acabar com essa farsa, para que possamos ir todos lá dentro, celebrar o Ano-Novo em paz?

A multidão está enraivecida. Furiosa por Suriel ter desperdiçado seu tempo, não demora para que uma chuva de garrafas de cerveja voe na direção de sua cabeça, juntamente a uma nova série de insultos, chamando--o de falso, estelionatário, fraudulento, e a aglomeração se dispersa tão rapidamente quanto havia se juntado.

Mas Suriel não vai desistir com tanta facilidade. Sem ter perdido seu fogo, apesar de ter perdido sua audiência, ele pega o punhal e avança para Dace, quando eu salto no palco, empunhando meu athame.

– Daire, eu cuido disso – Dace diz, sua voz quase num sussurro, embora alta o bastante para que eu possa ouvir. Mesmo assim, não posso deixar de lhe lançar um olhar cético. Ele está coberto com sete variedades das serpentes mais venenosas do mundo, que, apesar da aparência amigável, podem se voltar contra ele com a mesma facilidade. – Confie em mim – ele diz entre os dentes. – Sei o que estou fazendo.

Confiando em sua palavra, abaixo meu athame. Permaneço alerta caso Suriel avance sobre Dace.

Enraivecido por suas serpentes terem se virado contra ele, enraivecido por perder seu público, ele é imune ao chamado desesperado de sua filha, que implora para que ele pare.

– Papai... pare! Eu posso fazer isso! – ela grita, a voz perto demais para o meu gosto. Suriel pode ser capaz de ignorá-la, mas eu não.

Eu me viro na direção do espaço vazio onde a multidão estava e me deparo com Cade logo atrás de Phyre.

– Os justos ascenderão... os Últimos Dias estão aqui! – Suriel surge diante de Dace, o punhal posicionado.

Dace se livra das cordas surpreendentemente sem esforço e, com uma voz austera, diz:

– Pode ser seu último dia, mas não o meu.

Após um aceno breve de sua cabeça, as sete serpentes saltam de Dace e atacam o pescoço de Suriel.

Phyre grita.

Cade observa com olhos vermelhos ardentes.

Suriel cai de joelhos, o rosto voltado para o céu, convencido de que irá prevalecer. Até que todas as sete serpentes cravam as presas em sua carne ao mesmo tempo, como se tivessem combinado. Deixam Suriel ofegante, protestando contra a traição máxima que investiram contra ele.

Com um grito de gelar o sangue, ele se encolhe em agonia enquanto as serpentes continuam a atacar. Sete pares de presas mordem repetidamente sua pele, depositando doses letais de veneno em seu corpo, até que se cansam da brincadeira e deslizam para longe. Enquanto isso, Dace observa com grandes olhos prateados. Todo o seu corpo tremendo, sacudindo, como se tivesse sido capturado por algo extraordinariamente poderoso e completamente desconhecido.

Phyre sobe no palco. Gemendo de tristeza, ela arremessa seu corpo manchado de sangue para cobrir o de seu pai.

Manchado de sangue?

Sangue de quem?

Apesar de seu profundo estado de pesar, ela parece fisicamente bem. E é quando vejo o punhal encharcado de sangue que ela segura entre os dedos.

É quando a voz de Cade me desperta com seus gritos.

– Que diabos você fez comigo, Buscadora? Vou matar você por isso! – Ele se arrasta em direção ao palco, todo o lado esquerdo de seu corpo manchado de sangue.

– Transforme-se! – grito, correndo até ele. Horrorizada em ver seus olhos selvagens e ardentes, mas, de outro modo, parecendo muito com os de sempre. – Transforme-se... *agora!* – grito, como se eu pudesse realmente comandar uma coisa dessas. Sou incapaz de compreender a cena que se desenrola diante de mim, quando Cade nega com a cabeça e cai sobre os joelhos. Por algum motivo, ele não consegue completar a transformação.

– O que quer que tenha feito, desfaça! – A voz dele está sumindo, juntamente à sua força de vida. Mas a verdade é que eu não fiz nada. Se alguma vez precisei ver sua forma demoníaca, é bem agora.

Eu me viro na direção de Dace, temerosa do que posso encontrar – só para vê-lo ainda preso naquele estado estranho, hipnótico, com olhos prateados.

Estranhamente calmo. Estranhamente ileso. Como se estivesse prestes a se transformar em algo que não posso sequer começar a imaginar.

Viro minha atenção para Phyre e corro em sua direção, determinada a arrancar o punhal dela, sem querer dar outra chance para que o use novamente.

Ela o solta com facilidade.

Com facilidade demais.

Fica com a mão livre para colocá-la no interior do bolso do terno do pai, de onde tira o detonador que ele havia guardado.

Um simples vislumbre daquele pequeno dispositivo eletrônico é o bastante para fazer todas as peças se encaixarem.

Os explosivos que Dace disse ter visto no galpão do pai dela estão agora escondidos dentro da Toca do Coelho.

Eu me viro para Dace, desesperada para despertá-lo daquele estranho estado hipnótico.

– O clube! – grito. – O clube vai explodir! Você *tem* que mandar todo mundo sair!

Dace balança a cabeça, olha para mim com os olhos brilhantes arregalados, que lentamente voltam ao habitual azul-gelo. Ele vê o detonador na mão de Phyre, o irmão banhado em sangue e caído no palco, lutando para respirar, dá meia-volta e corre até a Toca do Coelho. Enquanto eu pulo sobre Phyre e a jogo no chão. Seguro-a com firmeza e só então percebo que é tarde demais, que o botão está piscando.

Ela já o apertou.

Já começou sua própria contagem regressiva para o Ano-Novo.

– Você devia ter me ouvido quando tinha uma chance – ela diz. Seu pescoço visivelmente machucado pela mão de Cade. A mensagem absurda em sua camiseta iluminada pela fileira aleatória de velas que continuam a tremeluzir ao nosso redor.

Suas palavras são pontuadas pela contagem regressiva vinda de dentro do clube.

Dez!

É possível ouvir o aumento da animação daqui.

Nove!

Phyre olha para mim, seus olhos são uma mistura de rímel e lágrimas, fazendo-a parecer a vilã de alguma trágica história em quadrinhos.

– Os Últimos Dias estão aqui. – Ela dá de ombros, como se não fosse nem um pouco responsável pelo que acaba de fazer. Colocando centenas, possivelmente milhares de vidas em perigo extremo, enquanto atrás de nós a multidão conta de oito para sete. – É melhor fazer as pazes agora. Não dá mais para evitar. Não há tempo para o perdão.

Seis!

Dou um soco em sua mandíbula. Acerto seu rosto com força no chão, mais por frustração do que por qualquer outra coisa. Um movimento do qual me arrependo imediatamente, no segundo em que a vejo sorrir em resposta.

Cinco!

Eu me afasto dela, querendo correr lá para dentro, para ajudar Dace a esvaziar o lugar, mas não posso me dar ao luxo de deixá-la com Cade. Não posso me dar ao luxo de deixá-la acabar com ele. Agora que Dace voltou a ser ele mesmo, não tenho certeza se ele sobreviverá a isso.

Quatro!

Mas logo vejo o beco repleto de pessoas. Os foliões, antes felizes, agora frenéticos com a necessidade de abandonar a festa. Alheios ao corpo caído de Suriel e ao estado perigoso de Cade, eles invadem o palco, fazendo com que eu perca Phyre e Cade de vista em meio ao caos. Mas, quando um espaço se abre repentinamente, encontro Cade respirando ofegante enquanto Phyre surge sobre ele, segura-o pela camisa, puxa o rosto dele de encontro ao dela e posiciona a boca para beijá-lo.

A contagem regressiva no clube pode ter sido interrompida – mas em minha cabeça ela continua.

Três!

Pulo nas costas de Phyre, e a afasto dele, apertando com força o athame na garganta dela.

Dois!

– Vá em frente! – ela grita, o pescoço esticado em oferecimento. – Me tire da minha desgraça! Por favor! Nunca pedi por nada disso!

Minha mão hesita, não tenho certeza se posso seguir adiante, quando capto alguma coisa com o canto do olho. O mesmo animal luminoso que vi antes, logo depois que chegamos.

Com o pelo branco sedoso e olhos azuis penetrantes, eu instantaneamente o reconheço como o Lobo de Paloma.

É um sinal.

Mas que tipo de sinal? O que quer dizer? O que ela quer que eu faça?

Cade está ofegando, arquejando, sumindo, enquanto Phyre se larga em meus braços, esperando que eu acabe com ela.

Eu a seguro pela camiseta e a jogo no chão.

Me perdoe. Dirijo as palavras para o Lobo, para Phyre, para o universo.

Um!

Deslizo a faca mais para baixo, pressionando a ponta contra o lugar que diz "beije", na camiseta dela. Observo os olhos de Phyre se arregalarem, enquanto um suave sorriso perpassa por seus lábios.

– Ela está aqui – ela sussurra.

– Quem? – pergunto. – Sua mãe? Ela está aqui para encontrar você?

Phyre nega com a cabeça e abre os lábios para falar. Olha para mim quando diz:

– Você não consegue fazer isso, não é?

Seus olhos encontram os meus, e ambas sabemos a verdade. Ela não é um demônio. É só uma garota triste e perturbada que nunca teve uma chance no mundo.

Ela se levanta, saindo do meu alcance, e cambaleia na direção do clube. E estou prestes a ir atrás dela, quando Dace aparece na minha frente, me segura pelo braço e grita:

– Corra!

Aponto na direção de Cade, caído semimorto, ensanguentado ao nosso lado. Nós dois o pegamos e o arrastamos para longe dali.

Assim que saímos do beco, a Toca do Coelho explode.

quarenta e três

Dace

Quando a primeira explosão nos atinge, jogo Daire no chão e atiro meu corpo sobre o dela, em um esforço para protegê-la da enxurrada de chamas e detritos voando. As séries de explosões parecem durar para sempre, uma após a outra, pontuadas apenas por breves calmarias.

– O que aconteceu com nossos amigos? – Daire grita para ser ouvida por cima do barulho. – Conseguiu tirá-los de lá? Eles estão bem? – Ela levanta a cabeça, apertando os olhos contra as rajadas rodopiantes de fumaça negra.

– Estão bem – digo. – Em segurança. – Tomo cuidado de manter o corpo dela contido, até ter certeza de que tudo acabou. – Antes mesmo que eu chegasse lá, Xotichl já estava mandando todo mundo para fora. Ela deve ter sentido. – Levanto meu corpo de cima do dela e a ajudo a ficar em pé. – Eles saíram pela frente. Disse para eles que nos encontraríamos na minha caminhonete.

– E os outros? – Daire olha para mim com os olhos avermelhados e o queixo sujo de cinzas, o cabelo caindo emaranhado e solto ao redor de seu rosto. Para mim, ela nunca esteve mais bonita, e tenho que resistir ao desejo de puxá-la para meus braços e beijá-la. – Você não teve muito tempo. Deu para tirar todo mundo?

Esfrego a mão sob o queixo, um hábito antigo do qual não consigo me livrar.

– Não sei – admito. As palavras saem grossas por causa da carga de verdade que carregam. – É impossível dizer com certeza. Embora não possa me importar menos com os Richter, havia todas aquelas pessoas na festa privativa de Leandro que não são culpadas de nada, além de terem suas percepções alteradas sem seu consentimento. Mas havia esse pandemônio e tão pouco tempo que foi impossível chegar perto o bastante do vórtice para avisá-las.

Daire recebe minhas palavras com um olhar sóbrio. Seu queixo se levanta, sério, quando ela diz:

– Mesmo assim, você agiu bem. – Ela acena com a cabeça para confirmar, mas estou absorto demais nas possíveis perdas para reconhecer o elogio. – Fez o melhor que pôde. Sem você, teria sido bem pior.

Dou de ombros. Afasto o olhar, minha mente vagando até o semblante determinado de Phyre quando ela passou por mim. Correndo direto para dentro do lugar de onde os outros fugiam.

Apesar de seu esforço em querer me matar, tentei detê-la. Tentei convencê-la a não fazer isso. Mas ela olhou para mim como se já o tivesse feito.

– O que aconteceu com Phyre não é sua culpa – Daire diz, decifrando corretamente o olhar de perda em meu rosto. – Não é responsável por ela. Se alguém tem que carregar esse fardo, esse alguém sou eu. Phyre me implorou para acabar com ela, e fui incapaz de acatar seu pedido. Incapaz de impedi-la de correr até o edifício, determinada a fazer o que eu não fui capaz.

– Você fez a coisa certa – eu digo para ela.

– Então por que se sente tão em conflito?

– Porque assistir a uma vida se autodestruir nunca é uma coisa que faça a gente se sentir bem. A menos que você seja Cade Richter.

Ou eu.

Embora eu não consiga vocalizar aquilo, não há como negar o surto de poder que senti quando aquelas serpentes pularam do meu pescoço para o de Suriel.

Não dá para negar a onda de alegria quando as vi repetidamente mergulharem as presas na pele dele.

Não dá para negar como aqueles mesmos sentimentos estavam conectados à mudança mística ocorrendo dentro de mim.

Mas guardo tudo isso só para mim.

Passo um braço ao redor de Daire, e começamos a caminhar de volta para minha caminhonete, quando nos deparamos com a besta do meu irmão, ensanguentado e machucado, que olha para mim e diz:

– Você devia estar morto! Que diabos você fez?

Eu o encaro com olhos mudados. Um sorriso lento toma conta do meu rosto quando vejo o jeito como ele se encolhe.

Cade luta para ficar em pé, ansioso em fugir, mas um chute de Daire o coloca no lugar. Ela se ajoelha ao lado dele, agarra sua camisa e o puxa para perto do seu rosto. Embora essa luta seja dela, permaneço a postos, caso precise de mim.

– Salvei sua vida esta noite – ela sibila, praticamente cuspindo as palavras, sem deixar dúvidas do quanto gostaria que fosse diferente. – Mas só fiz isso para poupar a de Dace. Considere isso um ato de caridade, Coiote. Da próxima vez, você está morto.

As mãos de Daire tremem de raiva, e sei que ela está tentada a acabar com tudo agora. Mas não posso deixar que isso aconteça. A besta está acomodada dentro de mim. Não há garantia de que vai se levantar para me salvar novamente.

Um turbilhão de carros de bombeiros, de polícia e veículos de emergência variados começam a chegar, em um borrão de sirenes ligadas e luzes piscantes.

– Daire – digo, tentando persuadi-la a deixar a raiva de lado. – A nata de Encantamento está aqui. A maior parte deles são Richter. É hora de irmos.

Com relutância óbvia, ela solta Cade. Observa com olhos brilhantes e lábios ríspidos enquanto ele se arrasta para longe, desaparecendo dentro do clube enfumaçado.

– Você planejou tudo, não foi? – ela pergunta, inexplicavelmente transferindo a raiva do meu irmão para mim. – Suriel, as serpentes, tudo aquilo... por que não me contou?

Ela está só meio interessada nos detalhes; a outra metade está mergulhada no sentimento de ter sido enganada, e é esta parte que tento acalmar primeiro.

– Não estava nem de perto tão planejado ou esquematizado quanto você pensa – respondo, incentivando-a a ir para a caminhonete. Quero ficar o mais longe possível do clube, antes que as autoridades nos encontrem, as perguntas comecem e achem um jeito de nos culpar. – Imaginei que Suriel estava se preparando para alguma grande revelação e eu sabia que queria estar lá. A única razão pela qual não mencionei é porque não queria preocupar você. Mas, Daire, você precisa saber que minha vida nunca esteve em risco... acabar morto nunca foi uma possibilidade nem mesmo remota.

Ela se afasta de mim. Plantada teimosamente no lugar onde está, com um olhar acusador e os braços cruzados, desafiadora, ela levanta o queixo e diz:

– Você é tão justo assim? – E, embora ela faça o melhor possível para sentir raiva, sei que está tomada pelo medo de quase me perder, depois de tudo o que passou para me encontrar.

Uma vez que ela não merece nada além da verdade, eu a encaro nos olhos e digo:

– Eu costumava ser. Eu costumava ser feito da mais pura energia branca. Mas acho que nós dois sabemos que agora esse dificilmente é o caso.

Ela engole em seco, olha para os pés. Parece dirigir as palavras para a ponta gasta de seus sapatos quando diz:

– Então por que elas não morderam você? Claramente as glândulas de veneno não foram removidas. – Ela olha para o lugar onde o corpo sem vida de Suriel está caído, agora uma massa disforme, pisoteada, graças ao êxodo frenético das massas em pânico.

Coloco a mão em seu braço, conduzindo-a para longe dos restos horrendos de Suriel. Quando tenho certeza de ter a atenção dela, digo:

– Suriel acredita em um mundo de *nós* contra *eles*... onde uma coisa existe separada da outra. Considerando que acredito em um mundo de completa e total conexão... no qual somos todos uma parte da mesma e única fonte... sou tão conectado àquelas serpentes quanto sou a você. A questão é que, para que isso funcione, você realmente tem que acreditar nisso com o âmago da sua alma.

– Então por que Suriel passou tanto tempo sem ser mordido? – A inclinação determinada de seu queixo me diz que ela não está completamente convencida.

– Porque Suriel é a mão que as alimenta – digo. – O problema é que ele deixou passar tempo demais entre as refeições. Aquelas serpentes estavam famintas e o culpavam.

– Falando em ser conectado – ela diz, assim que consigo fazê-la se mover novamente. – Cade foi incapaz de se transformar. – Sua voz se acelera junto ao seu caminhar quando ela vê nossos amigos esperando perto da caminhonete. – Ele não conseguiu ir além dos olhos vermelhos brilhantes, e parecia não saber o motivo. Tentou até mesmo me culpar, mas me pergunto se você teve algo a ver com isso.

– Não tive – digo. – Ou, se tive, não foi intencional. O estranho é que, enquanto ele não conseguiu, eu comecei a me transformar. – O olhar que encontra o meu não é nem um pouco surpreso, então aproveito a oportunidade para mostrar minha mão. Aponto para o lugar onde está o pequeno resquício de uma garra e noto como seus olhos se arregalam ao mesmo tempo em que uma enxurrada de suaves penas brancas escorregam da minha manga.

– O que é isso? – ela pergunta, a voz apressada em uma combinação de admiração e incerteza.

– Não sei. Mas é algo muito poderoso.

– Já aconteceu antes?

Balanço a cabeça em negativa.

– Isso o preocupa?

Esfrego a mão no queixo, incerto de como responder.

– Não tenho certeza – admito. – Certamente não parece ruim. Na verdade, parece bem o oposto: incrível e bom. Precisei de toda a minha força para parar a progressão. E a única razão pela qual fiz isso é porque não tinha ideia de onde ia parar. Ainda que eu tenha certeza de que isso me impediu de sofrer o mesmo destino de Cade, não pude me arriscar a ir até o fim. Daire... – Seguro seu rosto preocupado entre minhas mãos. – Tudo o que posso dizer com certeza é que senti como se tivesse engolido um relâmpago. Foi o maior surto de poder que já experimentei... – Minha voz desaparece quando vejo o modo como ela está atenta aos meus olhos.

Com medo de ter dito algo que a assustasse, começo a me virar, ansioso para chegar até nossos amigos, deixar a gafe para trás, quando ela me mantém no lugar. Com as mãos suaves apoiadas em minhas bochechas, ela diz:

– O que quer que seja, não pode ser de todo ruim. Pela primeira vez em muito tempo, posso me ver refletida em seus olhos.

quarenta e quatro

Daire

Corro na direção dos nossos amigos, feliz como nunca em revê-los.

– Graças a Deus estão bem! – Abraço cada um deles. Eu me viro para Xotichl quando digo: – Você sentiu, não foi?

Ela confirma com a cabeça, enterrada profundamente no abrigo do ombro de Auden.

– Mas levei um tempo... mais do que devia. Foi quase tarde demais. Para alguns, foi tarde demais.

– Você fez o melhor que pôde, flor. – Auden é rápido em consolá-la. – Nenhum de nós estaria aqui se não fosse você.

– Não se esqueça de Dace – ela diz, olhando direto para ele.

Mas Dace é rápido em fazer um gesto de repúdio, preferindo dar o crédito para ela. Ele levanta os ombros e diz:

– Foi uma noite louca.

– Sim – Xotichl concorda. – E, para alguns, ainda não acabou. – Sua atenção vai até o outro lado do beco, enquanto ela afunda ainda mais no peito de Auden.

Estou prestes a perguntar o que ela quer dizer, quando Lita comenta:

– Xotichl foi mais heroica do que quer demonstrar. Depois que pulei no palco para dizer a Auden que gritasse "fogo", para que todos saíssem,

Xotichl concentrou sua energia nas portas e as manteve abertas, para uma saída mais rápida.

– Você fez isso? – Eu a observo com admiração.

Lita acena com a cabeça em confirmação, enquanto Xotichl remexe a mandíbula e continua a olhar para o beco.

– O que foi? – pergunto, perturbada pelo olhar em seu rosto. Xotichl nunca parece assustada e, embora não pareça exatamente assustada agora, é algo perto disso. Sigo a direção do seu olhar, mas sou incapaz de ver qualquer outra coisa além das equipes de emergência sobre os restos de Suriel.

– O pregador está preso. – Ela responde aos nossos olhares interrogativos quando acrescenta: – Seu espírito está pairando perto de seu corpo e está irado como o diabo. Não pode acreditar no que fizeram com ele. É só questão de tempo até que nos veja e exija sua vingança. Só espero que seu guia espiritual chegue antes disso.

– Por que esperar? – Lita faz o caminho mais curto até o carro de Auden. – Um pregador assustador no limbo e uma versão explodida da Toca do Coelho ainda mais horripilante do que a versão não explodida... Pelo que me lembre, nunca vi motivo melhor para uma partida imediata.

Vamos para nossos respectivos carros, após concordar que nos encontraremos na casa de Paloma. Assim que entro na caminhonete de Dace, deslizo pelo assento de couro desgastado, ansiosa pelo conforto do corpo dele ao lado do meu.

Ele engata a marcha à ré e segue para a rua. Depois que estamos a uma boa distância da Toca do Coelho, olho para ele e digo:

– Não quero parecer insensível, mas... – Ele se vira para mim, os olhos enrugados de curiosidade. – Acha que é tarde demais para pedir aquele beijo de Ano-Novo? Ouvi dizer que dá azar perder isso, e acho que nenhum de nós pode se dar ao luxo de correr o risco.

Sem outra palavra, Dace para no acostamento da estrada de terra escura e vem em minha direção com a mesma ansiedade com a que vou na direção dele.

No início, mantenho os olhos abertos, aproveitando um momento para revelar a visão de seu lindo rosto diante de mim, os lábios se preparando para encontrar os meus. Então minhas pálpebras se fecham com suavidade enquanto mergulho no beijo. Saboreando a pressão quente de nossos corpos se juntando depois do que pareceu um longo tempo separados.

A boca dele se move sobre a minha, e encontro sua língua com uma intensidade ardente que combina com a dele. Aproveitando o momento por tudo o que ele é – um alívio bem-vindo de uma vida repleta de problemas, a justa recompensa depois de uma batalha vencida a duras penas, uma tradição de Ano-Novo feita para trazer boa sorte, um ato de afirmação da vida diante da morte sem sentido.

Mas, mais do que tudo, é a promessa que fazemos um para o outro de nunca desistir de nós mesmos.

Seus braços proporcionam um refúgio seguro. Seus lábios oferecem o tipo de permanência confortável que nunca fui capaz de sentir até conhecê-lo.

Aqui, em seu braços, eu me sinto em casa.

Um gemido baixo escapa de seus lábios enquanto ele molda seu corpo com força contra o meu, até quase não sobrar espaço entre nós. Seu toque fica cada vez mais urgente, quente, e nossos corações retumbam em conjunto. Aumentando e diminuindo em uma profunda melodia fervente, mantendo o ritmo com o tilintar e o sibilar das chaves em nossos pescoços.

Eu me acomodo em seu calor, prolongo o contato com sua língua doce e deliciosa. Pronta para agir com o desejo ardente que cresce dentro de mim, quando ele se afasta e diz:

– Escute, minha casa está uma bagunça, mas... se você não se importar. – Seus olhos entreabertos mostram a profundeza de sua necessidade.

– Não creio que eu vá reparar. – Eu o beijo novamente. E, embora pretenda ser breve, uma vez ali, é difícil me afastar. – Depois da casa de Paloma. Fugirei, se preciso, mas duvido que seja necessário.

Dando um último beijo em meu rosto, ele se acomoda em seu assento e dirige para a casa da minha avó. O luminoso Lobo branco com ardentes olhos azuis aparece diante de nós o caminho todo. Sua forma espectral balança na luz dos faróis, quase como se estivéssemos levando-o para casa.

– Me diga que consegue ver isso – digo, por fim, atormentada pelo medo de que as alucinações que me trouxeram para cá tenham retornado. Mas, quando vejo o jeito como Dace assente, relutante, segurando o volante com tanta força que os nós dos seus dedos perdem a cor, fico tão desconfortável que pergunto: – O que acha que isso quer dizer?

Ele permanece em silêncio ao meu lado, pisando fundo no acelerador.

– Dace... – Viro no assento até encará-lo de frente. – O que acha que isso quer dizer?

Ele tira uma mão do volante, esfrega o queixo.

– Não tenho certeza – diz, por fim, evitando meu olhar de propósito. – Só... logo estaremos lá. Estou indo o mais rápido que posso. Então... aqui... aqui estamos...

Da metade da rua já posso ver que todas as luzes da casa de Paloma estão acesas e o portão azul está aberto. Antes que Dace possa parar de verdade, desço da caminhonete.

Meus pés mal atingem o chão quando aquele luminoso Lobo branco de olhos azuis aparece diante de mim. Com as orelhas empertigadas e os olhos brilhantes e cintilantes, ele joga a cabeça para trás e solta um longo uivo lamentoso, que dura até que ele fixe os olhos nos meus e me convide para ir até a porta, desaparecendo no momento em que suas patas cruzam o limiar.

Corro para dentro, minha visão borrada com imagens de Chay, Pé Esquerdo, Chepi, Cree, Jennika e Harlan. Todos correndo na minha direção.

Chay me alcança primeiro. Passa um braço firme ao meu redor e sussurra meu nome.

Mas é o rosto manchado de lágrimas de Jennika diante de mim que me conta a história que eu jamais quis ouvir.

– Onde ela está? – grito, desviando-me das mãos que tentam me segurar, me consolar. Tentam me impedir de ver o que eu não quero ver. – Digam onde ela está! O que aconteceu? Levem-me até ela... *agora!*

Meu olhar passa por eles, dando de cara com um mar de rostos angustiados. E, quando ouço aquele uivo lamentoso de novo, vindo da direção do quarto de Paloma, corro até lá. Rezando por um milagre – rezando para refutar o que sei em minha alma. A verdade que lutei para negar desde o momento em que vi o Lobo pela primeira vez na Toca do Coelho.

Quando chego à porta do quarto – quando vejo minha *abuela* repousando pacificamente, com os olhos fechados, as mãos suavemente cruzadas sobre o peito –, permito a mim mesma viver na mentira.

Finjo que está tudo bem.

Finjo que ela está cochilando.

Dace chama meu nome em uma voz embargada pela emoção, mas ainda não estou pronta para lhe dar atenção.

– Alguém traga um cobertor para ela! – grito, segurando a mão gelada de Paloma. Esfrego-a furiosamente entre as minhas, em uma vã tentativa de aquecer sua carne fria. – Ela está congelando! Por que não a ajudam? O que há de errado com todos vocês?

Lanço para eles um olhar acusador, mas a verdade é que não os vejo realmente. Não consigo discernir muita coisa.

Só estou vagamente ciente de Dace parado ao meu lado, impotente, enquanto Jennika passa uma mão consoladora sobre meu cabelo, murmurando uma série de explicações e desculpas incoerentes.

– Sinto muito – ela murmura, a voz como um zumbido distante, suave, que não tem significado real. – Eu queria ver você, mas os voos estavam todos lotados, então Harlan e eu viemos de carro. Quando chegamos, encontramos Paloma assim.

– Quer dizer, dormindo? – Volto meu olhar para o rosto angustiado de Jennika, enquanto Harlan fica de cabeça baixa, atrás dela. Observo enquanto ela morde o lábio, passa o dedo sobre as olheiras recentes em cada olho.

Mesmo assim, seu olhar nunca deixa o meu quando diz:

– Daire, Paloma não está... dormindo.

Olho para ela por um momento, então me concentro em Paloma. A realidade da situação surge diante de mim – expondo uma verdade que não pode ser negada –, e eu mergulho de cabeça na loucura sombria do luto. O que, para mim, não se parece em nada com o que eu teria esperado.

Depois de um longo tempo ali, eu me levanto do corpo sem vida de Paloma e recoloco sua mão no lugar onde a encontrei. Com uma voz estranha, quase robótica, digo:

– Como você a encontrou exatamente? – Volto a atenção para minha mãe, dando apenas o mais breve olhar para Dace, parado ao lado dela.

– Eu a encontrei caída, inconsciente. Tentei reanimá-la, mas já era tarde demais, então chamei Chay.

– Você a moveu?

Ela brinca com o pequeno diamante preso na lateral de sua narina. Esforçando-se para manter o mesmo tom sério que eu, ela diz:

– Eu não podia deixá-la daquele jeito... e já que não parecia ser uma cena de crime, nós a colocamos na cama.

– Então ela estava aqui?

Jennika faz um gesto com a cabeça na direção dos pertences de Paloma.

– Parecia que ela estava se vestindo, se aprontando para sair, ou algo assim. Eu a encontrei caída na frente do armário.

Eu me viro para Chay, a descrença marcando meu olhar:

– Vocês dois iam sair? Pensei que tinha me dito que ela estava doente.

– Estávamos planejando ficar aqui e esperar notícias suas. Eu já estava chegando, estacionando minha caminhonete no pátio, quando Jennika ligou.

Olho pelo aposento, evitando o lugar onde minha avó descansa. Tento envolver minha cabeça em torno do impossível. Nada daquilo faz sentido.

– Estávamos tentando entrar em contato com você – Jennika diz. – Então, quando ouvimos as notícias sobre a Toca do Coelho... eu estava determinada a ir até lá... mas Chay insistiu que eu esperasse.

Examino o quarto mais uma vez, vendo as alpargatas que Paloma deixou descartadas diante do armário, as botas de inverno prontas para serem calçadas. O cardigã de lã vermelha que Jennika deu-lhe no Natal abandonado no encosto da cadeira, enquanto seu pesado casaco de inverno ainda espera aos pés da cama.

Ela estava doente. Esperando por Chay. Mesmo assim, determinada a sair.

Alguma coisa aconteceu.

Alguma coisa que estava ansiosa para me contar.

Sem uma palavra, saio do quarto, passo pela sala e atravesso a rampa que leva ao escritório de Paloma.

À primeira vista, está tudo limpo e arrumado como sempre. Tudo está em seu lugar e há um lugar para cada coisa. Exceto o livro que ela deixou aberto na mesa, com a turmalina azul que dei para que ela examinasse colocada bem em cima, como se estivesse marcando a página.

Deslizo a pedra para o lado.

Leio rapidamente a passagem embaixo.

Meus joelhos são os primeiros a ceder.

Dobram-se sob meu corpo, me obrigando a segurar a beirada da mesa para não cair.

Minha sanidade é a próxima da lista, mas luto como o diabo para mantê-la tenuamente.

Só levam alguns segundos para Dace estar ao meu lado. Apoiando meu corpo contra o dele, ele lê o texto por cima do meu ombro e amaldiçoa baixinho muito antes de chegar ao fim.

Parece que Xotichl estava certa.

Acontece que a turmalina emite uma energia perturbadora.

Segundo o livro, algumas pedras preciosas são amaldiçoadas.

Embebidas com um tipo de anzol psíquico que permite ao doador exercer um controle completo sobre o receptor. Permitindo que manipule seu corpo, mente e alma.

E, em muitos casos, extinguindo sua própria vida.

Meu corpo fica rígido.

Um nome aparece na minha mente.

Cade.

Todo o tempo, era ele.

Mostrando um tipo de paciência que eu nunca teria esperado, lenta e sistematicamente enfraquecendo as defesas de Paloma.

Primeiro, roubando sua alma.

Então, fazendo-a pensar que eu estava morta.

E, finalmente, assegurando-se de que ela ficaria com a turmalina – o receptor que ele pretendia para a pedra o tempo todo.

Lita e Xotichl foram simples peões em seu jogo.

Ele sabia que Lita não queria a pedra.

Sabia que Xotichl leria sua estranha energia.

Também sabia que eu seria facilmente convencida a dar a pedra para Paloma analisar.

O tempo todo que tentei salvá-lo – só para salvar Dace –, Cade estava tramando contra mim.

Controlando a mente, o corpo e a alma de Paloma através de uma pedra azul brilhante.

Fecho os olhos contra as lágrimas quentes não derramadas que se formam sob minhas pálpebras. E, embora eu deseje libertá-las, deseje afundar em meus joelhos, jogar a cabeça para trás e gritar até me esvaziar e não existir mais, não há tempo para isso.

Agora, mais do que nunca, preciso manter a cabeça fria. Não posso me dar ao luxo de ser enfraquecida pela perda.

Eu me recuso a entrar em desespero – me recuso a experimentá-lo por dentro – e direciono meu luto para fora de mim, ansiosa por me livrar dele.

Faço o Vento chicotear as janelas e uivar pelas portas.

Faço o Fogo acender e assobiar tão alto na lareira, que posso ouvi-lo a três cômodos de distância.

Enquanto a Terra treme, sacudindo frascos nas prateleiras e quadros nas paredes.

Rajadas ensandecidas de chuva acertam com força o telhado plano de adobe.

A magnitude do meu luto é suficiente para manipular os elementos – e, mesmo assim, não pude impedir Cade de me manipular.

– Daire, por favor, pare. – O toque de Dace é gentil e sua voz é suave e persuasiva.

Mas não posso parar.

Não vou parar.

Não até deter Cade.

– Daire.

É outra voz desta vez. Uma que não ouço há um tempo.

Dace murmura baixinho.

Lita suspira.

E os demais olham, confusos.

Seus profundos olhos violeta encontram os meus, e ele se move na direção do caos que causei. Com um único meneio triste de cabeça e um olhar suplicante no rosto, ele me convence a parar.

– Você está aqui para levá-la lá para cima? – pergunto, sem ver outra razão para o retorno dele.

– Não – ele diz, a palavra sozinha contendo camadas incontáveis de tristeza indizível, matizadas com pesar. – Paloma está em boas mãos. Já se foi. Quanto a mim, temo que fiz minha escolha. Lá não é mais minha casa.

Eu devia me sentir mal por ele, mas não sinto. É como ele disse, Axel fez sua escolha. Agora estou fazendo a minha.

Com o olhar cansado e o coração pesado, paro diante de minha família e amigos, sentindo como se tivesse envelhecido várias décadas no espaço de uma noite.

– Ela vai querer ser enterrada ao lado de Django – digo com o tipo de autoridade arduamente conquistada que já não me surpreende mais.

Jennika sussurra meu nome, começa a se aproximar de mim, mas levanto a mão para mantê-la afastada.

– Não vejo motivo para adiar. Paloma não gostaria de algo grande, formal. Todo mundo que ela amava e com quem se importava já está aqui. Além disso, quero que seja feito antes que a notícia se espalhe e os Richter fiquem sabendo. Não quero dar a eles a chance de interferir ou de encontrar um modo de profanar a memória dela antes que tenhamos a oportunidade de honrá-la adequadamente.

– Daire, você está cansada. Está tarde. Há profissionais que pode chamar para cuidar dessas coisas – Chepi diz, suavizando para o meu lado talvez pela primeira vez desde que a conheci.

Mas Chay é quem intervém. Ele e eu somos parceiros no luto, e ele olha para mim e fala:

– Daire está certa. Paloma teria gostado que fosse assim. Não vejo motivo para adiar.

quarenta e cinco

Daire

Quando tudo já foi dito e feito – quando o túmulo de Paloma foi adequadamente escavado e nos reunimos ao redor dele –, a primeira luz da aurora começa a irromper. A concha do céu rachando em uma profusão de cores que fluem em direção às nossas cabeças, enquanto descemos o corpo de minha avó para o fundo da terra, colocando-a em seu descanso final ao lado de seu único filho.

Observo a progressão com os olhos secos e a garganta árida, arranhando. Lembro o que Paloma me disse na primeira vez que vim aqui – que eu não devia confundir aquilo com meu pai. Que ele não estava mais aqui. Que era simplesmente um lugar para que seu corpo descansasse. Que sua alma tinha partido.

– *Seu pai está em todos os lugares* – ela disse. – *Sua alma já está liberta, livre desta terra, e se fundiu ao vento que sopra em seus cabelos, ao pó que se ergue sob seus pés. Ele é a chuva na nuvem da tempestade que paira além dessas montanhas... é o botão de cada flor. É a energia da terra. Está em todos os lugares que você olha. O que quer dizer que pode falar com ele aqui tão facilmente quanto pode falar com ele em qualquer outro lugar. E, se ficar bem quieta e escutar com cuidado, pode até ouvir sua resposta.*

Eu me concentro na cadeia de montanhas Sangre de Cristo, com seus picos cobertos de neve como merengues. Lembro-me do olhar reverente de Paloma quando ela se virou para encarar as montanhas naquele dia. Então olho para meus amigos, vendo Xotichl encolhida sob o abrigo confiável do amor de Auden, e Dace de olho em mim, de braços dados com Chepi, sua mãe. Pé Esquerdo e Cree, os rostos suados com o esforço de escavar, limpando a sujeira do queixo enquanto aguardam alguns instantes para honrar Paloma. Lita parada ao lado de Axel, mantendo uma distância respeitável, embora não seja possível negar a faísca que estala entre eles. Enquanto Harlan proporciona conforto para uma Jennika que não para de soluçar, e Chay, estoico como sempre, fica parado ao meu lado.

Toda a minha família e amigos confiando em mim para impedi-los de ter o mesmo destino de minha *abuela*.

Mas como posso fazer isso quando a única pessoa de cuja orientação eu mais dependia já não está mais aqui?

E, se ficar bem quieta e escutar com cuidado, pode até ouvir sua resposta... A voz de Paloma soa em minha cabeça.

Se as palavras eram verdadeiras para meu pai, então só posso presumir que são verdadeiras para minha avó também. E agora, mais do que nunca, preciso escutá-la responder.

Preciso de alguma prova de que ela ainda está comigo.

Levanto o rosto para o céu, desesperada por respostas.

Busco orientação, um presságio, ou pelo menos algum indício de reconhecimento.

As nuvens se juntam e se espalham.

Em algum lugar ali perto, um pássaro gorjeia, cumprimentando o dia.

Então, aparentemente do nada, um bando de corvos irrompe à vista. Voando lentamente em círculos perfeitos sobre nossas cabeças.

– Seu nascimento foi anunciado por corvos – diz Chay, enquanto Jennika assoa o nariz em um lenço amassado e confirma com a cabeça.

Mantenho meu olhar treinado nas aves, observando quando uma figura negra solitária se afasta do bando.

Este é maior.

Sua envergadura é maior.

Um bico notadamente curvado.

E quando ele gralha de maneira longa e lamentosa, o som é gutural e profundo.

Um corvo.

O pensamento confirmado pela única pena negra que cai do céu e pousa aos meus pés.

– É um sinal – diz Chay, observando enquanto me inclino para examiná-la. – Um presságio, se é que já existiu um.

Engulo em seco, começo a perguntar o que significa, mas a resposta é clara.

Com a morte de Paloma, sou a última das Santos. É hora de tomar o lugar dela.

Hora do meu voo solo.

quarenta e seis

Daire

Após o último punhado de terra ter sido jogado no túmulo, é hora de ir embora. Apesar de ser tentador ficar, não há como negar a verdade nas palavras de Paloma. Não devo confundir este lugar com ela. Ela voltou às suas origens. Agora é parte de tudo.

Vamos para nossos carros, com Chepi se aninhando em Dace, e Jennika se aninhando em mim. Embora eu saiba que ela está exausta de dirigir e transtornada pela perda, embora eu saiba que ela quer me consolar, não sou a filha que ela deixou há duas semanas. Agora que Paloma se foi, minhas responsabilidades se multiplicaram por dez, e é Dace de quem mais preciso.

Ainda que esta seja a minha vez de fazer meu voo solo, Dace e eu encararemos isso juntos.

Abraço minha mãe apertado. Confortada em saber que Harlan está com ela, que ela está dando a chance que ele merece. Então me afasto, prometo que nos encontraremos mais tarde naquele dia e sigo Dace até sua caminhonete.

– Podemos passar pela Toca do Coelho? – pergunto, enquanto ele segura a porta aberta e me ajuda a entrar. Embora eu anseie chegar ao apartamento dele, embora não possa pensar em nada melhor do que passar a noite encolhida no abrigo quente de seus braços, há outra coisa que preciso fazer primeiro.

Ele me lança um olhar curioso e se senta ao meu lado. A caminhonete ganha vida depois de algumas voltas insistentes na chave.

– Só preciso ver o lugar mais uma vez antes de dormir – digo para ele.

Já passamos da metade do caminho quando me lembro da cena no banheiro com Crickett e Jacy. Tanta coisa aconteceu a partir daquele momento, que quase me esqueci do pingente de turmalina brilhante. Como ela tinha afirmado que estava na sacola de brindes e que todos tinham recebido um na porta.

– Dace... – Minha voz soa mais baixa do que eu gostaria, enquanto manifesto minhas preocupações.

– Você não acha que ele vai matar todo mundo, acha? – Dace olha para mim com os olhos entreabertos e uma testa profundamente franzida. – Que bem isso faria?

Balanço a cabeça e olho ao longe, reconhecendo a verdade nas palavras dele. Mas então me lembro do ar estranho nos olhos de Marliz toda vez que ela encarava a turmalina azul brilhando em seu anel de noivado.

– Não – respondo. – Não acho que está tentando matá-los. Acho que encontrou outra maneira de controlá-los. É como o livro de Paloma disse: a turmalina serve como um anzol, proporcionando aos Richter um jeito de controlar a energia do receptor.

Dace olha para mim com um ar tão cansado que é claro que nenhum de nós será capaz de fazer muita coisa se não descansarmos um pouco.

Quando chegamos à Toca do Coelho, ele reduz a velocidade da caminhonete ao mínimo. Passa pelos restos fumegantes de um edifício reduzido a uma carcaça de escombros queimados.

– Acha que algum Richter estava entre as vítimas? – ele pergunta, olhando o trio de carros de polícia parado na frente; todos os outros veículos de emergência partiram há tempos. – Ou, pelo menos, o Coiote louco de Cade?

– Não sei se somos tão sortudos. – Franzo as sobrancelhas, buscando sinais dos Richter, mas vendo apenas um edifício em ruínas.

– Acha que vão reconstruir? – Dace se vira para mim, coloca a mão em meu joelho.

– Não tenho dúvidas. – O sorriso sardônico que se segue deixa um gosto amargo em meus lábios. – Eles podem estar derrotados agora, mas isso não vai durar. Se eu sei de algo com certeza é que é só uma questão de tempo até se reagruparem. E esta vez promete ser muito pior do que qualquer outra que veio antes... – Minha voz some junto aos últimos vestígios da noite.

O céu clareia completamente.

Um novo ano raiou.

E quando Dace aperta meu joelho e se afasta do clube, deslizo pelo banco de couro rachado até que minha coxa se aperta contra a dele. Então, inclino a cabeça em seu ombro e me permito mergulhar em um profundo sono sem sonhos.

Resenhas de soul seekers, de Alyson Noël

"Daire e seu namorado, Dace, estão de volta para restaurar o equilíbrio entre o bem e o mal, depois de salvar a avó dela e sua alma. Dace é deliciosamente charmoso e, devo dizer, seu irmão malvado, Cade, também. [...] Só espero que não demore muito para o próximo lançamento." – *Night Owl Reviews* (4,5 estrelas – Melhor escolha!)

"Noël usa o cenário do Novo México para tecer uma trama que adentra a mitologia nativo-americana e seus espíritos animais e *skinwalkers*. Uma história intrigante." – *Kirkus Reviews*

"A química entre Daire e Dace é intensa e ardente. Sempre que estão um com o outro, saltam faíscas. E os outros personagens dão mais sabor a essa leitura viciante. Não consegui deixar o livro de lado!" – *Young Adult Books Central*

"Alyson Noël pinta uma paisagem mágica do Novo México." – *New Mexico Style*

"Noël faz um excelente trabalho ao revelar lentamente segredos e motivações com uma narrativa que é, ao mesmo tempo, carismática e corajosa." – *Los Angeles Times*

"Uma onda de romance vai arrastá-lo para dentro desta leitura assombrosamente mística. Já estou tão viciada em Daire e Dace quanto em Ever e Damen. Que venha o próximo livro, por favor!" – Janet, leitora adolescente de Kentucky, para a revista *Justine*

"Um livro apaixonante e ousado. Sonhos e realidade se misturam nesta história de amor perigosa e inquietante. Outra série vitoriosa de Alyson Noël!" – Anna, leitora adolescente de Nova York para a revista *Justine*

"Emocionante, romântico e surpreendente. Amo a narrativa tão rica em descrições de Alyson Noël – posso ouvir o bater das asas do corvo, sentir o abraço do menino de olhos azuis e sentir o cheiro do café de Paloma nesta nova série, *Soul Seekers*." – Catherine, leitora adolescente da Flórida para a revista *Justine*

"O desenvolvimento da trama é incrivelmente divino em *Místico*, e eu estou mais empolgada do que nunca para o final desta série... Se você ainda não começou a ler *Soul Seekers*, corra já para adquirir os livros. Você não vai se arrepender, eu prometo!" – *A Midsummer Night's Read*

"Bem ambientado e agradável [...] os muitos fãs de Noël ficarão ansiosos para descobrir o que acontecerá na sequência." – *Publishers Weekly*

"Noel não desaponta em seu terceiro livro da série *Soul Seekers*. A trama se desenrola em um ritmo rápido e nossa heroína está no ápice de sua força e determinação." – *RT Magazine*

"Uma leitura rápida e agradável [...] com reviravoltas originais e doses equilibradas de romance, conflito e relações familiares." – *Deseret News*

"Dois garotos, um iluminado, outro sombrio, são o elemento central nesta trama intrigante e cheia de reviravoltas que certamente atrairá numerosos fãs de Noël." – *Booklist*

"Fui incapaz de deixar o livro de lado, completamente cativada pela narrativa e pelo universo trabalhado de forma tão bela. É uma obra agradavelmente diferente de fantasia para adolescentes, com elementos que nunca vi antes." – *Love, Literature, Art and Reason*

"Um *thriller* soberbo. A chave desta narrativa cativante é a heroína que faz os mitos de Noël parecerem genuínos, enquanto entra no submundo, perguntando-se em quem pode confiar." – *Alternative Worlds*

"Este romance é diferente de tudo o que já encontrei. Tem uma mitologia rica, repleta de espíritos animais, jornadas espirituais, destinos, Buscadores e, é claro, o bem e o mal." – *Thirteen Days Later*

Quer saber mais sobre a LeYa?
Fique por dentro de nossos títulos, autores e lançamentos.

Curta a página da LeYa no Facebook, faça seu cadastro na aba *mailing* e tenha acesso a conteúdo exclusivo de nossos livros, capítulos antecipados, promoções e sorteios.

A LeYa está presente também no Twitter e Google +

www.leya.com.br

facebook.com/leyabrasil

@leyabrasil

google.com/+LeYaBrasilSãoPaulo

Este livro foi composto em Adobe Garamond Pro
para a LeYa em março de 2014